AF176423

Jan Zweyer

Töwerland brennt

Kriminalroman

Bibliografische Information der Deutschen Nationalbibliothek: Die Deutsche Nationalbibliothek verzeichnet diese Publikation in der Deutschen Nationalbibliografie; detaillierte bibliografische Daten sind im Internet über http://dnb.dnb.de abrufbar.

Herstellung und Verlag:
BoD – Books on Demand, Norderstedt

ISBN: 978-3-752-64131-8

Covergestaltung: Jan Zweyer

Der Autor

Jan Zweyer wurde 1953 in Frankfurt am Main geboren. Mitte der Siebzigerjahre zog er ins Ruhrgebiet, studierte erst Architektur, dann Sozialwissenschaften und schrieb als ständiger freier Mitarbeiter für die Westdeutsche Allgemeine Zeitung. Er war viele Jahre für verschiedene Industrieunternehmen tätig. Heute arbeitet Zweyer als freier Schriftsteller in Herne. Nach zahlreichen zeitgenössischen Kriminalromanen hat er sich mit der Goldstein-Trilogie (Franzosenliebchen, Goldfasan, Persilschein) das erste Mal historischen Themen zugewandt. Es folgte die fünfbändige Linden-Saga, eine historische Familiengeschichte aus dem Ruhrgebiet, ein Thriller zur Flüchtlingsproblematik (Starkstrom) und 2020 ein Ökothriller (Der vierte Spatz).

In der **Reihe Wiederaufgelegter Bücher** werden verlagsseitig vergriffen Texte von Jan Zweyer als Buch und eBook neu veröffentlicht. Der Originaltext unterliegt jetzt den neue Rechtschreibregeln. Inhaltliche Veränderungen wurden nur in Ausnahmefällen vorgenommen.

Vorwort

Juist ist eine beschauliche Insel mit ausnahmslos friedliebenden Bewohnern. Deshalb entstammt all das Böse, von dem in diesem Roman zu lesen ist, ausschließlich der Niedertracht meiner Gedanken. Sie glauben das nicht? Meinen, schon anderes über Juist gehört zu haben?

Sie müssen sich irren.

Alle Personen und die Handlung dieses Buches sind selbstverständlich frei erfunden. Dennoch könnte sich der eine oder andere Tatbestand möglicherweise so ähnlich wie beschrieben ereignet haben. Natürlich keinesfalls genauso, wie ich es erzähle.

Definitiv aber hat es den Mord, über den Sie auf den nächsten Seiten lesen werden, auf dem Töwerland nie gegeben.

Der Roman spielt 2005. Einer der beschriebenen Schauplätze ist der Jachthafen mit dem Seezeichen. Dieser wurde erst 2008 in Betrieb genommen, aus dramaturgischen Gründen jedoch in das Jahr 2005 verlegt.

Jan Zweyer
Frühjahr 2012

Prolog

Langsam kam er zu sich. Irgendetwas fixierte seine Beine. Eine zähflüssige Masse. Nass und kalt, aber nachgiebig. Allerdings nicht weich genug. So sehr er sich auch anstrengte, er kam nicht frei. Er bewegte seine Zehen, spannte die Muskeln an, schob die Oberschenkel ein kleines Stückchen vor, dann zurück. Links, rechts. Vor, zurück und wieder vor und zurück. Dutzende Male. Doch vergebens. Kaum hatte er sich Platz verschafft in diesem klebrigen Stoff, der seine Gliedmaßen wie ein elastischer Panzer umschloss, und für einen Moment in seinen Anstrengungen innegehalten, drängte das Feuchte erneut in den Freiraum, den er sich gerade erst erkämpft hatte, nahm ihn sekundenschnell in Besitz.

Schließlich seine Arme. Auf dem Rücken zusammengehalten mit etwas, das in seine Handgelenke schnitt und schmerzte, wenn er versuchte, sich zu befreien. Diese Bindung widerstand allen Bemühungen.

Der Mund. Fest verschlossen mit einem Klebeband. Unmöglich, zu schreien. Seine Mundwinkel zuckten, die Lippen aber blieben aufeinandergepresst, gehalten von dem flexiblen Scharnier. Nur ein leises Stöhnen, ein tiefes Brummen konnte er aus seiner Kehle pressen.

Und dann seine Augen! Die Lider ebenso gesichert wie sein Mund. Unfähig, seine Umgebung zu erkennen.

Gedankenfetzen, Fragen. Wer war er? Wo war er? Was hielt ihn?

Der dichte Nebel, der sich in seinem Kopf ausgebreitet hatte, lichtete sich langsam. Blitze der Erinnerung. Zu kurz, um Klarheit zu bringen.

Wie war er in diese Situation geraten?

Ihm war kalt, eiskalt. Seine Fingerspitzen nutzten den wenigen Platz, den die Fessel ließ, strichen über seinen Rücken und signalisierten, dass sein Oberkörper unbekleidet war. Aber nicht nur das. Ihm schien, dass er nackt war. Wo war er?

Ein Schrei in Hörweite. Drohend. Grell und laut. Nicht menschlich. Was rief da? Und da! Ein anderes Geräusch. Eine Art Plätschern, ein flüsterndes Gurgeln, scheinbar weit entfernt. Unvermittelt wieder der schrille Ruf. Dann ein weiterer, wie eine Antwort.

Minuten wurden zu Stunden. Das Gurgeln, das Plätschern flüsterte jetzt nicht mehr, sondern schwoll an, kam näher, war direkt bei ihm.

Plötzlich verflogen die Nebel in seinem Kopf.

Plötzlich wusste er wieder, wer er war.

Und plötzlich erkannte er mit grausamer Klarheit auch, wo er war: bei den schreienden Möwen im Watt.

Er riss an seinen Fesseln, ignorierte den stechenden Schmerz, wollte schreien, um Hilfe betteln, betete darum, sich aus dem Schlick zu befreien, in dem er bis zum Bauchnabel feststeckte, warf seinen Oberkörper hin und her in der vergeblichen Hoffnung, sich durch die Bewegung auszugraben, und erstarrte vor Entsetzen, als die erste kleine Welle der aufkommenden Flut seinen nackten Körper berührte. Nur ein Augenblick, dann war das Gefühl vorbei. Das Nass zog sich zurück. Hatte er sich geirrt? Träumte er gar? Aber nur wenige Sekunden später holte ihn die nächste Woge unbarmherzig in die Realität zurück. In seiner Panik schien ihm, dass das Gurgeln zu einem dröhnenden Brausen gewachsen war und das erneut gegen seinen Körper schwappende Wasser ihn wie ein Tsunami überspülte. Tatsächlich kroch das Meer nur heran, umspielte für Minuten seinen Nabel, schob sich dann langsam höher, bis es seine Brust erreichte. Er verstärkte seine Bemühungen, kämpfte um seine Existenz, biss sich fast die Zunge ab bei dem Versuch, das Klebeband in die Mundhöhle zu ziehen, um sich von ihm zu befreien. Vergeblich.

Als ihm das Salzwasser bis zum Kinn stand, ergab er sich seinem Schicksal und begann zu weinen. Tränen, die nicht abfließen konnten, füllten seine Augen. Aber das Salzige, was er schmeckte, waren keine Tränen. In einer letzten Anstrengung reckte er den Hals so weit nach oben, wie es nur eben ging, weg von der See und dem Leben entgegen. Atmen. Luft.

Ob es nun das Salzwasser war, das ihm ins Gesicht spritzte, ob sich die Tränenflüssigkeit doch einen Weg am Klebeband vorbei ins Freie gebahnt hatte, die Feuchtigkeit lockerte das Band und gab zunächst einen kleinen Spalt frei, kurz darauf fiel es sogar ganz ab.

Und in dem Moment, als er tief einatmete, bevor die Flut zum ersten Mal in seine Nasenlöcher kroch, genau in diesem Augenblick konnte er die Augen wieder öffnen, sah das nächtliche Juist in unerreichbarer Ferne, blickte dann in einen klaren Sternenhimmel von unbeschreiblicher Schönheit.

Unmittelbar danach war das Wasser über ihm und die Nordsee nahm von ihm Besitz.

1

Etwa zwei Wochen früher ...

Ohne Terminvereinbarung war Gerrit Harms in der Anwaltssozietät *Schlüter und Esch* erschienen und hatte verlangt, Rainer Esch zu sprechen. Er könne warten, hatte Harms gemeint, nachdem ihn Martina Spremberg darauf aufmerksam gemacht hatte, dass ihr Chef vermutlich bis zum Mittag vor Gericht beschäftigt sei. Tatsächlich kehrte Rainer an diesem Montag erst in den frühen Nachmittagsstunden in die Kanzlei zurück.

»Wahrscheinlich ein neuer Mandant«, raunte ihm Martina zu, als Rainer ihr die Akten auf den Schreibtisch packte. »Er wartet schon seit Stunden. Muss wichtig sein.« Die junge Frau war nicht nur die einzige Angestellte der Kanzlei *Schlüter und Esch*, sondern erhielt auch, ganz im Gegensatz zu den beiden Anwälten, regelmäßig ihr Gehalt. Obwohl die Anwaltssozietät seit Jahren in der Herner Innenstadt residierte, fehlte es immer noch an lukrativen Mandaten. Und so lebten Rainer Esch und Elke Schlüter in manchen Monaten nur knapp über Hartz-IV-Niveau.

Rainer, der sich auf den Feierabend gefreut hatte, seufzte. »Gib mir eine Zigarettenlänge Zeit. Dann kümmere ich mich um den Mandanten.«

Kurz darauf saß Gerrit Harms dem Anwalt gegenüber. »Mein Anliegen wird Sie vermutlich etwas überraschen.« Harms sprach mit norddeutschem Akzent.

»Ich möchte nicht Ihre Dienste als Anwalt in Anspruch nehmen, sondern Sie stattdessen als, sagen wir, Detektiv engagieren.«

Rainer zog die Augenbrauen hoch.

»Ich werde es Ihnen erklären. Können Sie sich eigentlich an mich erinnern?«

Der Anwalt schüttelte den Kopf.

»Wir sind uns vor einigen Jahren auf Juist begegnet. Sie waren im Auftrag eines Bodenspekulanten unterwegs und wollten mich zum Verkauf eines unserer Grundstücke überreden.«

Rainer musterte den Mann genauer. Etwa Mitte dreißig, schlank, fast hager, blondes, mittellanges Haar. Natürlich hatte er das Mandat nicht vergessen, welches ihn damals auf die Nordseeinsel geführt hatte. Sein Gegenüber jedoch ... Trotzdem erwiderte er zögernd: »Jetzt, wo Sie es sagen ...«

Harms lachte. »Ich sehe Ihnen an, dass Sie nicht die geringste Ahnung haben, wer ich bin. Macht nichts.« Er wurde wieder ernst. »Sie haben immer noch einen guten Ruf auf unserer Insel. Deshalb habe ich auch sofort an Sie gedacht, als der erste Erpresserbrief bei uns eintraf.«

Rainers Interesse war geweckt. »Sie werden erpresst?«

»Ja. Meiner Familie gehört seit drei Generationen ein Hotel auf Juist, das *Sanddornhotel* im Ostdorf. Aber lassen Sie mich von Beginn an erzählen.«

Rainer lehnte sich in seinem Stuhl zurück und hörte aufmerksam zu.

»Sicher kennen Sie das alte *Hotel Bracht* in der Wilhelmstraße.«

»Den Ziegelbau in der Nähe des Kurplatzes? Ich dachte, der Kasten sollte abgerissen werden.«

»Das wurde er auch. Vorher jedoch war dort ein Brand gelegt worden. Das ist jetzt etwa ein Jahr her. Kurz darauf kam der erste Brief.« Harms zog aus seiner Jackentasche mehrere zusammengefaltete Blätter hervor. Be-

13

vor er eines davon zu Rainer herüberreichte, strich er die Papiere mit dem Handrücken sorgfältig glatt.

»Bitte.«

Auf dem Blatt standen lediglich sechs kurze Zeilen, augenscheinlich mit einem Computer gedruckt. Rainer las:

Einst kam ein Mädchen nach Töwerland
Sie war nur einem gut bekannt
Aber sie blieb nicht lange dort
Bald musste sie schon wieder fort
Verstoßen von jemand mit harter Hand.

Darunter war in fetter Schrift zu lesen: *Töwerland brennt.*

Der Anwalt gab kopfschüttelnd das Papier zurück. »Das ist alles?«

»Ja.«

»Hört sich an wie ein schlechter Limerick, oder?«, meinte Esch. »Nicht gerade das, was ich mir unter einem Erpresserbrief vorstelle.«

»Eben. Deshalb habe ich das Schreiben ja auch nicht ernst genommen, trotz des Feuers im *Bracht.* Dann aber kam der Brand in dem Schuppen, in dem wir im Winter Liegen, Strandkörbe und Sonnenschirme lagern. Es war eindeutig Brandstiftung, meinte der Sachverständige der Feuerwehr. Und kurz danach erreichte uns das zweite Schreiben.« Er schob ein weiteres Blatt zu dem Juristen hinüber.

Darauf stand:

Kein Vater, dann auch keine Mutter mehr
Und nachts, da wird das Herz so schwer

Alleingelassen auf dieser Welt
Das geringste Übel: ohne Geld
Die Erlösung liegt am Meer.

Und wieder als Unterschrift: *Töwerland brennt.*

»Dichterisch auch nicht gerade eine Glanzleistung, wenn ich das so sagen darf.« Rainer grinste. »Leider kann ich immer noch nicht so recht erkennen, worin denn nun die Bedrohung liegen soll.«

»Einige Tage später wurden wir erneut Opfer einer Brandstiftung. Ein anderer Lagerschuppen, der uns gehört, wurde abgefackelt, der deutlich größer als der vorherige war. Er wurde mit dem Stroh, das im Sommer an den Strandabgängen liegt, angesteckt. Beide Brände mussten jeweils kurz nach Mitternacht gelegt worden sein, da sie nur wenig später entdeckt wurden. Es brannte immer an abgelegenen Stellen, wo keine Gefahr bestand, dass Menschen in Mitleidenschaft gezogen werden konnten. Bis jetzt.« Harms reichte Esch das letzte der Blätter.

Brennen muss, wo alles begann
Das soll so sein und hintenan
Werden sie leiden
Ist nicht zu vermeiden
Büßen muss der, der mir das angetan.
Töwerland brennt.

»Ich bleibe dabei«, meinte der Anwalt. »Ein Erpresserbrief ist das nicht. Eher ein Drohbrief. Oder sind irgendwelche Forderungen erhoben worden?«

»Nicht direkt.«

»Wie soll ich das verstehen?«

»Es hat noch ein weiteres Feuer gegeben. Ein Abstellraum im Keller unseres Hotels geriet in Brand. Das war vor einigen Tagen. Die Rauchentwicklung war enorm und wir mussten sogar Gäste evakuieren. Aber es ist glücklicherweise niemand zu Schaden gekommen. Noch während der Löscharbeiten erhielt ich einen Anruf. Die Stimme klang verzerrt, irgendwie dumpf. Möglicherweise hat der Anrufer ein Tuch vor seinen Mund gehalten.«

»Der Anrufer? Es war also eine männliche Stimme?«

»Ja.«

»Ich nehme an, dass die Nummer des Anrufers nicht auf Ihrem Telefon angezeigt wurde?«

»Leider nicht.«

»Das wäre ja auch zu einfach gewesen. Also, was wollte der Mann?«

»Er sagte, dass alles Bisherige nur Warnungen gewesen seien. Er würde seinen Preis nennen. Genaueres erführe ich in Kürze. Und ich solle die Polizei aus dem Spiel lassen. Sonst ereigne sich etwas Schlimmes.«

Der Anwalt kratzte sich am Kopf. »Und? Haben Sie die Polizei informiert?«

»Natürlich haben die Beamten ermittelt. Es handelte sich schließlich um Brandstiftung.«

»Das meinte ich nicht.«

»Ach so. Nein, den Anruf oder die Briefe habe ich nicht erwähnt. Am Anfang habe ich, wie gesagt, die Drohungen nicht ernst genommen. Einige Zeit war ich mir nicht sicher, ob es sich bei den Bränden nicht doch um Zufälle gehandelt hat. Immerhin wurde das erste Feuer im *Hotel Bracht* gelegt, das uns nicht gehört. Es wäre ja auch möglich gewesen, dass der Brandstifter nicht meine Familie meint, sondern willkürlich irgendein Gebäude ansteckt. Und die Briefe hätten ja auch von einem

16

Trittbrettfahrer stammen können. Ein Streich vielleicht.«

»Aber das glauben Sie jetzt nicht mehr?«

»Nein. Nach dem Feuer in unserem Keller und dem Anruf habe ich wirklich Angst bekommen. Für mich stellen die Brände eine Serie dar, eine Art Eskalationsstufe. Das Feuer im *Bracht*, in den Schuppen, dann in unserem Keller. Was brennt als Nächstes, habe ich mich gefragt. Unser Hotel? Ich nehme die Drohung jetzt ernst, deshalb habe ich die Polizei nicht eingeschaltet.«

»Hm. Was erwarten Sie nun genau von mir?«

»Kommen Sie nach Juist. Finden Sie den Brandstifter. Helfen Sie mir.«

2

Sommer 1981

Claudia

Seit der Geburt ihres Sohnes war Claudia Tohmeier zigmal umgezogen. Unstet, wie sie war, hatte sie es nie länger als einige Monate an einem Ort ausgehalten. Viele Städte hatte sie in den vergangenen sechs Jahren gesehen, große und kleine. Sie hatte als Verkäuferin gearbeitet, Kellnerin, Kassiererin, Bandarbeiterin, für einige Wochen hatte sie sich sogar in einer Peepshow verdingt. Längst hatte sie aufgehört, sich die Namen der Kindergärten zu merken, deren Erzieherinnen sich tagsüber um Knut kümmerten.

Claudia Tohmeier stammte aus einem kleinen Dorf in der Oberpfalz. Als ihr Vater damals erfahren hatte, dass sie schwanger war, den Namen des Erzeugers ihres Kindes aber nicht nennen wollte, hatte er seine jüngste Tochter aus dem Haus gejagt. Sie sei für ihn und die Familie gestorben, hatte er gewütet und damit auch den anderen Familienmitgliedern jeden Kontakt mit ihr rigoros untersagt.

Seit dieser Zeit war sie auf der Flucht gewesen. Auf der Flucht vor ihren Erinnerungen. Aber das Davonlaufen war zwecklos, ihre Erinnerungen hatten sie immer wieder eingeholt. Als die Einschulung ihres Sohnes bevorgestanden hatte, hatte Claudia sich entscheiden müssen: Wollte sie Knut ein solches Nomadenleben weiter zumuten? Ihm zuliebe war sie schließlich in einer Kleinstadt im Münsterland sesshaft geworden.

Im Sommer 1980 hatte sie eine Stelle als Bürogehilfin in einem großen Autohaus gefunden und ein möbliertes Dachzimmer bezogen, das ihr eine ihrer neuen Kolleginnen vermietet hatte.

Claudia hatte ihre Arbeitszeit so einteilen können, dass sie, wenn Knut mittags von der Schule kam, für zwei Stunden zu Hause war, um mit ihm zu essen. Dann kontrollierte sie seine Hausaufgaben. Knut war ein mittelmäßiger Schüler, konnte dem Unterricht aber dank der Unterstützung seiner Mutter folgen. Eine ältere Schülerin gab nachmittags auf Knut acht, solange Claudia arbeitet.

Langsam verödete der Schmerz ihrer Erinnerungen. Schließlich fühlte sie sich in der Lage, die immer drängender werdenden Fragen ihres Sohnes zu beantworten. Allerdings sollte ihre Antwort eine Lüge sein.

»Mama, heute wolltest du mir erzählen, warum die anderen Kinder einen Papa haben und ich nicht.«

Claudia Tohmeier atmete tief durch und schüttelte die Bettdecke ihres Sohnes auf. »Hast du dir die Zähne geputzt?«

»Du hast es versprochen«, quengelte Knut.

»Hast du?«

»Hab ich vergessen«, gestand der Kleine.

Claudia gab ihrem Sohn einen liebevollen Klaps auf den Po. »Ab ins Bad. Zähneputzen. Aber ordentlich. Dann können wir darüber reden.«

Der Junge sprang ins Bad. Seine Mutter, froh über den Zeitgewinn, ging in Gedanken noch einmal die Geschichte durch, über die sie seit Wochen gegrübelt hatte. Claudia hörte Knut demonstrativ laut gurgeln. Kurz darauf war er wieder im Zimmer, sprang mit einem Satz ins Bett und sah seine Mutter erwartungsvoll an.

»Ich weiß nicht, wo dein Papa ist«, begann sie zögernd.

»Warum nicht?«

»Als du noch ganz klein warst, musste dein Papa ganz weit wegfahren.«

»Warum?«

»Er musste arbeiten. So ähnlich wie Herr Müllbreit.«

Egon Müllbreit wohnte mit seiner Frau im selben Haus. Er war Fernfahrer. Seitdem er Knut einmal im Führerhaus seines Kraftwagens auf eine kurze Tour mitgenommen hatte und der Junge anschließend am großen Lenker drehen und die Hupe betätigen durfte, waren Fernfahrer das Größte für Knut.

»Mit einem Laster?«

»Ja, mit einem Laster. Und wie Herr Müllbreit blieb er manchmal auch über Nacht weg.«

Knut staunte Bauklötze. »Mein Papa hat auch so einen großen Laster wie Herr Müllbreit?«

»Ja.«

19

»Aber warum ist er nicht hier und lässt mich mitfahren?«

»Das will ich dir ja gerade erklären. Also, dein Papa musste weit wegfahren.«

»Wohin?«

Claudia Tohmeier seufzte. »Nach Afrika.«

»Dahin, wo es die wilden Tiere gibt, die wir im Allwetterzoo gesehen haben?«

»Genau dahin. Dein Papa hat den kleinen Kindern im Dschungel Essen gebracht.«

»Mit dem Laster?«

»Ja, mit dem Laster. Er musste das tun. Die Kinder hätten sonst Hunger gehabt und wären vielleicht gestorben. Das wollte dein Papa nicht. Das würdest du doch auch nicht wollen, oder?«

Knut schüttelte heftig den Kopf.

»Siehst du. Auf dem Rückweg dann hat er einen Unfall gehabt. Und dabei ist er gestorben.«

Knuts Augen füllten sich mit Tränen.

Claudia streichelte ihrem Sohn über das Haar. »Dein Papa hatte dich ganz lieb. Er hätte bestimmt nicht gewollt, dass du weinst. Wir beide kommen doch ganz prima alleine klar. Was meinst du? Sollen wir morgen nach Münster fahren?«

Der Junge nickte zögernd.

»Du darfst dir in dem Spielzeuggeschäft auch einen Laster zum Spielen aussuchen.«

Jetzt strahlte Knut wieder. »So einen, wie ihn mein Papa hatte?«

»Genau so einen.«

3

Es war zu kalt für Mitte Mai. Ein Hochdruckgebiet über den Britischen Inseln und ein ebenso stabiles Tief über Osteuropa schaufelten gemeinsam kühle und feuchte Luft vom Nordatlantik nach Mitteleuropa. Der immer wieder stürmisch auffrischende Wind peitschte tief hängende Wolken über das Watt. Der drohende Regen aber war bisher ausgeblieben.

Als sich die Fähre Juist näherte, machte der Kapitän Fahrgäste und Inselbewohner mit einem langen Tonsignal auf die Ankunft der *Frisia IX* aufmerksam. Kurz darauf legte das Schiff mit einem leichten Ruck am Kai an.

Rainer Esch griff zu seiner Lederjacke, hängte sich die Laptoptasche über die Schulter und verließ mit einigen Hundert anderen erwartungsfrohen Urlaubern die Fähre. Schon auf dem Weg zur Ankunftshalle packte ihn die erste Windböe. Der Anwalt schlug den Kragen seiner Jacke höher, warf, wie viele andere auch, einen skeptischen Blick zum Himmel und passierte kurz darauf die Fahrkartenkontrolle. Direkt am Ausgang warteten schon die Kofferträger der großen Inselhotels, erkennbar an den Schirmmützen mit den aufgestickten Namen ihrer Arbeitgeber. Einer der Träger begleitete Esch zum Gepäckcontainer, wuchtete dessen Reisetasche auf den Fahrradanhänger und schaute fragend auf Rainers Laptop. Der Anwalt lehnte dankend ab, steckte dem Mann ein Geldstück zu und bummelte ins Ortsinnere. Er kannte sich aus. Es war bereits sein zweiter Besuch auf Juist.

Nach einem Fußmarsch von nur wenigen Minuten befand er sich an der Rezeption des *Hotel Pabst*, nahm seinen Zimmerschlüssel in Empfang und bezog Quartier in einem der ersten Häuser der Insel.

Sein Gepäck war bereits auf das Zimmer gebracht worden. Rainer zog seine Schuhe aus, ließ sich rücklings auf das Bett fallen und schloss die Augen, um nachzudenken.

Gerrit Harms hatte Esch gebeten, zunächst nur telefonisch mit ihm in Kontakt zu treten. Der Hotelier wollte ausschließen, dass jemand aus Eschs Anwesenheit die richtigen Schlussfolgerungen zog. Der Anwalt sei als derjenige auf der Insel bekannt, der an der Aufklärung des letzten Mordes auf Juist beteiligt gewesen war. Jemand konnte ihn wiedererkennen. Und wenn Harms, der von den Brandstiftungen Hauptbetroffene, mit ihm gesehen wurde, könnten Fragen nach dem Grund für die Anwesenheit des Anwalts laut werden. Fragen, die Harms nach Möglichkeit vermeiden wollte.

Nach kurzem Nachdenken hatte Rainer zu bedenken gegeben, dass er über kurz oder lang auf jeden Fall mit den Brandstiftungen in Verbindung gebracht werden würde. Immerhin musste Esch Erkundigungen einholen und das würde sich herumsprechen. Juist war ein Dorf – nichts blieb hier lange geheim.

Die beiden Männer hatten sich deshalb darauf geeinigt, dass Esch sich als Beauftragter der Versicherung ausgeben sollte, die für Feuerschaden aufkommen musste. Das würde seine Anwesenheit, sollte er erkannt werden, plausibel erklären. Bisher hatte sich noch kein Versicherungsagent vor Ort gezeigt, sondern die Gesellschaft hatte den Schaden auf Basis der Aktenlage reguliert. Den Brand in der Abstellkammer hatte Harms bisher noch nicht gemeldet. So war die Gefahr gering, dass tatsächlich ein Beauftragter der Assekuranz auf der

Nordseeinsel auftauchen und Rainers Legende gefährden konnte.

In den letzten Tagen hatte sich Esch fast ständig den Kopf darüber zerbrochen, wie er vorgehen sollte. Aber es war ihm einfach nichts eingefallen. Seine Lebensgefährtin und Kollegin Elke Schlüter, mit der er den Auftrag seines neuen Mandanten diskutieren wollte, hatte nur ihren Kopf geschüttelt und ihn daran erinnert, dass besonders ein Anwalt verpflichtet sei, Straftaten anzuzeigen. Schließlich läge es auch im Interesse seines Mandanten, dass der Brandstifter gefasst würde. Ein Amateur wie Rainer solle sich aus solchen Ermittlungen heraushalten. Diese Bemerkung seiner Liebsten traf Esch schwer, hatte er sich doch immer eingebildet, dass Elke insgeheim stolz darauf war, mit einem Anwalt liiert zu sein, der sich von Zeit zu Zeit als Detektiv betätigte.

Sie hatte ihre Meinung auch nicht geändert, als er ihr die Höhe des vereinbarten Honorars nannte.

»Zweihundert Euro am Tag sind eine Menge Geld«, hatte sie ihm zugestimmt. »Aber egal, wie viel Kohle dieser Hotelbesitzer auf den Tisch blättert, du solltest das Mandat niederlegen und die Kripo einschalten.«

Als Rainer ihr zu erklären versuchte, dass sie mit dem Geld die Neueinrichtung des Kinderzimmers würden bezahlen können, war Elke wütend aufgesprungen und hatte mit gefährlich leiser Stimme entgegnet: »Du machst ja ohnehin, was du willst. Warum fragst du mich überhaupt?« Damit war die Diskussion beendet gewesen.

Je mehr er darüber nachdachte, desto logischer erschien ihm Elkes Hinweis auf die Staatsmacht. Allerdings würde er sich nicht an die Kriminalpolizei in Aurich wenden, sondern der Juister Polizei einen Besuch abstatten. Schließlich kannte er den einzigen dauerhaft auf Juist tätigen Beamten persönlich. Enno Altehuus würde sich sicher freuen, ihn wiederzusehen. Bei dieser Gelegenheit würde er erwähnen, dass er im Auftrag einer Versicherung auf Juist war und sich dann vorsichtig nach dem Stand der polizeilichen Ermittlungen erkundigen. Danach konnte er Elke gegenüber mit Fug und Recht behaupten, mit der Polizei gesprochen zu haben. Auch wenn er sich dessen bewusst war, dass Elke etwas anderes im Sinn gehabt hatte.

Zufrieden drehte sich Rainer auf die Seite. Er hatte einen Plan. Zumindest einen groben. Er zog die Bettdecke etwas über sich und war wenig später fest eingeschlafen.

4

Sommer 1981

Claudia

»Mein Sohn hätte gerne einen Lastwagen.« Claudia Tohmeier lächelte den Verkäufer in dem Spielwarengeschäft in der Münsteraner Innenstadt an. Dann setzte sie leise hinzu: »Er sollte aber nicht zu teuer sein.«

Ihr Gegenüber nickte verstehend, beugte sich zu Knut hinunter und meinte jovial: »Das ist ja ein tolles Geschenk. Hast du heute Geburtstag?«

»Nee. Das ist wegen meinem Papa. Der ist tot.«

Der Mann warf Claudia Tohmeier einen fragenden Blick zu.

»Schon lange her«, antwortete diese zurückhaltend. »Der Junge hat seinen Vater nicht gekannt.«

»Ach so. Na, dann komm mal mit, mein Kleiner.«

Mit vor Aufregung roten Wangen lief Knut hinter dem Mann her, der schließlich vor einem Regal im hinteren Bereich des Ladens stehen blieb. Claudia folgte den beiden.

»Wie wäre es denn hiermit?« Der Verkäufer hielt einen Tankwagen hoch.

»Hatte mein Papa so 'nen Laster?«, erkundigte sich Knut bei seiner Mutter.

Die schüttelte den Kopf. »Damit wird Benzin transportiert. Ich habe dir doch erzählt, was er in Afrika gemacht hat.«

»Den will ich nicht«, verkündete daraufhin der Kleine energisch. »Ich will einen, mit dem man Essen zu den Kindern bringen kann.«

Der Verkäufer stutzte einen Moment, stellte den Tankwagen beiseite und griff erneut ins Regal. »Hier. Ein Mercedes-Benz. Mit solchen Fahrzeugen können auch Lebensmittel transportiert werden.« Er grinste verlegen. »Ich meine natürlich die echten Wagen. Das Chassis des Modells ist aus Gusseisen gefertigt. Sehr stabil. Die Aufbauten sind aus Kunststoff. Abnehmbar. Zusätzlich gibt es von dieser Firma als Zubehör zahlreiches Ladegut. Der Spielwert wird damit ...«

Knut sah wieder zu seiner Mutter. Die nickte.

»Den will ich«, strahlte ihr Sohn und streckte fordernd die Hand nach dem in einem Karton verpackten Fahrzeug aus. »So einen hatte mein Papa.«

Als sie wieder auf der Straße standen, quengelte Knut: »Fahren wir jetzt nach Hause? Ich will meinen Laster auspacken. Und dann fahre ich mit dem nach Afrika«, verkündete er stolz.

»Es dauert noch etwas. Der Bus fährt erst in einer halben Stunde. So lange müssen wir noch warten. Außerdem will ich noch etwas einkaufen.«

»Was denn?«

»Haarshampoo.«

»Ich brauche aber keins, Haare kämmen reicht.«

Claudia Tohmeier lachte. »Ich weiß, wie gerne du dir den Kopf waschen lässt. Aber keine Angst. Es ist nicht für dich, sondern für mich.«

»Dann brauche ich mir nicht mehr ...?«

»Doch. Dein Shampoo reicht noch für ganz viele Haarwäschen.«

»Och.« Knut hielt die Einkaufstüte, in der sich sein neues Spielzeug befand, fest in der Hand. »Aber dann fahren wir?«

»Versprochen.« Seine Mutter zeigte auf die andere Straßenseite. »Da drüben ist das Geschäft. Aber wir können hier nicht einfach über die Straße laufen. Hier ist viel zu viel Verkehr.« Sie zeigte nach links. »Dort ist eine Fußgängerampel. Du weißt doch noch, was das ist?«

Knut nickte heftig. »Bei Grün darfst du gehn, bei Rot musst du stehn.«

»Genau. Das hast du dir ganz richtig gemerkt.«

Als sie näher zu der Ampel kamen, bemerkte Claudia Tohmeier, dass diese ausgefallen war und ständig gelb blinkte. Glücklicherweise war die Fahrbahn frei. Schnell überquerten sie die Straße. Claudia Tohmeier erklärte ihrem Sohn, warum sie nicht auf Grün gewartet hatten. »Aber du darfst, wenn die Ampel kaputt ist, nur dann über die Straße laufen, wenn kein Auto kommt. Von keiner Seite«, schärfte sie ihm ein.

Kurz darauf standen sie vor der Drogerie. Claudia Tohmeier öffnete ihre Handtasche und kramte darin.

»Warum gehen wir nicht weiter? Nachher ist der Bus weg«, jammerte Knut.

»Weil ich Frau Müllbreit versprochen habe, für sie etwas mitzubringen. Wo ist denn nur der Zettel, den sie mir geschrieben hat?«

Knut stapfte ungeduldig von einem Bein auf das andere. »Mama, der Bus …«

»Wir haben noch genug Zeit«, beruhigte sie ihren Sohn und suchte weiter. Dann wurde sie blass. »Mein Portemonnaie. Wo ist nur …« Sie dachte einen kurzen Moment nach. »Im Spielzeuggeschäft. Ich muss es neben der Kasse liegen gelassen haben.« Claudia Tohmeier sah auf die Uhr. Gedanken schossen durch ihren Kopf. Zurück zur Ampel, dann zu dem Geschäft. Die Besorgungen in der Drogerie erledigen. Zur Haltestelle am Hauptbahnhof. Kaum genug Zeit, den Bus noch zu erreichen. Auf den nächsten warten? Der allerdings fuhr erst in einer Stunde. Aber der Junge wollte doch endlich mit dem Laster spielen. Dann hatte sie einen Entschluss gefasst.

»Du bleibst hier stehen und rührst dich nicht vom Fleck. Ich muss noch einmal in das Spielzeuggeschäft und laufe hier über die Straße. Du weißt, dass man das nicht machen darf, aber wir wollen schnell nach Hause. Du wartest hier. Hast du das verstanden?«

»Ja, Mama.«

»Gut. Bleib hier neben der Tür stehen. Ich bin sofort zurück.«

Der Verkehr auf der Straße hatte zugenommen. Claudia Tohmeier passte eine Lücke ab und huschte, das wütende Hupen eines Autofahrers ignorierend, auf die andere Straßenseite.

Es dauerte einen Moment, bis der Verkäufer, der gerade einen anderen Kunden bediente, auf sie aufmerksam wurde. Er hatte die Geldbörse bereits gefunden und sichergestellt, jetzt händigt er sie Claudia Tohmeier aus. Eilig verließ sie den Laden, um die Straße erneut zu passieren. Sie sah nach links, dann nach rechts. Die vielen Autos zwangen sie zu warten. Dann schaute sie zur Drogerie gegenüber und erstarrte.

Ihr Kind wich, mit dem Rücken zur Fahrbahn, vor einem Schäferhund zurück, der fast so groß wie er selbst war. Seit er einmal gebissen worden war, hatte er fürchterliche Angst vor Hunden, vor so großen besonders. Langsam, Schritt für Schritt, näherte er sich rückwärts der Bordsteinkante.

»Bleib stehen!«, rief sie so laut sie konnte, um den Verkehrslärm zu übertönen. Knut aber hörte sie nicht. Noch zwei, drei Schritte, dann hätte der Junge die Kante erreicht.

»Knut!« Sie geriet in Panik. Ihr Sohn würde unweigerlich straucheln, fallen und dann ... Ohne Zögern lief sie los, um ihrem Kind beizustehen.

Als Knut das Rufen endlich hörte und sich umdrehte, war es zu spät. Lautes Hupen. Bremsen kreischten. Ein dumpfer Schlag. Knut sah noch, wie seine Mutter unter dem Lastkraftwagen verschwand. Unter so einem, mit dem sein Papa den Kindern in Afrika Essen gebracht hatte.

Knut riss Augen und Mund auf, erstarrte schließlich und schwieg für einige Minuten, so als habe er das, was er gerade hatte sehen müssen, gar nicht wahrgenommen. Dann fing er an zu schreien.

Knut schrie so lange, bis ihm der Notarzt, der ohne Erfolg um das Leben von Claudia Tohmeier gekämpft hatte, eine leichte Beruhigungsspritze injizierte.

5

Enno Altehuus erweckte nicht den Eindruck, dass er sich über den Besuch des Herner Anwalts wunderte.

»Der Herr Esch«, brummte er nur und ein leichtes Lächeln erschien auf seinem Gesicht. »Wieder auf Juist. Urlaub?« Der massige Polizist machte einen Schritt zur Seite und ließ Rainer, ohne dessen Antwort abzuwarten, in den kleinen Flur eintreten.

»Wir gehen in die Wache«, ordnete Altehuus an und zeigte nach hinten. Der Wachraum hatte sich nach Rainers letztem Besuch nicht verändert. Die Möblierung war immer noch karg: ein Schreibtisch, mehrere Holzstühle und ein kleines Regal. Auch das Funkgerät hing noch an seinem Platz neben dem Fenster.

Mit einer Kopfbewegung deutete Altehuus auf einen der Stühle. Er selbst nahm hinter seinem Schreibtisch Platz und schob den Drehstuhl etwas zu Rainer hin. Dann griff er in seine Uniformjacke, zog eine Dose Schnupftabak hervor, reichte diese mit fragendem Gesicht seinem Besucher und platzierte dann, als dieser ablehnte, eine Prise auf seinem linken Handrücken. Mit einem Nicken steckte er die Dose wieder ein, schob abschließend das Häufchen mit dem rechten Zeigefinger ineinander und zog den Tabak in die Nase.

»Ah. Möchten Sie einen Tee?«, fragte er dann.

»Nein, danke. Ich komme gerade vom Frühstück.«

»Sie wohnen im *Pabst,* habe ich gehört.«

29

Rainer musste grinsen. »Ich hatte damit gerechnet, dass sich meine Ankunft herumsprechen würde. Aber so schnell? Ich bin doch erst gestern Abend angereist.«

»Das nennen Sie schnell? Na ja. Man kennt Sie eben auf der Insel. Was führt Sie nun zu uns?«

»Kein Urlaub. Ich bin geschäftlich hier.«

»Aha. Und ich nehme an, dass Ihr Besuch bei mir etwas mit diesen Geschäften zu tun hat?«

»Ja.«

»Wollen Sie wieder Grundstücke für einen Golfplatz ankaufen?«

»Nein. Es geht um die Brände der letzten Zeit. Ich wurde von der Versicherung beauftragt, mir vor Ort ein Bild zu machen«, log er.

»Ermittlungen sind Sache der Polizei«, knurrte Altehuus. »Das sollten Sie als Anwalt doch wissen.«

Auf diese Bemerkung war Rainer vorbereitet. »Es geht nicht um die möglichen Brandstifter, sondern um die tatsächliche Schadenshöhe.«

Altehuus hob die Augenbrauen. »Verstehe ich Sie richtig? Ihr Auftraggeber vermutet Versicherungsbetrug?« Der Polizist schüttelte den Kopf und gab sich selbst eine Antwort. »Völlig undenkbar. Zwei alte Schuppen. Einige kaputte Liegen. Und dann der Abstellraum in Harms' Hotel. Kaum Schaden. Da war nichts mit einem warmen Abriss. Da wurde nichts von wirklichem Wert abgefackelt.«

»Wahrscheinlich haben Sie recht«, erklärte Rainer. »Aber meine Auftraggeber macht stutzig, dass die Brände so kurz hintereinander erfolgt sind. Zufall kann das ja kaum sein, oder?«

»Das nicht.« Altehuus stand auf. »Aber Versicherungsbetrug? Nee. Ich hole mir jetzt einen Tee. Möchten Sie nicht auch einen?«

Der Anwalt lehnte erneut ab und Altehuus verschwand im Nachbarraum. Geschirr klapperte. Wenig später saßen sich die beiden Männer wieder gegenüber. Der Polizist rührte geräuschvoll drei Stücke Kandis in seine Tasse. »Ich kenne die Familie Harms seit Ewigkeiten. Denen geht es wirklich gut. Das Hotel läuft, wie man so hört, prima. Nee, nee. Da können Sie gleich wieder Ihre Koffer packen, Herr Anwalt. Da ist Ihre Versicherung auf dem Holzweg. Das können Sie mir glauben.« Selbst wenn es anders gewesen wäre, würde er das dem Schnüffler nicht auf die Nase binden. Der Polizist griff zur Tasse, nahm einen großen Schluck Tee und schnalzte befriedigt mit der Zunge. »Es geht doch bei diesem Schietwetter nichts über einen heißen Tee, meinen Sie nicht auch?«

»Wenn es sich also nicht um Brandstiftung handelt ...«

»Das, Herr Esch, habe ich nicht gesagt. Nur hätte Harms nicht das geringste Interesse daran, für die paar Euro, die er dafür von der Versicherung bekommt, seine alten Hütten anzustecken.«

»War es nun Brandstiftung oder nicht?«

Altehuus stellte seine Tasse energisch ab. »Sicher war es das.«

»Und? Haben Sie einen Verdacht?«

»Mein lieber Herr Anwalt, diese Frage kann ich nicht beantworten. Das wissen Sie doch ebenso gut wie ich.« Er beugte sich etwas nach vorn, sah seinem Gast direkt ins Gesicht und senkte seine Stimme. »Aber weil wir uns schon so lange kennen, kann ich Ihnen ganz im Vertrauen Folgendes mitteilen ...« Er machte eine Pause. »Ich denke, dass ich ...«

Rainer sah Altehuus erwartungsvoll an. »Ja?«

»... nicht die geringste Ahnung habe.« Altehuus lachte dröhnend, als er das enttäuschte Gesicht des Anwalts sah. »Nun gucken Sie doch nicht so. Sie haben doch nicht im Ernst erwartet, dass ich vor Ihnen die Ergebnisse meiner Ermittlungsarbeit ausbreite, oder?«

»Eigentlich nicht. Aber das mit der Brandstiftung haben Sie ernst gemeint?«

Altehuus nickte. »So wie ich es gesagt habe.«

»Sie haben aber doch sicher nichts dagegen, wenn ich mich etwas umhöre?«

»Umhören? Meinetwegen. Ermitteln? Kommt nicht infrage.«

»Sie können sich darauf verlassen, Herr Altehuus. Es bleibt bei den Erkundigungen.« Rainer versuchte, ein ehrliches Gesicht zu machen, denn der Juister Polizist war ihm eigentlich sympathisch. Deshalb ging ihm diese Lüge nicht gerade leicht über die Lippen.

»Na hoffentlich.« Altehuus lehnte sich zurück. »Und wie geht es Ihrer Freundin?«

6

Sommer 1981

Knut

Knut war unmittelbar nach dem Unfall zunächst in ein Krankenhaus, zwei Tage später aber, nachdem sich sein psychischer Zustand stabilisiert hatte, auf Anweisung des Jugendamtes in ein Kinderheim gebracht worden. Schnell hatte sich herausgestellt, dass sein leiblicher Vater nicht zu ermitteln war und Knuts Großeltern, die einzigen näheren Verwandten des Kindes, jede Verantwortung kategorisch ablehnten. So war der Kleine schließlich in dem Heim vor den Toren Münsters gelandet.

Die ersten zwei Tage in seinem neuen Zuhause verbrachte der Siebenjährige überwiegend in der Obhut der Betreuer. Sie versuchten erfolglos, mit dem Jungen über den Tod seiner Mutter zu sprechen. Von einsilbigen Antworten abgesehen, schwieg Knut. Nach einiger Zeit gaben die Betreuer auf und ließen den Kleinen mit seinem Schmerz allein. Da Knut ruhig blieb und sich offensichtlich in die Gemeinschaft der anderen Kinder einfügte, hieß es bald, der Junge wäre nur ein wenig verschlossen, was angesichts seines Verlustes auch nicht weiter verwunderlich war. Das würde sich mit der Zeit geben, meinten die Betreuer und behandelten Knut kurz darauf mehr oder weniger wie die anderen Heimkinder auch. Zusätzliche psychologische Begleitung hielten die Verantwortlichen für unnötig. So war es eine Woche nach dem Unfall auch für ihn Zeit, wieder zur Schule zu gehen.

Knut wurde, seinem Alter entsprechend, wieder in die zweite Klasse eingeschult. Ihm wurde von der Lehrerin ein Platz in der letzten Reihe zugewiesen, neben einem Jungen, den er aus dem Kinderheim kannte. Peter war zwei Köpfe größer, fast zwei Jahre älter als er und zeigte ein ausgeprägtes Desinteresse für alles, was mit Schule zusammenhing.

Vielleicht war das der Grund, warum sich Knut zu dem Älteren hingezogen fühlte, stellte sich doch nur wenige Tage nach dem Schulwechsel heraus, dass er dem Unterricht nur mit Mühen folgen konnte. Besonders in den Fächern Deutsch und Mathematik hatte Knut erhebliche Defizite, die er ohne die Unterstützung seiner Mutter auch nicht ausgleichen konnte. Auch die Betreuer im Heim waren ihm keine Hilfe. Zwar ließ ihn Peter bei den wenigen Hausaufgaben, die sie erledigen mussten, bereitwillig abschreiben, da dieser aber auch nicht gerade eine Leuchte war, half Knut das nur wenig.

Erschwerend kam hinzu, dass Knut in der neuen Schule häufig Opfer der Aggressionen seiner Mitschüler wurde.

»Heimkinder, blöde Rinder«, skandierten sie im Chor und schubsten ihn von einem zum anderen. Dabei teilten sie harte Knopfnüsse aus und schlugen Knut in den Magen. Wenn er dann in Tränen ausbrach, ließen sie nicht etwa von ihm ab, sondern verspotteten ihn umso mehr.

Erst als Peter nach einigen Tagen dazwischenging und demjenigen, der Knut am stärksten traktiert hatte, in der großen Pause auf dem Schulhof eine kräftige Tracht Prügel verabreichte, wurde diesem, aber auch den restlichen Kindern klar, dass Knut unter Peters Schutz stand. Und da Peter der Kräftigste in der Klasse war, hatte Knut von nun an nichts mehr von den anderen Schülern zu befürchten. Allerdings schloss die Klassengemeinschaft die Heimkinder nach dieser Auseinandersetzung vollständig aus. Auch die Lehrkräfte behandelten sie wie ein lästiges Übel und ignorierten ihre wenigen Wortmeldungen während des Unterrichts geflissentlich.

All das führte nur dazu, dass die beiden immer enger zusammenfanden und auch im Heim bald unzertrennlich wurden. Knut hatte einen Kameraden gefunden und klammerte sich wie eine Klette an ihn. Und Peter, stolz, dem neuen Freund mit seiner körperlichen Überlegenheit zu imponieren, war von der Anhänglichkeit des Jüngeren geschmeichelt und akzeptierte dessen Nähe.

7

Ihr Gespräch blieb belanglos, bis Rainer sich unter einem Vorwand verabschiedete. Der Anwalt war unsicher, ob der Inselpolizist ihm seine Legende abgekauft hatte. Denn er war konsequent geblieben und hatte tatsächlich kein Wort über seine Ermittlungen erzählt. Egal. Irgendwie würde er in diesem Fall schon weiterkommen. Immerhin hatte der Polizist Esch verraten, dass Harms' Schuppen im Loog gestanden hatte.

Bei einem Fahrradverleiher in der Wilhelmstraße mietete der Anwalt sich einen Drahtesel, um dorthin zu fahren. Er wollte sich etwas umsehen. Das war zwar auch nicht gerade das, was er unter einem Plan verstand, aber besser als nichts. Außerdem würde ihm die Bewegung guttun.

Rainer hatte kaum die Billstraße erreicht, als ihm der Westwind entgegenblies. Er trat heftiger in die Pedalen und verfluchte schon nach wenigen Metern seine Entscheidung, lediglich ein Rad mit einem Dreiganggetriebe gemietet zu haben.

Schwer atmend erreichte Esch schließlich sein Ziel. Er stellte das Fahrrad in der Nähe des Kindergartens ab und ging die wenigen Schritte bis zum Rand der Dünen. Die Überreste des Schuppens waren nicht zu übersehen. Nur eine Seitenwand war noch halbwegs intakt, das Dach hingegen vollständig eingestürzt, verkohlte Bretter lagen kreuz und quer ineinander verkeilt, wo sich einmal Harms' Eigentum befunden hatte.

Das Gelände war höchstens zweihundert Quadratmeter groß. In dem Bereich, hinter dem die Dünen anstiegen, wucherte der Sanddorn, weiter vorne wuchs spärliches Gras. Eingefriedet war das Gelände mit einem Drahtzaun, etwa ein Meter achtzig hoch. Das Metallgewebe war an einigen Stellen eingedrückt und beschädigt. Kein Problem für einen Brandstifter, auf das Grundstück zu gelangen.

Reifenspuren im Sand führten zu einem breiten Tor. Der Anwalt drückte auf die Klinke. Es wunderte ihn nicht, dass ein Torflügel mit einem rostigen Ächzen aufschwang. Warum sollte Harms auch das Gelände sichern? Hier lagerte nichts mehr, was auch nur den geringsten Wert besessen hätte.

Er betrat das Grundstück, um den Schuppen genauer in Augenschein zu nehmen. Beim Näherkommen entdeckte er unter den Trümmern die Überreste einiger Strandkörbe, die einen traurigen Anblick boten. Ihn ihnen würde sich kein Urlauber mehr ausruhen können. Rainer stocherte mit den Fußspitzen in der feuchten Asche herum und fragte sich nicht zum ersten Mal, was er eigentlich an diesem trostlosen Ort finden wollte.

»He, Sie!«, rief jemand vom Weg her. »Was haben Sie hier zu suchen?«

Rainer drehte sich um. Am Tor stand ein vielleicht Siebzigjähriger und stützte sich mit beiden Händen auf den Sattel seines Rades.

»Das ist Privatbesitz«, erklärte der Alte, als Rainer auf ihn zuging. »Ist eigentlich nicht zu übersehen.« Er zeigte auf das offen stehende Tor.

»Ich weiß.« Rainer nickte dem Mann zur Begrüßung zu. »Rainer Esch. Rechtsanwalt.«

»Das gibt Ihnen trotzdem nicht das Recht, fremde Grundstücke zu betreten.«

»Ich komme von der Versicherung, die den Schaden reguliert. Herr Harms weiß, dass ich mich ein wenig umsehen wollte.«

Der Mann schien besänftigt. »Wenn Gerrit informiert ist, ist ja alles in Ordnung. Aber was, in aller Welt, wollen Sie denn finden? Außer verbranntem Holz, meine ich.«

»Ich weiß es auch nicht so genau«, erwiderte Esch wahrheitsgemäß.

»Außerdem hat die Polizei schon alles untersucht und die Anwohner befragt. Viel ist nicht dabei herausgekommen.«

Rainers Interesse war geweckt. »Die Beamten haben also zumindest einen Anhaltspunkt gefunden?«

»Beamte?« Der Alte schüttelte den Kopf. »Nee. Nur der Enno. Der hat mich befragt. Und ermitteln wäre zu viel gesagt. Ich habe Enno nur von dem Kerl erzählt, den ich am selben Abend, kurz bevor der Schuppen in Flammen aufging, gesehen habe.«

»Wo? Hier auf dem Grundstück?«

Der Mann schüttelte den Kopf. »Nee, da hinten.« Er zeigte mit der rechten Hand nach Süden. »Kurz vor der Hammersee-Straße. Er fiel mir auf.«

»Warum? Dies hier ist der Weg zum Strand. Den benutzen doch sicher häufiger Leute, oder?«

»In der Saison. Aber an einem Februarabend? Noch dazu im Nebel? Um die Zeit sind kaum Touristen auf Juist.«

Das leuchtete dem Anwalt ein. »Und was genau haben Sie beobachtet?«

»Ich fuhr mit dem Rad die Hammersee-Straße entlang. Und da habe ich ihn gesehen. Kam langsam den Weg runter, auf mich zu. Ich habe noch gegrüßt, aber der Kerl hat nicht geantwortet, sondern sich umgedreht und ist schnell in Richtung Dünen gegangen.«

»Das war alles?«

»Das war alles«, kam die Bestätigung. »Um diese Zeit geht hier normalerweise niemand spazieren. Schon gar nicht zum Strand. Und warum ist er nicht weiter Richtung Hammersee-Straße gelaufen, als ich ihn angesprochen habe? Kam mir sofort komisch vor.«

»Wann war das?«

»Sagte ich doch. An dem Abend, als es gebrannt hat.«

»Ich meine die Uhrzeit.«

»Ach so. Gegen neun.«

»Und was hat die Polizei dazu gesagt?«

»Nichts. Aufgeschrieben hat der Enno alles.«

Diese Aussage schriftlich festzuhalten hielt Rainer für vergebliche Liebesmüh. »Konnten Sie den Mann erkennen?«

»Sie meinen, ob ich weiß, wie er aussah?«

»Ja.«

»Nee. Kann ich nicht. Es war ja dunkel. Und dann der Nebel. Ich konnte nur feststellen, dass es ein Mann war. Groß gewachsen, schlank. Und so eine Prinz-Heinrich-Mütze auf dem Kopf. So eine, wie sie unser Altbundeskanzler Helmut Schmidt getragen hat.«

»Mehr haben Sie nicht gesehen?«

Der Alte schüttelte den Kopf.

Hier würde er nicht mehr erfahren, dachte Esch. Er drehte sich um, schloss das Tor und verabschiedete sich.

Ein Mann mit einer Prinz-Heinrich-Mütze als besonderes Merkmal. Solche Mützen lagen vermutlich bei jedem dritten Juister im Schrank. Den Weg hätte er sich schenken können. Zumindest würde er auf der Rückfahrt Rückenwind haben.

Als er den Schutz der Dünen verlassen und sein Fahrrad erreicht hatte, musste er erkennen, dass er sich auch in diesem Punkt geirrt hatte. Der Wind hatte gedreht.

8

Die Ursache des Streits war wie üblich völlig banal. Heike Harms hatte ihren Bruder gebeten, ihr die Auflistung der letzten Monatseinnahmen des *Sanddornhotels* auf den Schreibtisch zu legen. Sie wollte diese in das Buchhaltungsprogramm am Rechner übertragen, um den Monat abschließen zu können. Gerrit aber hatte es versäumt, den Kassenbestand der vergangenen Tage nachzutragen, und die Einnahmenliste war unvollständig. Als sie dies bemängelte, hatte er sie nur barsch angeblafft, dass sie sich um ihren Kram kümmern solle. Ihre Erwiderung, die Buchhaltung gehöre dazu, quittierte er nur mit einem überheblichen Lachen. Schließlich gab ein Wort das andere und es flogen die Fetzen.

Ihre Mutter, der die Auseinandersetzung nicht verborgen geblieben war, versuchte nun nicht etwa, den Streit zu schlichten. Nein, sie ergriff eindeutig Partei: für ihren

Sohn. So, wie sie es immer tat. Alles, was Gerrit unternahm, bewunderte sie, die Leistung ihrer Tochter war dagegen in ihren Augen nicht der Rede wert.

Heike Harms kochte innerlich. Sie war diese ewigen Zurücksetzungen so leid. Nach dem Tod ihres Vaters war sie nach Juist zurückgekehrt, in der Hoffnung, sich nach dem erfolgreichen Studienabschluss die Anerkennung ihrer Familie erkämpft zu haben. Ein Irrtum. Nichts hatte sich geändert. Bis heute nicht. Aber sie hatte nicht die Kraft gehabt, sich von Mutter und Bruder loszusagen und die Insel endgültig zu verlassen. Also war sie geblieben.

Sie biss die Zähne zusammen, verließ das Büro und lief zur Toilette, wo sie sich einschloss. Erst als die Tränen der Wut getrocknet waren, kehrte sie zu ihrer Arbeit zurück, als ob nichts gewesen sei. Heute Abend würde sie sich amüsieren, nahm sie sich vor. Ihren Kummer und Schmerz im Alkohol ertränken. Alles vergessen.

Die *Spelunke* war bereits voller Gäste, als sie das Bierlokal kurz vor zehn Uhr betrat. Sie grüßte Deti, den Wirt, mit einem Kopfnicken, setzte sich im hinteren Bereich der Kneipe an die lange Theke, bestellte ein Bier und sah sich um.

Die meisten Gäste standen oder saßen in Gruppen zusammen. Nur ganz vorne, am Thekenanfang, stand ein Mann, der ihr beim Eintreten nicht aufgefallen war. Sie hatte ihn in den letzten Wochen schon häufiger im Ort gesehen. Es handelte sich also vermutlich nicht um einen Urlauber. Juister Einwohner war er aber auch nicht. Die Juister kannten einander – zumindest vom Sehen und Hörensagen. Eine Saisonkraft, spekulierte Heike Harms. Aus einem der Hotels oder Gaststätten.

Sie musterte ihn genauer. Groß gewachsen, von jener selbstsicheren Haltung, die Menschen auszeichnet, die sich ihres guten Aussehens bewusst sind. Er trank Mineralwasser, ein in der *Spelunke* eher ungewöhnliches Getränk.

Plötzlich drehte er sich in ihre Richtung. Für einen Moment traf sein Blick den ihren. Der Mann lächelte. Er hatte ihr Interesse bemerkt. Ertappt! Schnell drehte Heike den Kopf und spürte, wie sie errötete. Peinlich! Er kann es nicht sehen, beruhigte sie sich. Er steht zu weit entfernt. Und dann noch die schummerige Beleuchtung.

Mit großen Schlucken trank sie das Bier aus und stellte ihr Glas eine Spur zu heftig zurück auf den Deckel.

»Noch eins«, orderte sie Nachschub und zwang sich, stur auf die Rückwand des Thekenbereichs zu starren. »Und einen Friesengeist.«

Drei Bier später forderte die Flüssigkeitsmenge ihren Tribut. Sie erhob sich von den kleinen, fest verschraubten Bänken, die als Barhocker dienten. Der Alkohol ließ sie kurz schwindeln und sie merkte, dass sie ihn nicht gewöhnt war.

Die Kneipe hatte sich weiter gefüllt. Die Gäste standen dicht an dicht. Unsicher schob sie sich durch die Menge, spürte die abschätzenden Blicke der Männer.

Endlich erreichte sie die Sicherheit der Toilette. Dort standen zwei junge Frauen, fast noch Mädchen, und korrigierten ihr Make-up. Dabei tauschten sie kichernd die Erlebnisse der letzten Stunden aus. Heike ignorierte das Getuschel und drängte sich mit einem entschuldigenden Lächeln an ihnen vorbei.

Als sie wieder in den Schankraum zurückkehrte, fiel ihr auf, dass die Luft in der Kneipe zum Schneiden war. Kurz blieb sie an der geöffneten Eingangstür stehen, um durchzuatmen.

»Stickig hier, nicht wahr?«, sprach sie eine tiefe und doch melodische Männerstimme an.

Sie fuhr herum. Vor ihr stand der Typ, den sie so neugierig gemustert hatte, und lächelte sie an.

»Soll ich Ihnen Ihr Glas von der Theke holen?«, bot er an.

Einem ersten Impuls folgend, wollte Heike das Angebot ablehnen. Aber dann dachte sie: Warum eigentlich nicht? Und erwiderte: »Das wäre nett. Es ist wirklich sehr heiß hier drin. Aber an der Tür lässt es sich aushalten.«

Eine halbe Stunde später stand sie immer noch an der Eingangstür und unterhielt sich mit dem jungen Mann, der sich als Tommy vorgestellt hatte. Sie hatte recht mit ihrer Vermutung gehabt: Tommy arbeitete in der *Schaluppe* als Aushilfskellner. Heute sei sein freier Tag. Er studiere Maschinenbau in Bochum, erzählte er ihr, stehe kurz vor dem Examen. Eigentlich müsse er für die Prüfungen im nächsten Jahr lernen. Doch durch den Saisoneinsatz auf Juist verdiene er genug Geld, um sich ohne Nebenjob ab dem kommenden Oktober voll auf sein Studium konzentrieren zu können.

Tommy sah gut aus, war ein humorvoller Gesprächspartner und zuvorkommender Begleiter. Er bot mehrmals an, ihr ein Getränk zu spendieren. Aber sie lehnte ab. Aus seinen Erzählungen schloss sie, dass er jeden Cent zusammenhalten musste. Und sie wusste aus eigener Erfahrung, wie hart Aushilfskellner ihr Geld verdienten.

Kurz vor Mitternacht hatten weitere Biere und Tommy ihr völlig den Kopf verdreht. Sie lehnte sich an die Schulter ihres neuen Bekannten und fühlte eine wohlige Wärme in sich aufsteigen. Zu ihrer Überraschung hörte sie sich fragen: »Gehen wir nachher noch zu mir?«

»Hast du eine Briefmarkensammlung?«, scherzte er als Antwort und nahm sie in den Arm.

Das musste einfach eine wundervolle Nacht werden, hoffte sie.

9

Nach seiner Rückkehr versuchte Rainer, telefonisch Elke zu erreichen. Vergeblich. Dann fiel es ihm wieder ein. Heute war Donnerstag. Elke traf sich vermutlich mit ihren Freundinnen. Ihr gemeinsamer Sohn Oskar blieb an diesen Tagen bei Elkes Mutter und ließ sich verhätscheln. An solchen Abenden kehrte Elke erst spät zurück. Eine Auszeit nehmen, nannte sie das. Nur zu gut konnte Rainer sie verstehen. Auch er fühlte sich manchmal als Vater schlicht überfordert, insbesondere dann, wenn Oskar genau während der Berichterstattung in der Sportschau über die – leider zu seltenen – Siege Schalkes der Auffassung war, es sei Zeit für seinen Vater, mit ihm zu spielen.

Den Rest des Tages verbrachte der Anwalt damit, über das nachzudenken, was er einen Plan nannte. Er ging am langen Sandstrand der Insel spazieren, lauschte dem Kreischen der Möwen, sah den wagemutigen Urlaubern zu, die bei Wassertemperaturen von unter fünfzehn Grad ihre Zehenspitzen kurz in die Nordsee steckten und tat im Grunde nichts. Das dafür aber sehr gründlich. Schließlich wurde er nach Tagessätzen bezahlt.

Am Abend genoss er ein exzellentes Essen im *Rüdiger's* – mit dem englischen Apostroph –, dem Gourmetrestaurant des Hotels *Pabst*. Danach nahm er im rechten Bereich der Bar Platz, direkt unter einem Gemälde eines streng auf ihn herabblickenden Paares, anscheinend Ahnen der heutigen Hoteleigentümer. Hinter der Theke war der junge Mann, der ihm den Wein zum Essen empfohlen hatte, damit beschäftigt, Gläser zu polieren. Von einem älteren Paar abgesehen, das an einem der Tische *Mensch ärgere dich nicht* spielte, waren keine anderen Gäste in der Bar.

Rainer orderte Brandy und Espresso und beobachtete den Barkeeper bei seiner Arbeit.

Ein weiterer Angestellter des Hotels trat hinzu. »Ützelpü, ist noch eine Flasche Riesling offen?«

Der Angesprochene antwortete: »Steht in der Kühlung.«

Rainer musste unwillkürlich grinsen. Was, zum Teufel, war Ützelpü? Etwa ein Name?

Der Barmann bemerkte Rainers Belustigung, als er die Bestellung vor ihm platzierte. »Das kommt auch nicht oft vor, dass sich Gäste so wie Sie amüsieren, wenn ich ihnen einen Brandy serviere«, meinte er.

»Entschuldigung.« Der Anwalt fühlte sich ertappt.

»Für was? Für gute Laune?«

»Nein ...« Er zögerte. »Als ich eben Ihren Namen hörte ...«

Der junge Mann grinste breit. »Ach so. Verstehe. Ein Spitzname. Meine Kollegen nennen mich so. Ist nicht

44

böse gemeint. Eigentlich heiße ich mit Vornamen Serat. Aber so nennt mich niemand.«

»Und was bedeutet das?«

»Ützelpü? Keine Ahnung. Vielleicht eine Anspielung auf meine türkische Herkunft.« Er drehte sich zu seiner Arbeit um.

Der Anwalt nippte am angewärmten Brandy und nahm einen Schluck Espresso. Heiß und stark. Alles so, wie es sein sollte.

»Sagen Sie, Serat«, wandte sich Rainer wieder an den Schwarzhaarigen hinter der Theke. »Hier hat es doch in letzter Zeit häufiger gebrannt, oder?«

Ützelpü polierte weiter mit Hingabe Gläser. »Ja, einige Male.«

»Was erzählt man sich denn so über diese Brände?«

»Die Leute reden viel, auch wenn sie nichts wissen. Meiner Meinung nach war es jemand von Juist. Kein Urlauber. Vielleicht ein Saisonarbeiter. Aber das glaube ich nicht.«

»Warum?«

Ützelpü stellte das Weinglas ab und beugte sich ein wenig zu Rainer hin. »Der Brand im *Bracht*. Die Fachleute von der Feuerwehr haben erzählt, dass das Feuer in dem Hotel im ersten Stock ausgebrochen ist. Es heißt, der Täter habe einen Sessel angezündet. Ein zweites Feuer wurde an der Holzhütte im Garten gelegt. Mit einem Lappen aus einem Putzeimer. Da muss man sich doch auskennen, oder?«

»Na ja. Ein Angestellter des Hotels könnte das aber auch wissen.«

»Klar. Auch um die Brände in den Schuppen von Harms zu legen, braucht man keine besondere Ortskenntnis. Aber dann war noch die Sache im *Sanddorn-*

hotel. Da wurde Wäsche in einem Abstellraum angesteckt. Woher wusste der Täter, wo das Zeug gelagert
wurde, frage ich mich.«

»Wissen so etwas denn Juister?«, erwiderte Rainer.

Der Schwarzhaarige kratzte sich am Kopf. »Nee, eigentlich nicht. Aber ein Urlauber war es bestimmt
nicht.« Er lachte auf. »Wie gesagt, so sind wir Menschen
eben. Beteiligen uns gerne an Spekulationen aller Art.«
Er nahm das nächste Glas zur Hand. »Soll sich die Polizei darum kümmern. Die kennt sich da besser aus als
ich.«

Rainer nickte zustimmend. Obwohl er das Gegenteil
dachte.

Weitere Gäste nahmen an der Bar Platz, um die sich
Serat kümmerte. Langsam füllte sich der Raum. Rainer
sah sich um. Und entdeckte allein an diesem Abend drei
große, schlanke Träger von Prinz-Heinrich-Mützen.

10

Frühjahr 1986

Knut

Ihren ersten Bruch machten sie kurz nach Knuts
zwölftem Geburtstag. Nur wenige Hundert Meter von
ihrem Heim entfernt befand sich ein Kiosk, der genau
jene Lakritzstangen verkaufte, die die beiden Jungen so
mochten, sich jedoch von ihrem kargen Taschengeld
nur selten leisten konnten. Die Bude war nur an Werk-
tagen geöffnet. Sonntags sicherte eine Eisenplatte das
Verkaufsfenster, die Holztür ein Metallgitter.

Peter hatte einen anderen Zugang entdeckt. Zwar hing vor dem Fenster an der Rückseite des Kiosks auch ein Gitter, aber die Abstände der Stäbe waren groß genug, damit sich Knut hindurchzwängen konnte.

Es dunkelte bereits, als sich die Kinder am späten Sonntagnachmittag aus dem Heim stahlen und zur Trinkhalle schlichen. Dort angekommen, wickelte Peter das Handtuch, das er aus dem Waschraum entwendet hatte, um Knuts Hand. Er reichte ihm einen faustgroßen Stein, den er am Vortag in der Nähe deponiert hatte, und sondierte die Lage.

»Niemand zu sehen«, flüsterte er Knut zu. »Hast du die Taschenlampe?«

»Ja. Und wie komme ich wieder raus?«

»Das hab ich dir doch schon erklärt. Da drin steht ein Tisch, auf den stellst du einen Stuhl. Wenn du da hinaufkletterst, erreichst du das Fenster. Verstanden?«

Knut nickte erneut.

»Okay.« Peter faltete die Hände zusammen und hob seinen Freund so bis zum Fenster. »Schlag es ein. Aber sei vorsichtig. Und lass bloß den Stein nicht ins Innere fallen.«

Knut holte aus und mit einem Klirren zersprang das Glas.

»Jetzt hau die Scherben vom Rand, sonst schneidest du dich beim Reinklettern.«

Der Jüngere folgte der Anweisung.

»Prima. Schmeiß den Stein weg und steig auf meine Schultern.«

Knut erreichte das Fenster, zwängte sich mit den Füßen voraus durch das Gitter, wobei er sich an den Eisenstäben festhielt. Es war einfacher, als er gedacht hatte. Zentimeter für Zentimeter schob er sich hinein, bis er den Tisch unter sich spürte. Sofort ließ er die Stangen los und rutschte vollends in den dunklen Raum.

»Ich bin drinnen«, raunte er Peter zu.

»Mach die Lampe an«, hörte er seinen Kumpel antworten. »Aber wickele sie erst in das Handtuch, damit das Licht nicht so hell ist.«

Knut sah sich um. Er befand sich in einem Lagerraum. An einer Wand waren leere Getränkekisten gestapelt, in einem Metallregal türmten sich Konservendosen. Daneben befanden sich zwei Mülltonnen. Keine Spur von Süßigkeiten.

»Hier ist nichts«, rief er nach draußen.

»Guck im Verkaufsraum.«

Der Jüngere ließ den Schein der Taschenlampe weiter wandern, bis er die Tür sah. Er drückte den Griff nach unten und mit einem leisen Quietschen schwang sie auf. Knut machte drei Schritte und stand hinter dem Tresen, auf dem er, direkt neben der Registrierkasse, die voluminösen Glasbehälter mit dem Lakritz und Fruchtgummi entdeckte.

Versuchsweise hob er einen von ihnen an. Zu schwer. Er würde das Behältnis vielleicht bis zu dem Tisch im Lagerraum schaffen, ihn aber unmöglich zum Fenster hochwuchten können. Nein, er musste die Leckereien mit irgendetwas anderem transportieren. Sein Blick fiel auf drei Pappkartons auf dem Boden, in denen alte Zeitungen aufbewahrt wurden. Kurzentschlossen kippte er sie aus, stellte sie auf den Tresen und schaufelte mit beiden Händen die Süßigkeiten hinein. Als alle Kartons gefüllt waren, trug er sie nach hinten und deponierte sie auf dem Tisch, der ihm als Einstiegshilfe gedient hatte.

»Ich hab was gefunden. Lakritz und so.«

»Was ist mit Geld?«

»Wieso Geld?«, fragte Knut erstaunt. »Du hast gesagt, wir wollten nur …«

»Frag nicht. Da steht doch die Kasse?«

»Ja.«

»Kannst du sie aufmachen?«

»Weiß nicht.«

»Versuch es. Wenn sie abgeschlossen ist, guck, ob du einen Schraubenzieher oder so was findest.«

»Aber du hast … «, wagte Knut zu widersprechen, wurde jedoch erneut von Peter unterbrochen.

»Mach los!«

Gehorsam trabte er zurück. Wie von Peter vermutet, ließ sich die Kasse nicht öffnen und geeignetes Werkzeug, um sie aufzubrechen, fand sich ebenfalls nicht.

Peters Stimme klang unwirsch, als er die Nachricht hörte.

»Hol die Zigaretten. Schmeiß die Schachteln durchs Fenster, das geht schneller.«

»Was ist mit dem Lakritz?«

»Scheiß drauf. Das ist Kinderkram. Besorg die Kippen! Und beeil dich!«

Knut tat wie geheißen. Er hatte gerade erst neun oder zehn Packungen ins Freie geworfen, als er Peter aufgeregt rufen hörte: »Da kommen Leute. Schnell, beeil dich!«

Eilig griff Knut zu einem Stuhl und stellte ihn auf den Tisch. Dann kletterte er darauf. Der Möbelturm wackelte bedenklich. Trotzdem gelang es Knut, sich nach oben zum Fenster zu ziehen. Er streckte den Kopf durch das Gitter und sah Peter, der die Zigarettenschachteln einsammelte und in seine Taschen steckte. »Du musst mir beim Rausklettern helfen«, bat Knut. »Das ist zu hoch.«

Einen kurzen Moment lang blickte Peter zu ihm hin. »Geht nicht«, stieß er hervor. »Ich muss weg. Sonst schnappen sie mich.« Er wandte sich um und rannte davon.

Aus Richtung der Straße näherten sich Schritte. Jemand rief: »Stehen bleiben! Polizei!«

Panisch schob Knut seinen Oberkörper nach vorn, hing mit dem Kopf voraus etwa zwei Meter über dem Boden. Sein Herz pochte bis zum Hals. »Peter!«, rief er ohne viel Hoffnung. Er hielt sich mit der rechten Hand fest, stützte sich mit der linken an der Außenmauer ab und versuchte, seinen Körper durch Fenster und Gitter zu winden. Als er es fast geschafft hatte, rutschte er nach unten und sein Schultergelenk überdrehte. Vor Schmerz schrie er auf und ließ los. Er stürzte in die Tiefe, drehte sich im Fallen und schlug zuerst mit dem linken Fuß, dann mit der Hüfte auf das Pflaster. Eine Welle des Schmerzes durchzuckte ihn. Mühsam rappelte er sich auf. Mehr stolpernd als laufend trat er die Flucht an, die jedoch nach wenigen Schritten von einem der Polizisten gestoppt wurde. Seine Gegenwehr war erfolglos. Der Beamte nahm in mit einem Arm in den Schwitzkasten und fixierte ihn so mit Leichtigkeit.

Aus den Augenwinkeln beobachtete Knut Peters Festnahme. Doch es ärgerte ihn nicht, sondern versöhnte ihn etwas. Sein Freund hatte ihn immerhin im Stich gelassen, nur an seine eigene Sicherheit gedacht.

Und so musste Knut schon früh die Erfahrung machen, dass nicht jeder, der sich als Freund bezeichnet, wirklich einer ist.

11

Am nächsten Morgen, noch vor dem Frühstück, erreichte Rainer endlich Elke. Sie erzählte ihm, dass Oskar seinen Vater vermisse und sie Grüße von ihm bestellen solle. Der Kleine sei heute von ihr eher in den Kindergarten gebracht worden als üblich, da sie einen frühen Gerichtstermin habe. Deshalb fehle es ihr an Zeit, um ausgiebig mit Rainer zu plaudern. Esch schilderte kurz und fast wahrheitsgemäß, dass er sich mit der Polizei in Verbindung gesetzt habe und sonst alles nach Plan verlaufe. Wobei er, während er das sagte, das dumme Gefühl nicht loswurde, dass ihm seine Freundin seine Halbwahrheiten nicht ganz abnahm. Aber egal. Richtig gelogen hatte er schließlich auch nicht.

Das mit dem Plan war eindeutig untertrieben. Er fragte sich nicht zum ersten Mal, seit er auf der Insel war, wie er diese Aufgabe eigentlich lösen sollte. Altehuus schwieg wie ein Grab, mit Harms durfte er nicht in Kontakt treten und offensiv Erkundigungen einholen auch nicht. Was sollte er tun? Und da ihm nichts Sinnvolles einfiel, ließ er Aufgabe Aufgabe sein und verbrachte den Freitag mit einer ausgiebigen Strandwanderung. Schließlich war er auf Juist.

Am nächsten Tag schreckte Rainer gegen vier Uhr in der Frühe hoch. Er meinte, Sirenen gehört zu haben. Er stand auf, schlurfte zum Fenster seines Hotelzimmers und sah hinaus. Im Osten zeigte ein heller Streifen am Horizont, dass der Sonnenaufgang kurz bevorstand. Der Teil des Ortes, den er überblicken konnte, lag ruhig und friedlich im Dunkeln. Er zuckte mit den Schultern und verkroch sich wieder in sein warmes Bett. Vermutlich hatte er geträumt.

Beim Frühstück schnappte er Fetzen eines Gesprächs am Nebentisch auf. Die Urlauber erzählten sich, dass es in der Nacht gebrannt habe, wussten aber nicht, wo. Dann wechselten sie das Thema.

Also hatte sich Rainer doch nicht geirrt. War das eine Spur, der er nachgehen konnte?

Eine Stunde später schellte der Anwalt an der Tür der Polizeiwache Juist. Es dauerte etwas, bis ihm Enno Altehuus öffnete.

»Moin«, brummte der. »Sie haben bestimmt von dem Brand heute Nacht gehört?«

»Ja.«

»Jetzt überfallen Sie mich an einem Samstagmorgen, weil Sie hoffen, Sie würden von mir etwas erfahren.« Keine Frage, eher eine Feststellung.

»Richtig.«

»Na schön. Kommen Sie rein.«

Wie üblich nahm Altehuus hinter seinem Schreibtisch Platz und Rainer davor.

Als der Anwalt seine erste Frage loswerden wollte, hob Altehuus die Hand.

»Bevor Sie loslegen, mache ich Ihnen ein Angebot: Ich erzähle Ihnen, was heute Nacht passiert ist und als Gegenleistung packen Sie Ihre Siebensachen und reisen ab.«

Esch lachte auf. »Warum sollte ich das tun?«

»Weil es dann keinen Grund mehr für Sie gibt, auf der Insel zu bleiben.«

Rainer dachte einen Moment nach. »Es wäre mir lieber, wenn ich diese Entscheidung selbst treffen könnte.«

Altehuus seufzte. »Also gut. Aber Sie versprechen mir, dass Sie ernsthaft darüber nachdenken?«

»Eines müssen Sie mir aber vorab beantworten: weshalb dieser Sinneswandel? Warum möchten Sie, dass ich mich nicht weiter, äh …, umhöre?«

»Um ganz ehrlich zu sein: Schnüffler einer Versicherung will ich nicht auf Juist haben. Es gibt hier keine Versicherungsbetrüger. Jedenfalls nicht so große Fische, wie Sie zu finden hoffen. Dafür lege ich meine Hand ins Feuer.«

»Nettes Bild«, warf Esch ein.

»Wie?« Altehuus stutzte. »Ach so. Ja. Es spricht sich herum, dass Sie Nachforschungen anstellen. Vorgestern haben Sie zum Beispiel Hinnerik ausgefragt.«

So hieß wohl der Alte vor Harms' Schuppen.

»Natürlich hat der mich sofort angerufen. Und mit Harms hat er sich ebenfalls in Verbindung gesetzt. So etwas bringt nur Unruhe. Also, sind Sie einverstanden?«

»Ja. Ich denke darüber nach.«

»Gut.« Der Polizist griff zur Tabakdose. Allerdings bot er Rainer dieses Mal keine Prise an.

»Gebrannt hat es in der früheren Pension *Ulrichsruh* in der Billstraße.«

Rainer kannte das Haus. Er war gestern noch daran vorbeigeradelt.

»Die Pension steht seit einigen Jahren leer. Es brachen an zwei Stellen Brände aus: einer an einem Fensterrahmen des Haupthauses, der andere am Hinterhaus. Der Täter musste sich durch den verwilderten Garten kämpfen und hat dann eine brennende Zeitung oder Ähnliches durch ein eingeschlagenes Fenster geworfen. Kurz darauf stand die Bude in Flammen. Glücklicherweise wurden beide Brände schnell bemerkt und

53

von der Feuerwehr gelöscht.« Altehuus goss sich einen Tee ein und schaute sein Gegenüber interessiert an.

Rainer war enttäuscht. Was auch immer er unbewusst erwartet hatte – das jedenfalls war es nicht gewesen.

»Meine Ausführungen befriedigen Sie nicht?«

»Nicht wirklich.«

Der Juister grinste. »Dachte ich mir. Aber es kommt ja noch etwas. Ein Zeuge, der mit seinem Rad auf dem Weg zu seiner Arbeitsstelle in der Inselbäckerei war, näherte sich zu diesem Zeitpunkt der Pension. Er konnte vor sich in etwa hundert Metern Entfernung eine Gestalt ausmachen, die gerade dabei war, das Grundstück zu verlassen. Als er an dem Haus *Ulrichsruh* vorbeifuhr, sah er die Flammen und verständigte mit seinem Handy die Feuerwehr und mich. Der Brand war schnell gelöscht. Aber das Beste war, dass der Zeuge den Täter kannte.«

Jetzt wurde es spannend.

»Natürlich habe ich sofort meine Kollegen von der Kripo in Aurich informiert und bin dann dieser Spur nachgegangen. Und tatsächlich: Der Hinweis des Zeugen war heiß. In der Unterkunft des Verdächtigen fand ich einen Pullover, der Brandspuren aufwies. Und an den Beinen des Mannes entdeckte ich Kratzer, wie sie die Dornengewächse im Garten der Pension verursacht haben konnten. Nach fünf Minuten hat er ausgepackt. Als die Kollegen aus Aurich mit dem Hubschrauber gegen sechs Uhr gelandet sind, übergab ich ihnen den potenziellen Brandstifter. Einer ist unverzüglich mit ihm aufs Festland geflogen, die anderen beiden vernehmen hier noch weitere Zeugen. Der Täter sitzt jetzt schon in Untersuchungshaft. Und wie ich vor Kurzem erfahren habe, hat er auch die restlichen Brandstiftungen gestanden. Ich erzähle Ihnen das, weil es ohnehin nur eine Frage von Stunden sein dürfte, bis sich die Verhaftung auf der Insel herumspricht, allen Schweigegelübden zum Trotz.« Altehuus nahm einen Schluck Tee und sah ungemein zufrieden aus. »Der Verdacht Ihres Auftraggebers dürfte jetzt ja hinfällig sein. Ist nichts mit Versicherungsbetrug. Der Täter sitzt hinter Gittern.«

»Den Namen des vermutlichen Brandstifters oder des Zeugen werden Sie mir nicht nennen?«

»Wo denken Sie hin! Wann reisen Sie nun ab?«

Esch machte sich auf den Weg, um Gerrit Harms über diese Ereignisse zu informieren. Wie es aussah, war sein Einsatz auf Juist beendet, noch eher er richtig begonnen hatte. Er tröstete sich damit, dass er – An- und Abreisetag eingeschlossen – achthundert Euro verdient hatte. Eine Menge Geld für wenig Arbeit.

Im Januspark lief er Gerrit Harms fast in die Arme.

»Gut, dass ich Sie treffe«, sprudelte es aus diesem heraus. »Ich war gerade auf dem Weg zu Ihnen.«

»Und ich wollte zu Ihnen. Ich habe …«

Harms zog ihn in den Park. »Heute Morgen ist ein neuer Erpresserbrief gekommen.« Er zog einen Umschlag aus der Tasche. »Er lag im Kummerkasten unseres Hotels.«

»Ein weiteres Schreiben?«, wunderte sich Esch.

»Ja. Sehen Sie.« Er reichte Rainer den Brief.

Der Anwalt griff den Umschlag, zog das Papier hervor und faltete es auseinander. Die Aufmachung war identisch mit den Briefen, die er schon vorher gesehen hatte. Und auch dieses Mal hatte sich der Verfasser als Dichter versucht. Dort stand:

Flammen züngeln am Dünenstrand
Der Grund dafür ist wohl bekannt
Obwohl begraben
Muss man doch sagen
Brennen muss das Töwerland.

Das war alles.

»Er dichtet immer noch nicht besser«, grinste Esch und schaute auf dem Briefumschlag. *Sanddornhotel* las er. Sonst nichts. »Der Umschlag ist nicht frankiert. Wann, sagten Sie, ist das Schreiben gekommen?«

»So genau weiß ich das nicht. Wir haben im Eingangsbereich des Hotels einen Kummerkasten hängen. Darin können unsere Gäste – auch anonym, wenn sie das wollen – Anregungen und Beschwerden abgeben. Ich leere den Kastenjeden Morgen, wenn ich meine Wohnung im dritten Stock verlasse und zur Rezeption gehe. Heute war das gegen sieben Uhr. Da war der Kummerkasten völlig leer. Erst als eine Angestellte gegen Mittag wieder nachgesehen hat, lag das Schreiben darin. Es muss also zwischen sieben und zwölf Uhr eingeworfen worden sein.

Rainer stutzte. »Daran gibt es keinen Zweifel?«

Harms sah Esch verständnislos an. »Wie kommen Sie darauf?«

»Heute Nacht hat es wieder gebrannt. Haben Sie davon gehört?«

Der Hotelier wirkte verblüfft. »Nein.«

»Die halbe Insel spricht davon.«

»Wo?«

»In der alten Pension *Ulrichsruh*.«

»Das ist mir völlig neu. Ich habe heute den Vormittag überdie Unterlagen für meinen Steuerberater sortiert und mein Büro nicht verlassen. Gegen Mittag war ich damit fertig. Bei der Post lag auch dieser Brief. Er war ungeöffnet. Glauben Sie,dass dieser Brand etwas mit den Erpresserbriefen zu tun hat?«

Damit sprach Harms genau das aus, was Rainer Esch auchschon seit einigen Minuten durch den Kopf ging. Wenn der verhaftete Brandstifter und der Erpresser identisch waren, musste er einen Helfer gehabt haben. Denn als dieses Schreiben in Harms' Kummerkasten landete, befand der Zündler sich bereits auf dem Weg in die U-Haft. Möglicherweise lief noch jemand auf Juist herum, der seinen Auftraggeber bedrohte. Wie auch immer, Esch wollte Harms nicht weiter beunruhigen. Deshalb verschwieg er ihm seinen Verdacht. Stattdessen meinte er nur wahrheitsgemäß: »Keine Ahnung. Sagen Sie, dieser Kasten – wo hängt der genau?«

»Gegenüber des Empfangs.« Harms schmunzelte. »Das erhöht die Wahrscheinlichkeit, dass ich bei anonymen Beschwerden weiß, von wem sie stammen.«

Rainer verstand. »Der Kasten ist also einsehbar.«

»Ja. Aber nur, wenn sich einer unserer Angestellten oder wir selbst an der Rezeption aufhalten. Das ist allerdings jetzt in der Saison fast immer der Fall.«

»Hat in der fraglichen Zeit jemand das Hotel betreten, der kein Gast von Ihnen ist? Natürlich auch keiner Ihrer Mitarbeiter«, ergänzte er. Sein Denkfehler fiel ihm sofort auf. Der Erpresser konnte genauso gut in diesem Personenkreis zu finden sein.

Harms dachte nach. »Hendrik bringt die Post gegen zehn Uhr.«

»Wer ist Hendrik?«

»Der Briefträger. Der Getränkelieferant war auch hier. Gesehen habe ich beide jedoch nicht. Und andere? Da müsste ich mich erkundigen.«

»Tun Sie das.« Esch zögerte mit seiner nächsten Frage, weil er die Antwort ahnte. »Hätten Sie etwas dagegen, wenn ich mich mit Ihren Angestellten unterhalten würde?«

»Warum?«

»Nun, der Erpresser muss ja kein Fremder sein.«

Harms war die Betroffenheit anzusehen. »Für meine Leute lege ich meine Hand ins Feuer.«

Schon wieder dieser Spruch. Eigentlich müsste es in Deutschland von Menschen mit Brandblasen nur so wimmeln.

»Deshalb möchte ich nicht, dass Sie mit ihnen sprechen. Das sieht mir zu sehr nach Generalverdacht aus.«

Generalverdacht wäre aber manchmal angebracht, dachte Esch bei sich. »Es könnte jedoch erforderlich werden, dass ich einen Blick in die Personalunterlagen werfe – auch aus den früheren Jahren«, schob er nach.

Harms überlegte einen Moment. »Die sind vertraulich …«

»Und ich unterliege der Schweigepflicht«, warf Esch ein. Das stimmte zwar, war in diesem Fall allerdings kein Argument. Schließlich handelte es sich um personenbezogene Daten, die mit seinem Mandat wenn man seine Nachforschungen überhaupt so nennen konnte – nichts zu tun hatten.

»Eigentlich wäre mir das auch nicht recht …«

»Sie können es sich ja überlegen.« Ein weiterer Gedanke drängte sich Rainer auf. »Sagen Sie, kennt das Erpresserschreiben außer uns beiden noch jemand?«

»Nein.«

»Und die anderen Briefe?«

»Auch nicht.«

»Dann sollten Sie sie sicher aufbewahren. Am besten in einer Plastikhülle.«

»Sie meinen wegen möglicher Fingerabdrücke?«
Der Anwalt nickte.

»Ich möchte nicht, dass die Polizei eingeschaltet wird.«

»Irgendwann werden wir das tun müssen.« Als der Anwalt Harms' Gesichtsausdruck sah, ergänzte er schnell: »Spätestens, wenn wir wissen, wer Sie erpresst.«

»Ach so. Ja, gut. Dann deponiere ich die Schreiben in meinem Tresor.«

Harms wollte sich verabschieden, als Esch ihn erneut ansprach. »Herr Harms …«

»Ja?«

»Ich bin jetzt seit einigen Tagen auf der Insel. Normalerweise erhalten Anwälte in Fällen wie Ihrem einen Vorschuss. Wenn Sie also bei Gelegenheit …«

Harms schaute ihn erstaunt an. »Sie wollen Geld?«

»Ja, also das …«

»Selbstverständlich. Warum haben Sie das nicht sofort gesagt? Kommen Sie, wir gehen direkt zur Bank und ich bringe das in Ordnung.«

»Das ist doch nicht nötig.«

Harms griff den Anwalt am Arm. »Doch, das ist es. Es sind außerdem nur ein paar Schritte.«

Rainer musste nicht lange vor der Volksbank warten, dann kam Harms zurück, einen Briefumschlag in der Hand. »Hier sind dreitausend Euro. Das Honorar für zwei Wochen. Das müsste doch zunächst reichen, oder?«

Eschs Hand zitterte, als er den Umschlag in Empfang nahm. »Sicher«, meinte er nur.

12

Frühjahr 1987

Knut

Nach ihrem missglückten Einbruch in den Kiosk waren die beiden Jungen getrennt worden. Knut musste auf Weisung des Jugendamtes in ein Kinderheim in der Nähe von Dortmund wechseln – Peter kam nach Bielefeld.

In dem neuen Heim war alles anders: Der Ausgang war streng limitiert, Schulunterricht fand innerhalb des Geländes statt. Verstöße gegen die Hausordnung und Schuldisziplin wurden streng geahndet, mehrtägiges Ausgehverbot war eine der häufigsten Strafen. Geschlafen wurde in Zimmern mit je acht Betten, wie beim Militär gab es einen Stubenältesten, der als Stellvertreter der Erzieher auch nachts dafür zu sorgen hatte, dass sich alle an die Regeln hielten. Im Unterschied zum Heimpersonal allerdings setzte der Stubenälteste – der ausnahmslos nicht nur wirklich der Älteste, sondern auch der Kräftigste war – auf körperliche Strafen. Kurz: Er verprügelte seine Zimmergenossen bei jeder Verfehlung, war sie auch noch so geringfügig. Die Erzieher billigten diese Form der Bestrafung stillschweigend und sahen über deren Folge hinweg.

Knut lernte seine Lektion schnell. Schon am zweiten Tag – er hatte sein Bett nicht vorschriftsmäßig gemacht

– setzte es Prügel. Der Stubenälteste schlug ihm mit der Faust heftig ins Gesicht. Die Oberlippe platzte und blutete so stark, dass Knut in der Krankenstation nach einem Pflaster fragen musste.

Knut beschwerte sich bei den Erziehern über die Misshandlung. Dem wurde zwar nachgegangen, da aber alle anderen Jungs auf seinem Zimmer die Version des Stubenältesten unterstützten, Knut sei gestürzt und habe sich dabei das Gesicht aufgeschlagen, nicht weiter verfolgt. Als Konsequenz bekam er erneut Schläge. Nach dieser Erfahrung wusste Knut: Ab sofort war er auf sich allein gestellt. Und er beschloss, sich entsprechend zu verhalten. Fortan ging Knut jeder Auseinandersetzung aus dem Weg. Noch war er zu klein, um sich zu wehren oder gar selbst auszuteilen. Seine Zeit würde kommen. Dann hätten die Demütigungen ein Ende und er wäre an der Reihe.

In den folgenden zwei Jahren schluckte Knut jede Kränkung. Er versuchte, die Freundschaft der älteren Heimbewohner dadurch zu gewinnen, dass er ihnen regelmäßig seinen Nachtisch überließ. Außerdem erledigte er für sie freiwillig die ungeliebten Pflichten, die jedes Kind übernehmen musste, wie das Reinigen der Toiletten. Er schwärzte sogar Mitbewohner an, wenn diese sich nicht an die Regeln hielten. Das alles verschaffte ihm zwar keinen Respekt bei den Gleichaltrigen – ganz im Gegenteil. Aber zumindest wurde er von den Älteren in Ruhe gelassen und sie signalisierten den anderen Jungs, dass Knut unter ihrem Schutz stand.

Seine schulischen Leistungen blieben dürftig, aber ausreichend. Von Jahr zu Jahr stand seine Versetzung auf der Kippe, aber irgendwie gelang es ihm immer, diese Hürde zu nehmen. Nur im Sportunterricht erhielt er regelmäßig die Bestnote. Denn Knut war klar, dass er – mit seiner schlaksigen Figur – in diesem Heim nur in der Hierarchie aufsteigen konnte, wenn er in der Lage war, sich zu wehren. Also trainierte er in jeder freien Minute, machte Gymnastik, um seine Muskeln zu stärken und lief, bis er glaubte, seine Lunge müsste platzen.

Und langsam, fast unmerklich, wuchs Knut in seine neue Rolle hinein. Kurz vor seinem vierzehnten Geburtstag wurde er in ein anderes Zimmer zu den jüngeren Kindern verlegt und dort zum Stubenältesten befördert. Endlich! Er hatte es geschafft. Jetzt gehörte er dazu. Und sofort begann er, sein eigenes Schreckensregime zu errichten.

Am 25. März 1988, der Tag, an dem er vierzehn wurde, befahl ihn der Leiter des Heimes in sein Büro.

Sein neues Selbstbewusstsein war schlagartig verschwunden und er stand verschüchtert vor dem großen Schreibtisch, hinter dem der Erzieher thronte. Jürgen Schäfer galt unter den Heiminsassen als streng und unnachgiebig, jedoch war ihm, im Gegensatz zu seinen Mitarbeitern, noch nie die Hand ausgerutscht.

»Du fragst dich vermutlich, warum ich dich habe rufen lassen?«, fragte er mit befehlsgewohnter Stimme.

Knut nickte zögernd mit dem Kopf.

Der Heimleiter griff zu einem Umschlag, der vor ihm lag. »Das Jugendamt hat festgelegt, dass du nun über einen Teil deines Geldes verfügen kannst.«

Das Jugendamt. Diese in den Augen der Heimkinder gottgleiche Institution, die über das Wohl und Wehe der ihr Anvertrauten entschied. Von Zeit zu Zeit kamen Abgesandte dieser Behörde, tranken Kaffee mit dem Leiter und den anderen Erziehern, führten kurze Gespräche mit den Kindern. Und sie legten nach Gutdünken fest, das hatte Knut immer wieder zu hören bekommen, ob jemand in eine andere Einrichtung verlegt oder – wie die älteren – gar entlassen wurde. Von ihrem Votum hing es ab, ob man eine öffentliche Schule besuchen durfte oder weiter im Heim unterrichtet wurde. Und diese Unnahbaren hatten nun beschlossen, ausgerechnet ihm Geld zu schenken.

Der Leiter deutete den fragenden Blick des Kindes, welches nun nicht mehr wie ein Häuflein Elend vor ihm stand, richtig.

»Durch einen Anwalt wurde, seitdem du in unserer Obhut bist, monatlich ein Taschengeld überwiesen. Einen Teil davon haben wir dir ausgehändigt.«

Knut hatte bisher angenommen, dass die zehn Mark, die er am Anfang jedes Monats bekam, von den Erziehern stammte. Denn alle Kinder seines Alters erhielten Taschengeld in derselben Höhe.

Was ein Anwalt eigentlich machte, wusste Knut nicht so genau. Er meinte sich aus dem Schulunterricht zu erinnern, dass solche Leute irgendetwas an Gerichten arbeiteten. Und Knut wollte mit Gerichten nichts zu tun haben. Aber wenn dieser Anwalt ihm Geld schenkte, ging das in Ordnung. Auch wenn er sich nicht vorstellen konnte, warum das jemand freiwillig tat.

»Den anderen Teil haben wir für dich zurückgelegt. Davon bekommst du heute einhundert Mark. Den restlichen Betrag erhältst du an deinem achtzehnten Geburtstag.« Er reichte Knut den Umschlag. »Herzlichen Glückwunsch. Und überlege dir gut, was du mit dem Geld anstellst. Du kannst jetzt gehen.«

Wie betäubt hielt Knut das Kuvert in Händen und verließ das Zimmer. Einhundert Mark! Er war reich! Was machte er nur mit der Knete? Und vor allem, wo konnte er es verstecken? Sein Herz schlug ihm bis zum Hals, als er die Tür zum Büro hinter sich schloss und langsamen Schrittes an Frau Böchel vorbeiging, der Sekretärin des Chefs. Eine solche Menge Geld!

Er fühlte Unruhe in sich aufsteigen. Was, wenn man es ihm klaute? Kleinere Diebstähle waren im Heim an der Tagesordnung und wurden nicht weiter verfolgt. Sollte er es sofort ausgeben?

Vor der Flurtür blieb Knut stehen. Er hatte einen Entschluss gefasst. Seinen ganzen Mut zusammennehmend, drehte er sich um und sprach die Sekretärin an: »Könnte ich ... Dürfte ich noch einmal ...« Er zeigte auf die Bürotür.

»Du möchtest erneut zu Herrn Schäfer?«

»Bitte.«

Sie stand auf, steckte den Kopf durch die Tür und schob sie nach einem Moment auf. »Geh ruhig«, meinte sie dann.

»Was gibt es noch?«, fragte der Leiter.

»Ich will, dass Sie das Geld weiter für mich aufheben«, sagte Knut. »Bis ich achtzehn bin.« Mit diesen Worten legte er den Geldumschlag zurück auf den Schreibtisch.

13

Heike Harms hatte den gestrigen Tag mit Selbstzweifeln verbracht. Was mochte Tommy nur von ihr denken? Sie hatte sich ihm, angetrunken wie sie gewesen war, quasi an den Hals geworfen. Wenn er sie nun für ein Flittchen hielt, das lediglich auf der Suche nach einem One-

Night-Stand gewesen war? Schneller Sex ohne Verpflichtungen?

Dabei suchte sie doch genau das Gegenteil: Liebe. Vertrauen. Verständnis. Und insgeheim auch jemanden, der sie unterstützte und ihr half, sich von ihrer Mutter, ihrem Bruder, dem Hotel und der verdammten Insel zu lösen.

Tommy hatte ihr erzählt, dass er am Freitag bis spät in der Nacht würde arbeiten müssen. Am heutigen Samstag beginne seine Schicht erst mittags. Sollte sie ihn besuchen? Aber sie wusste ja nicht einmal, wo Tommy wohnte. Vermutlich in einem der Angestelltenzimmer seines Arbeitgebers im Loog. Nur konnte sie ja schlecht dort vorbeischauen und sich nach ihm erkundigen. Außerdem kannte sie ja nur seinen Spitznamen. Aber sie könnte am Nachmittag der *Schaluppe* wie zufällig einen Besuch abstatten.

Und wenn die Nacht in ihrer Wohnung für Tommy lediglich ein Abenteuer gewesen war? Wenn er einfach die sich ihm bietende Gelegenheit beim Schopf gegriffen hatte? Würde sie sich lächerlich machen, wenn sie ihn wie ein verliebter Teeny besuchen würde? Würde er sie auslachen und zurückweisen?

Aber nein, schalt sie sich sofort darauf wieder. So ein Verhalten passte überhaupt nicht zu diesem liebevollen, zärtlichen Mann. Der ihr über das Haar gestrichen und sie getröstet hatte, als sie ihm schluchzend von ihren familiären Problemen berichtete. Der sie im Arm gehalten hatte, damit sie einschlafen konnte. War er zu so etwas fähig?

»Was ist mit der Aprilabrechnung?«, unterbrach Gerrit Harms ihre Gedanken. Ihr Bruder stand in der Tür des Büros und blickte sie ungeduldig an. »Na?«

»Ich bin noch nicht damit fertig.«

»Und warum nicht, wenn ich fragen darf? Die Umsatz-steuervoranmeldung ist schon lange überfällig.«

»In der Tat, weil du deine Kasse für April noch nicht gemacht hast.«

»Sie liegt auf deinem Schreibtisch.«

»Wo?«

»Was weiß ich. Bin ich für deine Ordnung verantwort-lich?«

Hektisch kramte Heike in den Unterlagen auf ihrem Schreibtisch. Nach kurzem Suchen fand sie seine Auflistung unter einem Stapel alter Hotelprospekte.

»Du hast sie extra unter den anderen Papieren depo-niert, damit ich sie nicht finde und du mich bei Mutter wieder schlechtmachen kannst«, beschwerte sie sich.

»Quatsch. Du hast sie selbst verlegt. Wer sich die Nächte um die Ohren schlägt, darf sich nicht wundern, wenn er am nächsten Tag seine Arbeit nicht ordentlich erledigen kann.«

»Ich war gestern Morgen pünktlich um neun Uhr hier im Büro«, setzte sie zu ihrer Verteidigung an und bereu-te es augenblicklich.

»Was für eine Leistung. Mutter und ich sind immer ab sieben Uhr für die Gäste da. Werktags, sonntags und feiertags, wenn ich dich daran erinnern darf. Wo bist du überhaupt gewesen?«

»Was geht dich das an?«, fauchte sie zurück.

»Deinen Augenringen nach zu urteilen, hast du in der vorletzten Nacht nicht sehr viel Schlaf bekommen. Wer ist denn der Glückliche, dem du deine Gunst geschenkt hast?«

»Gerrit, du gehst zu weit!«

»Ist die Kleine jetzt beleidigt?«, machte sich ihr Bruder über sie lustig. »Hüpft mit irgendeinem Kerl ins Bett und regt sich auf, wenn man sie freundlich danach fragt.«

»Deine Freundlichkeiten sind vergiftet.«

»Wo hast du denn diese Theatralik her? Von deinem neuen Freund? Ein Künstler vielleicht? Ein Schauspieler? Passen würde es zu dir. Ein drittklassiger Kleindarsteller von einer Tingeltangelbühne.«

Heike spürte, wie ihr die Tränen in die Augen schossen.

»Und jetzt fängt die Arme auch noch an zu weinen«, spottete Gerrit weiter. »Habe ich etwa recht mit meinen Vermutungen?«

»Nichts hast du«, schluchzte Heike. »Du bist einfach nur ein Scheusal.«

»Wenn das so ist, muss ich annehmen, dass du dich bei Mutter und mir nicht wohlfühlst. Ich mache dir einen Vorschlag zur Güte: Du haust endlich ab und gehst zurück aufs Festland. Ich überlasse es dir, ob du dir dein Erbe schon jetzt auszahlen lassen möchtest oder erst, wenn Mutter tot ist. Na?«

»Von was willst du mir denn meinen Anteil auszahlen?«, schrie sie ihn an.

Gerrit Harms schloss die Bürotür. »Bist du verrückt?«, zischte er. »Wenn dich jemand hört.«

»Was soll er denn schon hören, was ohnehin jeder hier auf der Insel ahnt«, schleuderte sie ihm entgegen. »Wir sind fast pleite. Und dafür bist du verantwortlich! Der Anbau im letzten Jahr hat uns fast das Genick gebrochen. Und wenn erst das *Atlantic* bezugsfertig ist, werden wir noch mehr Gäste verlieren.«

»Mag sein. Deshalb müssen wir ja rationalisieren. Und ich würde mit Freude bei dir anfangen. Wann verlässt du Juist?«

»Du bist ein Schwein!«, schrie Heike, sprang auf und rannte an ihrem Bruder vorbei aus dem Hotel. Schwer atmend blieb sie auf der Straße stehen. Dieser Mistkerl! Mit geschlossenen Augen hielt sie inne, bis sie sich wieder halbwegs unter Kontrolle hatte. Als sie aufsah, erblickte sie ihn.

Auf der anderen Straßenseite, direkt gegenüber dem Hoteleingang, stand Tommy, einen Blumenstrauß in der Hand. Sie flog fast auf ihn zu.

»Ist der für mich?«, strahlte Heike, als sie ihrem neuen Freund gegenüberstand.

»Ja«, grinste sein lausbübisches Gesicht. »Für wen sonst?«

»Danke. Sie sehen aus wie die Blumen im Januspark.«

»Da kommen sie auch her. Frisch gepflückt.«

Sie lachte auf. »Blumendiebstahl wird von unserem Inselpolizisten mit schweren Strafen geahndet.«

»Er hat mich ja nicht erwischt. Und du wirst es ihm nicht verraten, oder?«

»Nein.«

»Wie lange hast du Zeit?«, fragte er sie.

»So lange du willst. Und jetzt lass uns hier verschwinden. Uns muss ja nicht das ganze Hotel sehen.«

Wenig später gingen sie Hand in Hand am Strand spazieren, weit entfernt von neugierigen Blicken.

»Lass uns wegfahren«, bat Heike. »Nur ein paar Tage oder am Pfingstsonntag.« Sie wollte weg von der Insel. Egal wie lange und egal wohin. Und es war ihr auch fast egal, mit wem. Nur fort. Etwas Abstand von ihrem Bruder und der Mutter gewinnen. Und ihre Wut und Verzweiflung vergessen.

»Ich muss arbeiten«, entgegnete Tommy.

»Kannst du dir nicht morgen freinehmen? Wir können mit dem Flieger aufs Festland rüber, dann sind wir unabhängig. Montagfrüh sind wir wieder zurück. Bitte.«

Tommy zögerte.

»Ich möchte so gerne wissen, wo du wohnst. Und mit dir einen schönen Nachmittag verbringen, ohne dass ich ständig Angst haben muss, beobachtet zu werden. Hier auf der Insel ist man nie für sich, alles spricht sich sofort herum. Und ich möchte dich doch gerne näher kennenlernen.« Sie wusste, dass das nicht der wahre Grund für ihr Anliegen war. Aber irgendwie musste sie Tommy ja überreden.

»Na gut«, lenkte Tommy ein. »Ich spreche später mit dem Chef. Vielleicht klappt es ja.«

»Danke.« Sie fiel ihm um den Hals.

14

Zum ersten Mal, seit er auf der Insel war, betrat Rainer Esch die *Spelunke*. Es war noch früh an diesem Samstagabend, nur die Bänke an der langen Theke waren besetzt. Dahinter stand ein Kerl wie ein Baum. Der Anwalt kannte ihn bereits von seinem letzten Juistaufenthalt: Deti. Der Wirt begrüßte den Neuankömmling mit seinem dröhnenden Bass.

Rainer nickte ihm zu und bestellte ein Bier. Dann sah er sich um. Irgendwas war anders, als er es in Erinnerung hatte. Nach kurzem Nachdenken wusste er es: Der Tauchanzug stand nun links neben dem Eingang.

Durch einen zusätzlichen Durchgang in der Wand hinter der Theke konnte die Kneipencrew an einem weiteren Tresen im Nebenraum bedienen. Und auch das gebrochene Ruder mit der Aufschrift *Shit happens* war von seinem angestammten Platz über dem Stammtisch umgezogen.

Auf der Bank rechts von Esch hockten zwei Männer und unterhielten sich angeregt. Von Zeit zu Zeit mischte sich Deti in die Unterhaltung ein. Da die Musik nur im Hintergrund lief und nicht wie zu später Stunde für das Trommelfell bedrohliche Dezibelstärken erreichte, verstand Rainer, worum sich die Unterhaltung drehte.

»Die wollen doch tatsächlich eine Leitung vom Hafen bis zur Baustelle legen, um den Beton da durchzupumpen«, sagte der eine, dessen Nase rot angelaufen war.

»Was? Ein Rohr?« Sein Trinkkumpan lispelte leicht.

»Nee, eher so was aus Kunststoff. Aufgeständert in zwei, drei Metern Höhe, dass da keiner drankommt. Aber soweit ich weiß, hat die Verwaltung die Genehmigung nicht erteilt.«

»Und jetzt?«

»Werden die sicher eine mobile Betonmischanlage direkt an der Baustelle aufbauen und den Sand und das ganze andere Zeugs mit Fuhrwerken transportieren müssen.«

»Und wer soll das machen?«

»Na, wer wohl?«

»Die Fuhrunternehmer?«

»Klar.«

Deti brachte zwei neue Biere und Korn zu den beiden. »Ich habe gehört«, meinte er, »dass sich der Janssen mit Gerrit Harms zusammentun will. Janssen hat die Pferde, Harms das Geld.«

Die Männer lachten.

»Janssens paar Gäule werden die Mengen, die da erforderlich sind, allein sicher nicht transportieren können.« Rotnase hob das Schnapsglas. »Einen nehmen wir noch.«

»Deshalb möchte ja auch Harms da einsteigen«, bekräftigte Deti seine Aussage, während er nachgoss. »Die kaufen gemeinsam noch mehr Pferde.«

»Harms und Geld? Da lachen ja die Hühner.«

Sie prosteten sich zu.

»Außerdem hat Janssen nicht genug Ställe, um die Viecher unterzubringen. Und Weidefläche erst recht nicht.« Der Lispler schaute in die Runde.

»Könnte er anpachten«, widersprach der Wirt. »Und Ställe kann man bauen.«

»Und wo will er das machen?«

Deti zuckte mit den Schultern.

»Siehste.« Der Lispeler hielt ebenfalls sein Schnapsglas hoch. »Die Kommune wird ihm für die erforderlichen Weideflächen kein Land verpachten. Vor allem nicht, weil die Investoren ja auch mit Janssen verhandelt haben. Einer gegen den Rest? Nie im Leben. Unser Gemeinderat will es sich nicht mit den anderen beiden Fuhrunternehmen verderben. Die wollen doch auch ein Stück vom Kuchen abhaben.«

»Das Grundstück von Harms im Loog wäre natürlich eine Möglichkeit«, sinnierte Rotnase. »Jetzt, wo der Schuppen abgebrannt ist. Platz ist da ja.«

»Der kriegt dort für Ställe nie eine Baugenehmigung.«

»Was sagen eigentlich die anderen Fuhrunternehmer dazu, dass Janssen mit Harms und den Investoren einen Alleingang plant?«, erkundigte sich Deti.

»Die sind schier begeistert, was denkst du denn?«, erwiderte Rotnase. »Da schert einer der Ihren aus und ein Hotelier will auch davon profitieren. Vor allem der Steegmann ist stinksauer. Ich habe ihn gestern getroffen. Der hat kein gutes Haar an Janssen und Harms gelassen. Ist ja auch kein Wunder.« Er senkte seine Stimme. »Würd mich nicht wundern, wenn die dem Gerrit eine Warnung geschickt hätten.«

Die Männer schwiegen einen Moment und schienen über die Anschuldigung nachzugrübeln.

Schließlich meldete sich der Wirt erneut zu Wort: »Das kann ich mir nicht vorstellen. Es steckt doch wegen so ein paar Euros keiner dem anderen die Bude an.«

Rotnase warf einen Blick zu Esch hinüber. »Von wegen ein paar Euros. Aber nicht so laut. Muss ja nicht jeder hören, über was wir quatschen. Außerdem hat Deti recht, sind ja alles nur Vermutungen.« Er sah auf seine Uhr. »Ich nehm noch ein Gedeck. Und dann zahlen. Sonst gibt's wieder Ärger mit meiner Susi.«

Der Lispler legte den Bierdeckel auf sein Glas, das Zeichen, dass dies sein letztes Getränk war. »Ich zahl dann auch.«

Kurze Zeit später waren die beiden verschwunden.

Rainer bestellte noch ein Bier. »Es geht mich zwar nichts an, aber haben Sie gerade von dem Neubau gesprochen, der am Kurplatz hochgezogen wird?«

»Richtig«, dröhnte Deti. »Das *Atlantic*. Wobei im Moment von Hochziehen keine Rede sein kann.«

»Warum?«

»Zum einen ist Saison. Da darf auf Juist nicht gebaut werden. Außerdem hat die Gemeinde einen Baustopp verhängt.«

»Weshalb das denn?«

»Die mussten, um den Untergrund zu stabilisieren, Spundwände aus Metall einbauen. Auf Juist wird ja alles im wahrsten Sinne des Wortes in den Sand gesetzt. Die großen Platten sollten mit Rammen in den Boden getrieben werden. Ging auch einige Tage gut. Dann hat ein denkmalgeschütztes Nachbarhaus Risse bekommen. Und jetzt ist Schluss mit Rammen. Wenn die Investoren gewusst hätten, auf was sie sich einlassen ...«

»Wie meinen Sie das?«

»Das fing doch schon mit der Planung an. Einigen Juistern waren die Firste des Gebäudes zu hoch. Die meckerten über das Bauamt. Dann das Theater mit der Betonleitung.«

»Über das Sie eben gesprochen haben?«

»Genau. Dann die Rammen. Und was weiß ich noch. Ich habe gehört, es laufen jede Menge Verfahren von den Verwaltungsgerichten. Investor gegen die Gemeinde Juist.« Er schmunzelte. »Damit verdienen sich wenigstens die Anwälte eine goldene Nase.«

Rainer dachte an die Mandate ihrer Anwaltskanzlei und fragte sich, ob ein Hotelneubau in Herne eigentlich auch so ein Aufsehen erregen würde.

»Ich dachte immer, die Juister wollen so viel Touristen wie möglich auf der Insel haben?«

»Natürlich leben wir vom Tourismus. Nur darf der Tourismus den Charakter der Insel nicht verändern. Sonst kommen vielleicht neue Gäste, aber die alten bleiben weg. Damit wäre keinem gedient. Außerdem sind die Hoteliers nicht gerade begeistert über die neue Konkurrenz. Andererseits sind neue Urlauber auch neue Kunden.«

»Für Sie zum Beispiel«, grinste Rainer.

Er bekam keine Antwort, denn Deti hatte sich bereits anderen Gästen zugewandt.

Langsam füllte sich der Laden. Esch trank mittlerweile trockenen Riesling statt Bier. Mit fortgeschrittener Uhrzeit wurde das Publikum in der *Spelunke* immer jünger und die Musik lauter. Als Rainer seine Bestellungen wegen der Lautstärke nur noch wild gestikulierend aufgeben konnte, hatte er genug. Er hatte manchmal ohnehin den Eindruck, nicht mehr ganz so gut zu hören wie früher. Die Ausbildung einer veritablen Alterstaubheit wollte er nicht dadurch beschleunigen, dass er sich noch länger diesem Lärmpegel aussetzte. Er beglich seine Rechnung und ging schweren Schrittes in sein Hotel.

15

Herbst 1990

Knut

Trotz seiner mäßigen schulischen Leistungen schaffte Knut den Hauptschulabschluss ohne zweiten Versuch und begann kurz darauf in einer überbetrieblichen Ausbildungsstätte eine Kochlehre. Er war vom Heim in eine Jugendwohngemeinschaft umgezogen, die stundenweise von einem Sozialpädagogen betreut wurde. Mit ihm wohnten in dem Haus in einem Dortmunder Vorort sieben weitere männliche Jugendliche, die alle ebenfalls Azubis waren.

Knut blieb nur wenig von seiner Ausbildungsvergütung, da er einen Eigenanteil zu den Kosten seiner Unterbringung beitragen musste.

Trotzdem fühlte er sich wie ein König, als er mit seinem ersten Geld an einem Samstagmorgen in der Innenstadt einkaufen ging. Er erstand einen Walkman, einige CDs und eine Jeans, die er nach der Anprobe sofort anbehielt. Besonders auf den Walkman war er stolz. Schließlich besaß er sonst nichts, das einen materiellen Wert besaß. Kaum hatte er das Kaufhaus verlassen, legte er eine CD in das Gerät, schob sich den Kopfhörer über die Ohren und schaltete ein. Die Takte des Toten-Hosen-Songs *Auf dem Kreuzzug ins Glück* klangen für ihn so, als ob Campino direkt vor ihm stünde und nur für ihn sänge.

Er blieb fast das ganze Wochenende auf seinem Zimmer und hörte die von seinen Mitbewohnern geliehenen Silberscheiben.

Auch auf der Busfahrt zu seinem Arbeitsplatz am Montagmorgen behielt er die Kopfhörer auf und nahm sie bei der Arbeit erst nach Aufforderung seines Meisters schweren Herzens ab. Knut fieberte der Mittagspause entgegen, um sich weiter an seiner Musik zu berauschen.

Ihre Pause verbrachten die Auszubildenden in einem winzigen Raum, der an die Küche grenzte. Ihre Ausbilder trafen sich in der Regel mit anderen Kollegen in einem ihnen vorbehaltenen Bereich der Werkstätte, sodass die jungen Leute unter sich waren.

Heute waren sie zu viert. Einer von ihnen, Heinz, ging bereits auf die zwanzig zu. Es war bereits sein dritter Versuch, einen Handwerksberuf zu erlernen, und vermutlich seine letzte Chance. Heinz war wie Knut in Heimen groß geworden und hatte in der Vergangenheit wegen kleinerer Delikte schon mehrmals im Knast gesessen.

Knut saß auf seinem Stuhl, weit zurückgelehnt, die Augen geschlossen. Plötzlich stupste ihn jemand an und Knut riss die Augen auf. Vor ihm stand Heinz, der ihm bedeutete, die Kopfhörer abzunehmen.

Als Knut der Aufforderung nachkam, konnte Heinz seinen Frage loswerden: »Wat hörze denn da?«

»Sinéad O'Connor.«

»Is dat nich die Tusse, die wat gegen die Kirche hat?«, erkundigte sich Heinz.

»Keine Ahnung. Ist mir auch egal«, erwiderte Knut und wollte die Kopfhörer wieder aufsetzen.

Heinz wollte ihn daran hindern und packte Knuts Arm. »Nu warte doch ma, ich will mit dir reden.«

»Aber ich nicht mit dir«, antwortete Knut barsch und schüttelte Heinz' Hand ab.

Mit einer schnellen Bewegung nahm ihm der Zwanzigjährige den Walkmann fort. Die Kopfhörer fielen zu Boden.

»Getz leg das Scheißteil doch ma wech. Bist wohl wat besseres, datte nich mit uns sprichst, oder?«

Knut war aufgesprungen und baute sich, obwohl gut einen Kopf kleiner, vor seinem Kontrahenten auf. »Gib mir sofort den Walkman zurück«, fauchte er. »Sonst ...«

Heinz begann zu lachen. »Wat sonz?« Er warf den Walkman mit der rechten Hand hoch und fing ihn mit der linken wieder auf. »Hol dir dat Teil doch, wennze dich traust.«

Er ging langsam rückwärts Richtung Küche, Knut folgte ihm, wobei er seinen wertvollsten Besitz nicht aus den Augen ließ. Das einzige, was ihn daran hinderte, sich auf Heinz zu stürzen, war die Angst um den Player. Zu leicht konnte bei einer körperlichen Auseinandersetzung das Gerät Schaden nehmen. Das wollte er um jeden Preis vermeiden.

Die anderen Jungs folgten den beiden Kontrahenten. Diese Auseinandersetzung versprach interessant zu werden.

Mittlerweile war Heinz in der Küche angelangt. Er stand neben einem der Herde, auf dem in einem riesigen Topf Knochenstücke vor sich hin blubberten, um zu einer Fleischbrühe verarbeitet zu werden. Grinsend hielt Heinz den Player über diesen Topf. »Ob so'n Ding wohl schwimmen kann?«, feixte er.

Die anderen Jungs lachten.

Ob es an den fettigen Händen von Heinz lag oder an den Dampfschwaden, die aus dem Topf waberten, ließ sich später nicht mehr feststellen. Auf jeden Fall rutschte Heinz der Walkman aus seinen Händen und versank mit einem leisen Platschen in der Fleischbrühe. Entgeistert glotzte Heinz in den Behälter. »Dat ... Dat wollt ich nich«, stammelte er. »Dat musste mir glauben. Ich ...«

Mit einem heiseren Schrei stürzte sich Knut auf den Älteren. Noch ehe dieser eine Abwehrposition einnehmen konnte, hämmerte Knut ihm mit der Faust in das Gesicht. Heinz stöhnte auf. Knut platzierte zwei, drei weitere Schläge und für einen Moment sah es so aus, als ob Heinz diesen Kampf verlieren sollte. Dann jedoch setzte sich dessen körperliche Überlegenheit und Kampferfahrung durch.

Ein heftiger Schlag traf Knut in die Magengegend und er rang nach Luft.

Heinz keuchte: »Nu lass dat doch. Ich kauf dir'n neuet Teil.«

Knut hörte nicht zu, setzte im Gegenteil nach und versuchte, Heinz in den Unterleib zu treten. Der wich geschickt aus, drehte sich an Knut vorbei und nahm ihn von hinten in den Schwitzkasten.

Rasend vor Wut biss der Jüngere in Heinz' Unterarm. Dessen Griff lockerte sich und Knut konnte sich befreien. Jetzt machte Heinz ernst. Er malträtierte seinen Gegner mit einer Serie von Schlägen ins Gesicht.

Knut spürte, wie Blut aus einer aufgerissenen Augenbraue seine Wange hinabfloss. Verzweifelt riss er die Hände nach oben, aber seine Deckung kam zu spät. Weitere Fausthiebe prasselten auf ihn ein.

Knut konnte kaum noch etwas sehen. Seine Lider waren geschwollen. Seine Arme versuchten, die schlimmsten Schläge abzufangen und stießen dabei gegen den Griff einer der Bratpfannen, die auf dem Herd standen. Entschlossen packte Knut zu, holte aus und schmetterte Heinz das gusseiserne Kochgerät mit voller Wucht auf den Schädel.

Für einen Moment sah es so aus, als ob Heinz diesen Treffer einfach wegstecken würde. Doch dann verdrehten sich seine Augen. Mit der linken Hand suchte er Halt am Herd, während Knut erneut mit der Pfanne ausholte. Nach dem zweiten Treffer ging Heinz zu Boden. Wie ein Berserker trat Knut immer und immer wieder auf ihn ein, bis seine Kameraden ihn schließlich von dem Schwerverletzten fortzogen.

Heinz kam mit einem Schädelbruch und einem Trauma auf die Intensivstation des Krankenhauses, Knut in Untersuchungshaft. Zwei Monate später verurteilte ihn eine Jugendstrafkammer wegen versuchten Totschlags und gefährlicher Körperverletzung. Nach Ansicht des Gerichts konnte die Strafe nicht zur Bewährung ausgesetzt werden. Zum einen sei Knut in seiner Kindheit schon einmal straffällig geworden und nur sein Alter habe ihn damals vor einer Bestrafung geschützt. Zum anderen aber hätte er als Kochlehrling wissen müssen, wie schwer eine Bratpfanne sei und welche Folgen ein Schlag mit einem solchen Utensil haben könne.

»Er kannte die Gefährlichkeit des Schlages und nahm dessenKonsequenzen billigend in Kauf«, hieß es in der Urteilsbegründung. »Strafmildernd ist zu werten, dass der Angeklagte durch das Verhalten des Opfers und den Verlust seines Walkmans provoziert worden ist. Das Gericht hat dennoch keinen Zweifel, dass der Angeklagte während der Tat voll zurechnungsfähig gewesen ist und sich nicht auf eine teilweise Einschränkung seiner Urteilsfähigkeit berufen kann.«

Knut wurde nach der Verkündung des Urteils noch im Gerichtssaal abgeführt. Am 3. November 1990 verschwand er hinter den geschlossenen Türen der Justizvollzugsanstalt Heinsberg.

16

Enno Altehuus kannte den Mann, der da vor ihm stand. Es war vor etwa zwei Jahren gewesen, als er ihn zum letzten Mal gesehen hatte. Damals war Hubert Dombrowski, so hieß sein Besucher, wenn er sich recht erinnerte, schon einmal in der Juister Polizeiwache vorstellig geworden. Altehuus hatte beim Mittagessen gesessen und sich auf ein ruhiges Sommerwochenende gefreut, als es damals schellte.

Der Besucher habe, so hatte er Altehuus wenig später aufgeregt mitgeteilt, am Strand einige Kilometer westlich des Loog eine Granate gefunden. Um das Geschoss zu sichern, habe er es vergraben und die Stelle mit einem in den Boden gesteckten Holzstab markiert. Wohl oder übel hatte sich der Juister Polizist gezwungen gesehen, sich auf das Rad zu schwingen und nach Westen zu radeln.

Drei Stunden hatte er gebraucht, bis er damals die Stelle gefunden hatte, an der Dombrowski die Granate im Sand verbuddelt hatte. Weitere zwei Stunden hatte es gedauert, bis der von ihm alarmierte Kampfmittelräumdienst mit dem Hubschrauber eingeflogen war, die Granate kurzerhand in eine mit Sand gefüllte Holzkiste verpackt und in eine Lagerhalle am Hafen transportiert hatte. Aus Sicherheitsgründen war sie nicht mit dem Heli, sondern mit dem nächsten Frachtschiff zur Entschärfung und Beseitigung zum Festland gebracht worden.

Und jetzt war dieser Mensch erneut auf seiner Wache erschienen und berichtete, er habe am Strand einen Knochen gefunden.

»Hm«, brummte Altehuus. »Knochen findet man öfter am Strand. Manchmal auch ganze Kadaver. Seehunde zumeist. Aber auch Hunde oder Katzen. Die sind vermutlich auf irgendeinem Dampfer über Bord gegangen. Manchmal auch Schweine. Wir hatten auch schon einmal ...«

»Nein, da bin ich mir ganz sicher. Das ist kein Knochen eines Tieres.«

»Aha. Und woher wissen Sie das so genau?«

»Ich arbeite als Röntgenassistent in einem Krankenhaus. Da weiß ich, wie ein menschlicher Knochen aussieht.«

»Auf Röntgenbildern. Das glaube ich Ihnen gerne. Am Strand aber ...«

Dombrowski setzte seinen Rucksack ab, stellte ihn auf den Tresen und nestelte umständlich am Reißverschluss herum.

Dann kramte er ein längliches, in Zeitungspapier eingewickeltes Paket hervor. »Gut, dass ich mir heute vor meinem Spaziergang noch die Tageszeitung gekauft habe«, erklärte er. »Ansonsten hätte ich den Knochen ungeschützt in meinem neuen Rucksack transportieren müssen. Na ja, die Zeitung kann ich wohl vergessen. Aber morgen gibt es eine neue, nicht wahr?«

Altehuus zog es vor, nicht zu antworten. Stattdessen sah er Dombrowski dabei zu, wie der in aller Ruhe sein Paket auseinanderfaltete. Endlich lag auf sandiger Zeitung ein etwa vierzig Zentimeter langer Knochen, der in der Tat verblüffende Ähnlichkeit mit einem menschlichen Unterschenkel aufwies.

»Na, was sagen Sie jetzt?« Dombrowski blickte triumphierend zu dem Polizisten, dann auf seinen Fund.

Altehuus schwieg noch immer und dachte daran, dass ihm dieser Kerl nun schon das zweite Mal den Feierabend versaut hatte. Schließlich seufzte er. »Ich rufe den Inselarzt an. Der ist Fachmann auf dem Gebiet.«

Er griff zum Telefon und erledigte den Anruf.

»So, wir können in der Zeit, bis der Doktor kommt, schon einmal ein Protokoll aufnehmen. Sicherheitshalber. Wenn der Knochen doch nicht menschlich ist, zerreißen wir es wieder. Einverstanden?«

Dombrowski nickte selbstsicher.

»Gut. Zunächst Ihren Namen und Adresse. Sie heißen ...«

Zehn Minuten später war das Protokoll geschrieben und der Mediziner traf ein. Ein kurzer Blick und seine Diagnose stand fest. »Eindeutig ein Unterschenkelknochen. Von einem Erwachsenen würde ich sagen.«

Enno Altehuus hatte diese Aussagen schon fast erwartet. Dombrowski, der damit beschäftigt war, das Protokoll zu lesen, legte das Papier beiseite. »Habe ich es nicht gesagt?«, frohlockte er. »Ich habe es gesagt!«

Altehuus, der sich schon stundenlang am Strand entlanglaufen und nach weiteren Skelettteilen Ausschau halten sah, nickte nur. Eigentlich, dachte er, sollte ich dem Kerl Inselverbot erteilen. Lebenslang.

Dombrowski hatte die Wache gerade verlassen, als es erneut klingelte. Altehuus erhob sich von seinem Stuhl und ging zur Tür, um zu öffnen.

Vor ihm stand der Herner Anwalt.

»Wollten Sie nicht abreisen?«, knurrte der Polizist zur Begrüßung. »Außerdem ist Sonntag. Ich hoffe, Sie haben einen wichtigen Grund, mich zu stören.«

»Sind Sie nicht im Dienst?«, wunderte sich Rainer Esch.

»Bedauerlicherweise bin ich das immer. Also, was gibt es?«

Altehuus machte keine Anstalten, Esch in die Wache zu bitten.

»Ich habe gestern Abend in der *Spelunke* ein Gespräch aufgeschnappt. Darüber wollte ich mit Ihnen reden. Mich interessiert Ihre Meinung darüber.«

»Tatsächlich?« Der Polizist blockierte mit seinem massigen Körper immer noch den Eingang.

»Mir scheint, dass es sehr wohl einen Grund für die Brandstiftungen geben könnte.«

»Gibt es auch.«

»Ach ja?«

»Pyromanie. Der Brandstifter ist einschlägig vorbestraft. Er hat schon früher in seinem Heimatort gezündelt. Als Mitglied der dortigen freiwilligen Feuerwehr hat er sogar beim Löschen der von ihm gelegten Brände geholfen. Und das muss Ihnen an Informationen reichen. Sie sollten abreisen. Es gibt auf Juist nichts mehr für Sie zu ermitteln.«

»Ich ermittle ja nicht«, antwortete Rainer treuherzig. »Sie haben mir es ja untersagt. Aber könnte es zwei Brandstifter geben?«

Altehuus stutzte. »Was haben Sie ausgegraben, Herr Esch?«

»Wollen wir das hier auf der Straße besprechen?«, fragte Rainer scheinheilig.

Altehuus trat einen Schritt beiseite. »Na gut. Kommen Sie.«

Der Knochen auf dem Tresen war nicht zu übersehen.

»Echt?«, fragte Esch.

»Leider«, erwiderte der Polizist.

»Ist der Rest des Skeletts auch noch irgendwo?«

»Herr Esch«, schnaubte Altehuus. »Das geht Sie nun wirklich nichts an. Also, was wollten Sie mir sagen?«

Rainer konnte den Blick nicht vom Knochen lösen. »In dem Gespräch in der Kneipe ging es um den Neubau des Hotels am Kurplatz. Zwei Juister haben darüber spekuliert, ob die Brandstiftungen nicht eine Warnung an Herrn Harms sein könnten.«

»Ach, daher weht der Wind. Jetzt passen Sie mal auf: Sie sollten nicht auf jedes Gerücht hören, das zwei Schlaumeier nach einigen Bieren in die Welt setzen. Ja, es gibt eine Auseinandersetzung zwischen verschiedenen Fuhrunternehmen auf Juist. Sie streiten sich darum, wer den Auftrag erhält, die Materialien, die für den Bau des *Atlantic* erforderlich sind, zu transportieren. Aber dieser Streit wird so ausgetragen, wie es sich unter Kaufleuten gehört: nämlich über Angebot und Nachfrage. Und dass wir Insulaner durchaus unterschiedlicher Meinung über dieses Gebäude sind, ist ebenfalls kein Geheimnis. Wenn das alles ist, was Sie ausgegraben haben, sind Sie völlig auf dem Holzweg.«

»Sie glauben also nicht an einen zweiten Brandstifter?«

»Nein.« Altehuus schob den Anwalt Richtung Tür. »Und jetzt würde ich gerne in Ruhe den Rest des Tages genießen.«

17

Tommy war zwar galant und zuvorkommend gewesen, aber der Besuch im Ruhrgebiet war nicht so verlaufen, wie Heike es sich vorgestellt hatte. Er hatte nur zögerlich Details aus seiner Vergangenheit preisgegeben, nur wortkarg auf Fragen nach seiner Familie geantwortet. Ebenso einsilbig hatte er reagiert, wenn sie sich nach Freunden oder seinem Studium erkundigt hatte.

Seine Wohnung war ihr für eine Studentenbude ungewöhnlich aufgeräumt vorgekommen. Wenn sie sich an ihr Zimmer erinnerte, das sie während des Studiums bewohnt hatte – mein Gott, war das eine Müllhalde gewesen, besonders im Vergleich zu Tommys Wohnung. Bei ihr hatten Berge von Kopien auf dem Boden gelegen, in den Regalen und auf dem Schreibtisch hatten sich Bücher aufgetürmt und überall im Raum waren Fachzeitschriften verteilt gewesen. Sie konnte sich damals in ihrem Zimmer kaum noch bewegen. Bei Tommy hingegen war alles so ordentlich, fast unpersönlich.

Irgendwie seltsam.

Im Zug nach Norddeich hatte sie die Fragen, die ihr auf den Nägeln brannten, endlich gestellt: »Ingenieurtätigkeit bedeutet doch, konstruieren zu müssen, oder?«

»Nicht nur«, erklärte Tommy. »Die Konstruktion ist nur ein Teil der Aufgaben, die Ingenieure ausüben. Andere sind zum Beispiel Überwachung, Projektierung, Steuerung und so etwas.«

»Und was ist dein Schwerpunkt?«

Tommy sah sie erstaunt an. »Warum willst du das alles wissen?«

»Es interessiert mich halt.«

»Ich habe mich im Studium viel mit Projektierung befasst«, erläuterte er.

Heike dachte einen Moment nach. »Das heißt auch Zeichnen, nicht wahr?«

»Ja, klar.«

»Und warum steht dann in deiner Wohnung kein Zeichenbrett?«

Tommy lachte auf. »Auf was du alles kommst. Solche Arbeiten werden heute am Rechner erledigt. Am Zeichenbrett sitzt eigentlich niemand mehr.«

»Ach so.« Aber ganz zufriedengestellt war Heike noch nicht. »Ich habe in deiner Wohnung auch keine Bücher über Maschinenbau gefunden. Warum nicht?«

Tommy dachte einen Moment nach, bevor er antwortete: »Du weißt doch, dass ich nicht viel Geld habe. Fachbücher sind teuer. Deshalb arbeite ich ausschließlich in der Unibibliothek. So kann ich Kosten sparen. Natürlich musste ich wichtige Lehrbücher auch kaufen.

Wir haben uns da mit mehreren Kommilitonen zusammengetan. Jeder kauft zwei, drei dieser Bücher, natürlich unterschiedliche, und wir leihen sie uns gegenseitig aus. Da ich ja für einige Monate auf Juist arbeite, habe ich sie alle verliehen. Warum interessiert dich das so?« Er musterte sie aufmerksam.

»Ach, nur so«, wiegelte sie ab, »es fiel mir einfach auf.«

Tommy legte den Arm um ihre Schultern und küsste sie sanft auf die Wange. »Meine kleine Detektivin. Sonst noch Fragen, Frau Holmes?«

Heike musste lachen. »Vorläufig nicht.«

»Da bin ich ja beruhigt.«

Die zweimotorige *Britten-Norman Islander* landete pünktlich auf dem Juister Flugplatz. Heike und Tommy hatten im Zug verabredet, sich auf dem Rollfeld zu trennen, um möglichen Spekulationen über ihre Beziehung vorzubeugen. Tommy wollte zu Fuß in den Ort gehen, Heike mit dem Inseltaxi fahren.

Fünfundvierzig Minuten, nachdem der Inselflieger seine Motoren abgestellt hatte, stand sie mit ihrem Rucksack im Foyer des *Sanddornhotels* ihrer Mutter gegenüber.

»Wo warst du?«, zischte Maria Harms.

»Ich habe mir zwei Tage freigenommen.«

»Das haben wir bemerkt. Meinst du nicht, dass du mir eine Erklärung schuldest?«

»Nein.«

Maria Harms griff ihre Tochter am Arm und zerrte sie in das Büro. Dann schloss sie die Tür.

»Da habe ich allerdings eine andere Auffassung. Du bist gesehen worden.«

»Das kommt häufiger vor.«

»Am Sonntagmorgen. Händchenhaltend auf dem Flugplatz. Mit einem fremden Mann. Wer ist das?«

»Ich bin jetzt fast dreißig. Du bist zwar meine Mutter, abermein Privatleben geht dich nun wirklich nichts mehr an.«

»Ist das derselbe Kerl, mit dem du dich am Donnerstag in der *Spelunke* und in der Nacht zum Freitag was-weiß-ich-wo herumgetrieben hast?«

Heike nahm sich zusammen. Nicht weinen, beschwor sie sich selbst. Nicht diese Blöße geben. Lass dich nicht wieder klein machen. »Tommy ist kein Kerl. Und ich habe mich nicht herumgetrieben.«

»Ach, Tommy heißt der also. Ist er ein Urlauber? Juister ist er jedenfalls nicht.«

»Woher willst du das wissen?«

Maria Harms ignorierte die Frage. »Na gut. Wie du meinst. Aber eines sage ich dir: Wenn du dich nicht an die Spielregeln hältst, die in unserer Familie gelten, darfst du dich nicht wundern, wenn sich die Familie gegen dich stellt.«

»Familie?«, ereiferte sich Heike. »Du nennst das eine Familie? Du und Gerrit seid doch ein Herz und eine Seele. Ich bin nur das fünfte Rad am Wagen. Euer Fußabtreter bin ich!«, schleuderte sie ihrer Mutter entgegen. »Mehr nicht.«

Maria Harms ging zur Tür und nahm die Klinke in die Hand. Dann aber drehte sie sich noch einmal um und sagte ganz ruhig: »Merk dir eines, mein Kind. Wer gegen den Strom schwimmen will, muss einen verdammt langen Atem haben.«

Erschüttert blieb Heike zurück.

18

27. März 1992

Knut

Knuts Erfahrungen, die er in den Heimen gesammelt hatte, waren ihm auch im Gefängnis zugutegekommen. Schnell lernte er, sich der offiziellen Hierarchie der Vollzugsbeamten und der inoffiziellen der Häftlinge anzupassen und sie zu nutzen. Er duckte sich weg, wenn Konflikte drohten, machte sich nützlich, wenn ihm das Vorteile verschaffte und versuchte ansonsten, so unauffällig und vor allem unbeschadet wie möglich den Knastalltag zu überstehen. Das glückte ihm so gut, dass er als Mustergefangener wegen guter Führung zwei Tage nach seinem achtzehnten Geburtstag aus dem Knast entlassen wurde. Der Rest der Strafe von sechs Monaten wurde zur Bewährung ausgesetzt.

Als er seine Privatsachen ausgehändigt bekam und auf den Schließer wartete, der ihn in die Freiheit bringen sollte, betrat ein ihm unbekannter Mann den Raum und sprach ihn an: »Guten Tag. Ich heiße Jürgen Sebering und komme vom hiesigen Jugendamt. Wir wurden im Zuge der Amtshilfe von unseren Dortmunder Kollegen gebeten, verschiedene Punkte mit Ihnen zu besprechen.«

»Ja?« Knut hatte keine Ahnung, was das Jugendamt noch von ihm wollte. Schließlich war er volljährig.

Der Beamte kramte in seiner Aktentasche und zog einige Unterlagen hervor. Dann setzte er sich eine Lesebrille auf die Nase. »Da wäre zunächst das Finanzielle.« Er drückte Knut eine Aufstellung in die Hand. »Seit ihrem siebten Lebensjahr wurde monatlich ein Betrag von 500 Mark für Sie eingezahlt.«

»Von wem?«, unterbrach ihn Knut.

»Das kann ich Ihnen leider nicht sagen.«

»Können Sie nicht oder wollen Sie nicht?«

»Ich kann nicht, weil ich es nicht weiß. Dürfte ich jetzt fortfahren?«

Knut nickte gnädig.

»Die Gesamtsumme, die Ihnen zustehen würde ...«

Knut unterbrach den Mann. »Wieso würde?«

»Lassen Sie mich doch bitte ausreden. Die Summe beläuft sich auf 66.000 Mark. Hinzu kommen Zinsen in Höhe von rund 20.000 Mark. Dann noch die 100 Mark, die Sie an Ihrem vierzehnten Geburtstag erhielten und weiter zur Aufbewahrung gaben, das macht ...«

Fast 86.000 Schleifen, dachte Knut. Ein stolzer Betrag und ein guter Start ins Leben.

»Weiterhin werden in Abzug gebracht die anteiligen Kosten für Ihre Heimunterbringungen für neun Jahre und drei Monate in Höhe von monatlich 1.542,80 Mark, das macht in der Summe 171.250,80 Mark, sodass der Auszahlungsbetrag bis auf einen nicht pfändbaren Rest, das sogenannte Schonvermögen, null ist.«

Es dauerte einen Moment, bis Knut die Tragweite dieser Aussage begriff. »Ich bekomme also keine Pfennig?«

»Fast nichts. Das Schonvermögen, wie gesagt, bleibt Ihnen. Es werden Ihnen keine weiteren Beträge in Rechnung gestellt, jedenfalls nicht für Ihre Heimunterbringung.«

»Wie soll ich das verstehen?«

»Sie wissen doch, warum Sie Ihre Strafe verbüßt haben?«

»Natürlich. Was soll die Fragerei?«

»Die Heilbehandlungskosten Ihres Opfers und die Prozesskosten müssen selbstverständlich Sie begleichen. Diese betragen knapp 15.000 Mark. Hinzu kommt das Schmerzensgeld von 5.000 Mark, zu dem sie verurteilt wurden. Aber darüber erhalten Sie einen gesonderten Bescheid. Zunächst übergebe ich Ihnen die Aufstellung und die Aufrechnung der Heimkosten. Wenn Sie bitte hier quittieren wollen, dass Sie die Schriftstücke erhalten haben.« Der Beamte zückte einen Kugelschreiber und zeigte auf ein Feld des Formulars, das er Knut zur Unterschrift vorlegte.

Verunsichert unterzeichnete Knut.

»Danke.«

»Ich habe also Schulden in Höhe von 20.000 Mark?«

»Nein. Das ist der nächste Punkt, den ich mit Ihnen besprechen muss. Vor einigen Tagen ist ein Anwalt bei uns vorstellig geworden, der uns davon in Kenntnis gesetzt hat, dass zu Ihren Gunsten auf ein Konto Ihrer Wahl ein Betrag von 25.000 Mark eingezahlt werden soll.«

»Wer gibt mir denn so viel Geld?«

»Auch das weiß ich nicht. Ich vermute allerdings, dass es sich um dieselbe Person handelt, die all die Jahre Teile Ihres Unterhalts bestritten hat.« Der Beamte rückte seine Brille zurecht. »Wie auch immer. Wir haben den Anwalt davon in Kenntnis gesetzt, dass gegen Sie zivilrechtliche Forderungen in der Größenordnung vorliegen, wie ich Sie Ihnen genannt habe. Da der Anwalt treuhänderisch für Sie tätig ist, hat er eine Abtretungserklärung unterzeichnet, damit die Ansprüche der Sozialversicherungsträger und des Opfers aus diesen Geldmitteln beglichen werden können.«

Knut rauchte der Schädel. »Was bedeutet das alles?«

»Dass Sie schuldenfrei sind und über rund 5.000 Mark verfügen können.«

Das Gespräch schien nun doch eine angenehmere Wendung zu nehmen.

»Und dann ist da noch ein dritter Punkt. Der Anwalt übergab uns einen Umschlag mit der Bitte, Ihnen diesen auszuhändigen. Ich bitte Sie, auch diesen Empfang zu quittieren.«

Knut tat ihm den Gefallen und erhielt ein braunes Kuvert.

»Das war alles, was ich mit Ihnen besprechen wollte.« Der Beamte verstaute seine Brille in der Aktentasche und reichte Knut die Hand. »Viel Glück. Und machen Sie etwas aus Ihrem Leben.«

Wenig später stand Knut vor den Toren der Strafanstalt und fragte sich, was er jetzt anstellen sollte. In seinen Taschen befand sich die kleine Barschaft, die er im Knast hatte ansparen können. Das dürfte für die ersten Tage reichen.

Knut saugte die Luft ein. Sie roch nach Frühling und die Sonne schien. Er nahm den Weg zur nächsten Bushaltestelle, wie ihn der Justizvollzugsbeamte beschrieben hatte.

Der Bus, der ihn zum Bahnhof und in sein neues Leben bringen sollte, kam erst in einigen Minuten. Also setzte sich Knut auf die Bank und blinzelte wohlig in die Sonne. Schließlich griff er zu dem Umschlag, riss ihn auf und begann, den Brief zu lesen.

19

Ützelpü hatte ihm noch am Sonntagabend den Weg zu dem Fuhrgeschäft Steegmann, einem der Konkurrenten von Harms und Janssen, beschrieben.

»Direkt vor der *Domäne Loog*. Das können Sie nicht verfehlen«, hatte er gemeint und dem Anwalt Espresso und Brandy hingestellt.

Rainer nickte und beschloss, sich dort am nächsten Tag etwas umzusehen. Möglicherweise würde er dort etwas erfahren, was ihn weiterbrachte. Schließlich wäre es ja möglich,dass die Brandstiftungen etwas mit dem Neubau des Hotels am Kurplatz zu tun hatten, auch wenn Altehuus völlig anderer Meinung war. Und wenn der festgenommene Brandstifter tatsächlich alle Brände gelegt hatte, musste er einen Komplizen gehabt haben. Wie sonst konnte der Erpresserbrief in den Kummerkasten von Harms' Hotel gelangen?

Am Morgen war das Wetter endlich besser geworden. Die Sonne schien von einem wolkenlosen Himmel. Es versprach ein schöner Tag zu werden. Genau das richtige Wetter für einen Ausflug ins Loog: Es war kein Gegenwind zu befürchten.

Der Barkeeper hatte recht gehabt: Er fand die Gebäude des Fuhrunternehmers auf Anhieb. Hinter einem zweigeschossigen Klinkerhaus stand eine große Halle, deren Tor verschlossen war. Auf dem Gelände davor parkten mehrere Fuhrwerke, von denen einige so aussahen, als ob sie auf ihre Verschrottung warteten.

Rainer ging am Grundstück vorbei, bog dann Richtung Norden ab und ließ die Halle rechts liegen. Hier roch es nach Rauch. Irgendwo brannte ein Feuer. Alarmiert beschleunigte Esch seinen Schritt. Als er hinter das Gebäude blicken konnte, sah er, woher der Rauch stammte. Ein groß gewachsener, schlanker Mann verbrannte Papier in einem Fass. Und dieser Mann trug eine Prinz-Heinrich-Mütze.

Rainer überlegte, ob er den Unbekannten ansprechen sollte, entschied sich dann dagegen. Er konnte sich ja schlecht erkundigen, ob der Mann etwas mit den Brandstiftungen und den Erpresserschreiben zu tun hatte. Also suchte Esch Deckung hinter einem großen Sanddornbusch und beobachtete weiter.

Der Mann am Feuer warf immer neue Stapel Papier und Pappe in die Flammen. So wie es aussah, war da jemand dabei, seine gesamten Vorräte an Altpapier zu vernichten.Oder verbrannte er etwas anderes? Belastende Unterlagen vielleicht?

Nach etwa zehn Minuten hörte der Anwalt jemanden rufen. Der Mann mit der Mütze sah auf, unterbrach seine Arbeit und verschwand.

Im Schein der tanzenden Flammen, welche die nahe gelegene Hallenwand rot beleuchteten, konnte Rainer einen immer noch ansehnlichen Berg Papier ausmachen, der auf seine Verbrennung wartete. Der Mann würde vermutlich gleich zurückkehren. Wenn er wissen wollte, was dort verbrannt wurde, musste er sich entscheiden. Und zwar jetzt.

Rainer richtete sich auf. Plötzlich flog ein Schatten auf ihn zu und riss ihn zu Boden. Ehe Esch sich versah, lag er auf dem Rücken, ein stämmiger Mann saß schwer auf seinem Oberkörper und fixierte mit Knien und Händen seine Arme. »Ich habe ihn«, rief er mit deutlichem osteuropäischem Akzent. »Chef, hier ist er!« Und zu Esch gewandt sagte er emotionslos: »Ruhig liegen bleiben. Ist besser so.«

Kurz darauf bog der Mann mit der Prinz-Heinrich-Mütze um die Ecke. »Wen haben wir denn da?«, fragte er, ohne wirklich eine Antwort zu erwarten. Dann musterte er Rainer genauer. »Ich kenne Sie von irgendwoher, oder?«

»Keine Ahnung«, erwiderte Rainer wahrheitsgemäß. »Aberkönnten Sie Ihrem Gorilla sagen, dass er mich loslassen soll?«

»Doch, wir kennen uns. Sie wollten mir vor einigen Jahren ein Grundstück an der Domäne abschwatzen. Wir haben uns bei einer Bürgerversammlung im Haus des Kurgastes getroffen. Sie sind doch dieser Anwalt.«

»Ganz richtig«, stöhnte Rainer aus dem Sand. »Angenehm, Esch. Ich würde Ihnen ja gerne die Hand reichen, aber ...«

»Pjotr, lass ihn los.«

Wie in Zeitlupe erhob sich Pjotr, ließ Rainer aber nicht aus den Augen.

Der klopfte sich den Sand von der Kleidung. »Und Sie sind?«

»Jens Steegmann.« Er zeigte auf die Halle neben ihnen. »Das ist mein Grundstück. Aber das wissen Sie vermutlich. Denn warum sonst sind Sie hier herumgeschlichen. Tut mir leid, dass Sie mit Pjotr aneinandergeraten sind. Aber wir sind alle etwas nervös wegen den Brandstiftungen.«

»Hat es sich also noch nicht bis ins Loog herumgesprochen. Der vermutliche Täter wurde verhaftet.«

»Oh, das wusste ich nicht. Prima. Eine Sorge weniger. Na ja, Ihnen ist nichts passiert, oder?«

»Nein.«

»Aber warum, Herr Esch, schleicht ein Anwalt um mein Haus herum?«

»Mir ist das Feuer aufgefallen.«

»Aha.« Es war Steegmann anzusehen, dass er Rainer kein Wort abnahm.

Der suchte derweil nach einer halbwegs glaubhaften Ausrede. Denn im Grunde genommen wusste er selber nicht genau, was er mit diesem Besuch bezweckt hatte. »Ein Mandant von mir fühlt sich bedroht. Und die Beschreibung dieses Täters passt auf Sie.«

Steegmann grinste schief. »Tatsächlich?«

»Ja. Groß gewachsen, schlank.«

»Das sind auf Juist viele.«

»Mag sein«, entgegnete Rainer. »Aber nicht alle tragen eine Prinz-Heinrich-Mütze.« Kaum hatte er seinen Satz beendet, wurde ihm klar, wie bescheuert sich das anhören musste.

Der Fuhrunternehmer lachte lauthals auf. »Dann kann ich es ja nicht sein.«

»Warum nicht?«

Steegmann tippte mit dem Zeigefinger auf den Rand seiner Kopfbedeckung. »Das ist keine solche Mütze.«

»Nein?«

»Nee, das is'n Elbsegler.«

»Sieht aber genauso aus.«

»So ähnlich. Wer wird denn bedroht?«

»Das kann ich Ihnen nicht sagen.«

Steegmanns Grinsen wurde noch breiter. »Lieber Herr Esch, Sie sind ein ziemlich schlechter Lügner. Für wie dämlich halten Sie mich eigentlich, mir eine so schwachsinnige Geschichte aufzutischen?«

Rainer ahnte, wie fadenscheinig sich seine Erklärung angehört haben musste.

»Wissen Sie, was ich stattdessen glaube? Sie sind hier, weil Sie in der *Spelunke* dummes Gerede aufgeschnappt haben. Aber ich versichere Ihnen, da ist nichts dran.«

»Wie kommen Sie darauf, dass ich in dieser Kneipe ...«

Steegmann machte eine abwertende Handbewegung. »Nun hören Sie schon auf. Sie haben ein Gespräch mitbekommen, das nicht für Ihre Ohren bestimmt war. Und Sie waren nicht alleine dort. Anderen, die ebenfalls zugehört haben, ist Ihr Interesse aufgefallen. Die haben mich informiert, ich habe mich informiert. Es war nicht schwer, herauszubekommen, dass Sie Anwalt sind. Juist ist ein Dorf, Herr Esch. Da spricht sich vieles sehr schnell herum.«

Das hatte Rainer in den letzten Tagen schon einmal gehört. »Okay«, gab er sich geschlagen. »Sie haben recht. Ich war in der *Spelunke*. Aber das mit der Bedrohung ist nicht erfunden.«

»Wenn Harms tatsächlich bedroht wird, habe ich nichts damit zu tun. Eigentlich ist Janssen mein Konkurrent, nicht Harms. Der hofft doch nur auf das große Geld.«

»Sie etwa nicht?«, unterbrach ihn Rainer.

Steegmann stutzte, lachte dann wieder auf. »Natürlich. Der Bau des *Atlantic* kann für alle Transportfirmen auf der Insel ein gutes Geschäft werden. Wir dürfen uns nur nicht gegenseitig von den Investoren ausspielen lassen.«

»Sind Preisabsprachen nicht verboten?«, warf Rainer ein.

»Was für ein böses Wort. Wir haben alle eine ähnliche Kostenstruktur. Ist es da ein Wunder, wenn auch unsere Preise ähnlich sein müssen?«

»Verstehe. Und Janssen zieht da nicht mit, oder?«

Steegmann klopfte Rainer jovial auf die Schulter. »Lassen wir das Geschäftliche. Darf ich Sie in mein Haus zu einem Bier einladen?«

»Um diese Zeit?«

»Warum nicht?«

Als Rainer zögerte, stieß Steegmann ihm kurzerhand seinen Ellenbogen in die Seite. »Nun kommen Sie schon. Schließlich muss ich ja Pjotrs Attacke wiedergutmachen.«

Nach fünf Bier und Aquavit duzten sie sich und Esch war von der Unschuld des Fuhrunternehmers vollends überzeugt. Nach der achten Runde verlor Rainer den Überblick und fand sich am nächsten Morgen in seinem Hotelzimmer wieder, voll angekleidet und mit dem Gesicht nach unten auf dem Bett liegend. Er rappelte sich mühsam auf und wankte ins Bad. In seinem Kopf fanden viele kleine Explosionen statt. Schwer atmend stützte er sich mit beiden Händen auf dem Waschtisch ab, beugte sich vor und starrte aus verquollenen Augen in den Spiegel. Ihm fiel ein dunkler Fleck auf seiner linken Wange auf, der gestern noch nicht da gewesen war. Für einen Moment stand sein Herz still. Konnte Hautkrebs so schnell ausbrechen? Zitternd unterzog er das Mal einer genaueren Prüfung. Es entpuppte sich als der Schokokeks, den das Zimmermädchen als Betthupferl am Abend zuvor auf dem Kopfkissen deponiert hatte.

20

Heike hatte darauf verzichtet, das gestrige Abendessen gemeinsam mit ihrer Mutter und ihrem Bruder einzunehmen. Gefrühstückt hatte sie heute in ihrem Apartment: einen schwarzen Kaffee und eine Zigarette – sie wunderte sich nicht über ihren erneuten Rückfall. Seit Langem versuchte sie, sich das Rauchen abzugewöhnen, leider mit mäßigem Erfolg.

Sie ahnte auch, warum ihr der Verzicht so schwerfiel. Denn eigentlich folgte sie nur einer Anordnung ihrer Mutter, die als Bitte getarnt daherkam. In einem Hotel, so die Argumentation von Maria Harms, das ausschließlich über Nichtraucherzimmer verfüge, müsse gerade die Tochter des Hauses mit gutem Beispiel vorangehen. Denn sonst könne man ja kaum vom Personal erwarten, nicht zur Zigarette zu greifen.

Widerstrebend hatte sich Heike gebeugt – nur um einen Rückschlag nach dem anderen zu erleben.

Und auch das Mittagessen hatte sie heute versäumt und stattdessen durchgearbeitet, um auf andere Gedanken zu kommen.

Jetzt, am frühen Abend, saß sie über der Quartalsbilanz in ihrem Büro und steckte sich erneut eine Kippe an.

Die Tür wurde geöffnet und ihre Mutter betrat das Zimmer. »Du rauchst wieder?«, fragte sie. Ihr Ton war scharf.

»Seit gestern.«

Maria Harms ging zum Fenster und öffnete es weit. »Hier drin kann man ja nicht atmen.«

Heike ignorierte den unausgesprochenen Vorwurf.

Ihre Mutter zog einen Stuhl zum Schreibtisch und setzte sich. »Weißt du, wo Gerrit ist?«

Heike sah überrascht auf. »Nein. Warum fragst du?«

»Ich habe ihn seit Sonntagmittag nicht mehr gesehen.«

»Hat er die Mahlzeiten nicht mit dir eingenommen?«
Ihre Mutter schüttelte nur den Kopf.

Das war in der Tat ungewöhnlich. Gerade Gerrit legte den größten Wert darauf, dass die Familie gemeinsam am Tisch saß. Heike hatte sich schon gewundert, warum ihr Bruder sie nicht aufgefordert hatte, ihre demonstrative Abwesenheit aufzugeben. »Hattet ihr Streit?«

»Besonders gut haben wir uns in letzter Zeit nicht verstanden«, wich Heike einer Antwort aus. »Aber das geht dir und mir ja ähnlich.«

Maria Harms beugte sich vor und legte beide Hände über Heikes. »Wir dürfen nicht zulassen, dass die Familie wegen solcher Kleinigkeiten Schaden nimmt. Versprichst du mir das?«

Heike spürte, dass diese Sorge nicht ihr, sondern ihrem Bruder galt. Trotzdem lenkte sie ein. »Das ist auch nicht meine Absicht.«

»Hat Gerrit denn irgendeine Bemerkung dir gegenüber fallen lassen? Wollte er aufs Festland?«

»Mutter, ich weiß es nicht. Das letzte Mal habe ich am Samstagmorgen mit ihm gesprochen.« Sie befreite ihre Hände.

»Ich war in seinen Räumen«, erzählte Maria Harms. »Sein Bett ist unbenutzt. Er ist die Nacht über fortgeblieben.«

»Hat er mit einem der Angestellten gesprochen?«

»Nein, die habe ich schon gefragt. Was meinst du, sollen wir die Polizei benachrichtigen?«

Heike dachte nach. »Ich glaube, das ist noch nicht nötig. Vermutlich hat sich Gerrit nur eine Auszeit genommen. Er wird sicher im Laufe des Tages wieder auftauchen. Ich kann bei seinen Freunden nachfragen. Vielleicht ist er ja nur bei einer Sauftour versackt und schläft bei einem von ihnen seinen Rausch aus.«

»Bis in die Abendstunden?«

Heike, die ihre Mutter beruhigen wollte, nickte. »Erinnerst du dich noch an den Polterabend von Müllers? Heinz war so betrunken, dass er vor dem Altar kaum stehen konnte. Hätte ihn der Trauzeuge nicht festgehalten, wäre er während der Zeremonie glatt umgefallen. Die anschließende Hochzeitsfeier hat er quasi im Delirium erlebt.« Sie lachte gekünstelt. »Das muss eine tolle Hochzeitsnacht für Annemarie gewesen sein. Wie es hieß, ist Heinz erst zwei Tage später wieder von den Toten erwacht. Warum sollte es Gerrit nicht auch so ergangen sein? Da wäre es ihm bestimmt sehr unangenehm, wenn Enno Altehuus nach ihm suchen und ihn möglicherweise in einem solchem Zustand auffinden würde. Nein, lass uns auf jeden Fall bis morgen warten. Vielleicht taucht er bis dahin ja wieder auf.«

Maria Harms erhob sich und verließ schweren Schrittes das Büro. Und obwohl Heike wusste, dass ihre Mutter nie so reagieren würde, wenn ihre Tochter verschwunden wäre, verspürte Heike Mitleid mit ihr.

21

27. März 1992

Knut

Der Brief stammte von einem Anwalt und Notar aus der Stadt Norden. Da stand:

Sehr geehrter Herr Tohmeier,

hiermit zeige ich an, dass ich die Interessen eines im Oktober 1990 verstorbenen Mandanten vertrete. Dieser Mandant, dessen Namen ich Ihnen nicht bekannt geben darf, hat mich beauftragt, den Kontakt zu Ihnen auch über seinen Tod hinaus aufrechtzuerhalten. Sicher werden Sie sich wundern, warum sich mein Mandant für Sie und Ihr Leben interessiert. Um sein Verhalten zu erklären, muss ich etwas weiter ausholen.

Mein Mandant lebte und arbeitete auf einer Nordseeinsel und betrieb dort ein Hotel.

Im Sommer 1973 kam Ihre Mutter Claudia als Saisonkraft auf die Insel und arbeitete im dortigen Betrieb der Familie. Mein Mandant war damals knapp über vierzig, ihre Mutter zwanzig Jahre alt. Zwischen beiden kam es während des Aufenthalts Ihrer Mutter im Hotel zu einvernehmlichen sexuellen Kontakten.

Der Bus kam. Knut nahm das Schreiben und den Umschlag in die linke Hand, zog mit der rechten seine Geldbörse hervor, nannte dem Fahrer sein Ziel und legte, vor Aufregung zitternd, den Fahrpreis hin. Dann suchte er sich einen einzelnen Platz im hinteren Bereich des Busses und las weiter.

Gegen Saisonende, im Oktober 1973, eröffnete Ihre Mutter meinem Mandanten, dass sie von ihm schwanger sei und das Kind – wie Sie sicher schon bemerkt haben, ist von Ihnen die Rede – auszutragen gedachte. Um die Situation zu verstehen, müssen Sie wissen, dass Nordseeinseln im Grunde kleine Dörfer mit nur wenigen Einwohnern sind. Der Fehltritt meines

101

Mandanten hätte sich sofort herumgesprochen und seine gesellschaftliche Stellung geschmälert. Auch kam eine Trennung von seiner Frau, mit der er zu diesem Zeitpunkt einen gemeinsamen Sohn hatte, nicht infrage. Die dann zwangsläufig erfolgende Scheidung und die sich daraus ergebenden finanziellen Konsequenzen hätten mit großer Wahrscheinlichkeit zu einem Verkauf des Hotels geführt. Da sich der Betrieb seit drei Generationen im Besitz der Familie befand, war eine solche Lösung für meinen Mandanten undenkbar. Nachdem er sich seiner Gattin offenbart hatte, entschied sich mein Mandant dafür, Ihrer Mutter ein Angebot zu machen: Entweder wollte er die Kosten für einen Abort und einen anschließenden Erholungsaufenthalt übernehmen und eine angemessene Entschädigung zahlen oder aber Ihrer Mutter monatlich Unterhalt überweisen. Ihre Mutter hätte sich jedoch im Gegenzug zu striktem Stillschweigen verpflichten müssen. Anscheinend verliefen die Verhandlungen zwischen Ihren Eltern nicht so, wie es sich mein Mandant vorgestellt hatte. In einem späteren Gespräch deutete er mir die Erwartungen Ihrer Mutter an, dass er sich ohne Wenn und Aber zu seiner Vaterschaft bekennen und Sie als vollwertiges Familienmitglied akzeptieren solle. Das aber lehnte er aus den oben schon angeführten Gründen ab.

Ihre Mutter verließ daraufhin die Insel. Sie hat mit Ihrem Vater nie mehr auch nur ein Wort gesprochen.

Knut standen Tränen in den Augen. Sein Vater, der hungrigen Dschungelkindern Essen brachte und bei dieser Tätigkeit ums Leben gekommen war. Diese Er-

zählungen, die er von seiner Mutter immer wieder gehört hatte. Wie oft hatte er im Heim nachts wachgelegen
und daran gedacht. Die Geschichte seines Vaters hatte
ihm Trost gespendet und die nötige Kraft gegeben, seine
Situation zu bewältigen. Dabei war alles nur erfunden!
Eine Legende seiner Mutter.

Und sein leiblicher Vater? Ein gewissenloser Hotelbesitzer auf einer Nordseeinsel! Knut ließ den Brief des
Anwalts auf seinen Schoß sinken und ballte die Fäuste,
bis die Knöchel weiß hervortraten.

*Etwa zwei Jahre nach Ihrer Geburt hat mich mein
Mandant kontaktiert. Ich wurde beauftragt, die
Adresse Ihrer Mutter zu ermitteln und erneut einen
Kontakt zwischen meinem Mandanten und ihr herzu-
stellen. Sie hat jedoch jede Form des Dialogs abge-
lehnt und auch die ihr angebotene finanzielle Unter-
stützung zurückgewiesen. Daraufhin hat mich mein
Mandant angewiesen, einen Festbetrag treuhände-
risch auf ein Notaranderkonto einzuzahlen und für
Sie zu verwalten. Später sind dann weitere monatliche Zahlungen erfolgt. Nach dem traurigen Unfalltod
Ihrer Mutter ist dann das Geld überwiegend für die
Kosten Ihres Heimaufenthaltes aufgebraucht worden. Aber Sie werden eine diesbezügliche Aufstellung bereits erhalten haben. Gleichzeitig hat mein
Mandant verfügt, dass Sie mit Vollendung Ihres achtzehnten Lebensjahres die aufgelaufenen Beträge als
Entschädigung für Ihren jahrelangen Heimaufenthalt
bekommen. Durch Ihr persönliches Verschulden ist
der Betrag jedoch deutlich geringer geworden, als
von meinem Mandanten beabsichtigt.*

Darüber hinaus soll ich Ihnen mitteilen, dass jede
Kontaktaufnahme Ihrerseits zu seiner Familie uner-
wünscht ist. Sollten Sie sich nicht an diesen Wunsch
halten, bin ich beauftragt, einen entsprechenden Ge-
richtsbeschluss herbeizuführen.
Mit freundlichen Grüßen.

Knut starrte auf das Schreiben. Sein Mund war trocken und er fühlte eine unbändige Wut in sich aufsteigen.

22

Rainer kämpfte mit seinem Kater. Er entfernte den Keks von seiner Backe und nahm zwei Aspirin. Trotzdem hörte das Pochen in seinem Kopf nicht auf. Er duschte, zog sich an und schlurfte zum Frühstück, das er auf einen trockenen Toast, etwas Obst und ein großes Glas Orangensaft beschränkte. Dann beschloss er, seine Kopfschmerzen mit frischer Luft zu bekämpfen.

Er marschierte Richtung Osten. Der Wind, der seine Haare zerzauste, tat ihm gut. Nach einigen Kilometern Spaziergang an der Wasserkante fühlte er sich einigermaßen wiederhergestellt.

Der Anwalt überdachte seine Situation. Eigentlich hatte er, von zwei, drei Gesprächen, einer Besichtigung und einem Besäufnis abgesehen, noch nichts für das Geld getan, das in seinem Zimmertresor lagerte. Zwar war der Brandstifter verhaftet worden, doch das konnte sich Rainer nun beim besten Willen nicht auf seine Fahne heften. Harms jedoch schien seine faktische Untätigkeit seltsamerweise nicht zu stören. Fast erweckte er den Eindruck, die Erpresserbriefe wären ihm egal. Aber warum finanzierte er dann mit viel Geld Rainers Quasi-urlaub?

Sein rechter Fuß wurde feucht. In Gedanken versunken hatte er nicht bemerkt, dass der Priel, den er gerade durchqueren wollte, noch etwas zu viel Wasser führte. Rainer zog seinen Fuß heraus, schüttelte den Kopf über seine Schusseligkeit und suchte eine Furt, um seinen Weg fortsetzen zu können.

Aus Osten näherte sich eine junge Frau mit einem Kind an der Hand. Es war ein Junge, ungefähr im Alter seines Sohnes. Schlagartig fielen ihm seine Versäumnisse ein. Er hatte Elke seit Tagen nicht angerufen. Hastig legte er sich einige Entschuldigungen zurecht. Sie klangen alle nicht besonders plausibel. Vielleicht wäre es am besten, bei der Wahrheit zu bleiben. Und die lautete schlicht: Er hatte es einfach vergessen. Aber konnte er das Elke sagen?

Er griff zum Handy und wählte die Büronummer. Martina Spremberg, die ihre Kanzlei am Laufen hielt, meldete sich mit dem üblichen Spruch.

»Ich bin es. Ist Elke zu sprechen?«

»Hallo Rainer. Ja, sie ist da, hat aber nicht viel Zeit. Gerichtstermine. Eines deiner Mandate.«

»Stell mich bitte durch.«

»Sofort. Und, Rainer ...«

»Ja?«

»Sie hat nicht gerade gute Laune.«

»Was ist los?«

»Eigentlich nichts. Nur hat der Vater ihres Kindes nichts von sich hören lassen. Was sie verständlicherweise nicht besonders toll findet. Ich übrigens auch nicht«, setzte sie für Rainer überflüssigerweise hinzu.

»Danke für die Warnung.«

Für ein paar Sekunden dudelte eine Melodie vom Band, dann war Elke am Apparat. »Ach, der liebende Gatte meldet sich«, begrüßte sie ihn. »Hättest du nicht früher anrufen können? Der Kleine hat jeden Abend nach dir gefragt.«

»Es ging wirklich nicht. Ich bin hier so gut wie immer unterwegs und in wichtigen Gesprächen«, log er und ärgerte sich gleichzeitig über sich selbst. Was war er doch für ein Feigling!

»Unterwegs? Und in wichtigen Gesprächen? Verhandelst du etwa mit dem Verfasser dieser Briefe? Lass ruhig die Ausreden. Ich glaube dir kein Wort. Du hast uns vergessen, nicht wahr?«

Als Rainer nicht sofort antwortete, stellte sie trocken fest: »Du hast es tatsächlich vergessen. Mistkerl! Aber es ist trotzdem nett, deine Stimme zu hören. Wie geht es dir?«

»Prima. Und dir und Oskar?«

»Es ist einiges zu tun. Überwiegend durch deine Sozialrechtsfälle. Viel Arbeit für zu wenig Geld. Warum du dir diese Verfahren immer wieder antust, verstehe ich jetzt noch viel weniger.«

»Irgendjemand muss den armen Schweinen doch zu ihrem Recht verhelfen.«

»Genau. Rainer Esch. Der Rächer der Erniedrigten. Überbleibsel aus den wilden Jahren der Weltrevolution?«

»Wenn du so willst, ja. Aber lass uns nicht schon wieder über das leidige Thema streiten. Was macht denn nun mein Sohn?«

»Vermisst seinen Vater. Er fragt ständig nach dir und so langsam fallen mir keine Entschuldigungen mehr dafür ein, dass du ihn nicht anrufst.«

»Ich melde mich morgen, spätestens übermorgen. Bestimmt.«

»Das wäre toll. Ich muss jetzt Schluss machen. Die Pflicht ruft.«

»Elke, einen Moment noch. Kannst du mir einen Gefallen tun?«

Sie seufzte. »Solche Bitten von dir lösen in mir regelmäßig einen Fluchtreflex aus. Aber gut. Um was geht es?«

»Um meinen Auftraggeber.«

»Harms?«

»Genau. Kannst du mit einer Schufa-Auskunft bitte seine Bonität überprüfen?«

»Warum das denn?«

»Erzähl ich dir morgen. Das würde jetzt zu lange dauern.«

»Okay. Mach ich. Bis dann.«

»Danke, dann tschüss.«

»Und vergiss bloß nicht anzurufen.« Sie legte auf.

23

Der Unterschenkelknochen blieb das einzige Skelettteil, weitere waren glücklicherweise nicht aufgetaucht. Also hatte er seinen Bericht nach Aurich gefaxt, das Teil sorgfältig in eine Kiste verpackt und wie geplant mit der Fähre nach Norddeich geschickt, wo seine dortigen Kollegen den Knochen in Empfang genommen und ins Dezernat 51 des Landeskriminalamts Hannover gebracht hatten. Er erwartete nicht, dass das LKA ihm das Ergebnis der Untersuchungen mitteilte. Darum würde sich die zuständige Kriminalpolizei kümmern.

Er hatte gerade sein Mittagessen beendet, als Heike Harms vor seiner Tür stand.

»Könnte ich dich einen Moment sprechen?«, fragte sie.

»Natürlich. Worum geht es denn?« Er ließ sie eintreten.

»Gerrit ist verschwunden.«

»Seit wann?«

»Mutter meint, dass sie ihn am Sonntagmittag noch gesehen hat.«

»Und du? Wann hast du ihn zuletzt gesehen?«

»Samstag.«

Altehuus zog die Augenbrauen ein wenig hoch. Er hatte davon gehört, dass in der Familie Harms die Beziehungen der Familienmitglieder untereinander nicht die besten sein sollten und ihr Heile-Welt-Getue nur Fassade war. An den Gerüchten schien etwas dran zu sein. Denn dass Geschwistern, die gemeinsam unter einem Dach lebten und arbeiteten, das Verschwinden des anderen erst Tage später auffiel, war mehr als ungewöhnlich.

»Ich habe gestern einige Freunde von ihm hier auf Juist angerufen. Da ist er aber nicht. Nun machen wir uns wirklich Sorgen.«

»Vielleicht ist er aufs Festland gefahren? Um Lieferanten zu treffen.«

»Ohne uns zu informieren? Nein.«

Enno Altehuus griff zum Telefon. »Ich erkundige mich schnell bei der Frisia und am Flugplatz. Wenn du einen Tee möchtest – du weißt ja, wo er steht.«

Drei Minuten später legte er auf. »Am Sonntag hatte Gernot Dienst am Abfertigungsschalter am Flugplatz. Gerrit ist am Nachmittag nach Norddeich geflogen. Er erinnert sich deshalb so genau, weil sie sich über das letzte Heimspiel der Bremer gegen Freiburg unterhalten haben. Dein Bruder hat Gernot von Geschäften erzählt, die er zu erledigen habe. Heinrich glaubt, sich zu erinnern, dass Gerrit lediglich mit einer mittelgroßen, dunkelbraunen Reisetasche unterwegs gewesen sei. Besitzt er eine solche Tasche?«

Heike dachte einen Moment nach. »Ja. Aber da passt höchstens Bekleidung und Wäsche für ein oder zwei Tage hinein. Er ist jetzt aber schon seit drei oder vier Tagen fort.«

»Hm. Vielleicht irrst du dich ja auch. Oder Gerrit hatte tatsächlich nur eine kurze Reise geplant. Dann ist ihm etwas dazwischengekommen und er musste noch ein paar Tage dranhängen.«

»Ohne anzurufen? Wenigstens Mutter hätte er informiert. Da bin ich mir sicher.«

Altehuus kratzte sich am Kinn. »Soll ich eine Vermisstenanzeige aufnehmen?«

»Meinst du, das ist sinnvoll?«

Der Polizist wusste, dass in vielen ähnlich gelagerten Fällen die Vermissten einfach eine Auszeit genommen hatten und kurz darauf quietschvergnügt bei ihren Familien aufgetaucht waren. Deshalb erwiderte er: »Warte noch bis Freitag. Wenn sich dein Bruder bis dann nicht gemeldet hat, gehen wir den offiziellen Weg. Einverstanden?«

Heike nickte.

Als sie gegangen war, griff Altehuus zur Schnupftabakdose. Ganz so gelassen, wie er Heike Harms gegenüber aufgetreten war, war er nicht. Schließlich kannte er das Gerede, dass es mit dem *Sanddornhotel* finanziell nicht zum Besten stehen sollte. Gerrit selbst hatte ihm gegenüber einmal bei einem Bier unter vier Augen eine solche Andeutung gemacht. Wenn das wirklich stimmte, konnte bei Gerrit eine Kurzschlussreaktion nicht ausgeschlossen werden. Es war nicht gerade selten, dass jemand nur eben Zigaretten holen wollte und nie wieder gesehen wurde. Manche Männer verfuhren nach einem solchen Muster und nahmen noch nicht einmal eine Reisetasche bei ihrer Flucht mit. Insofern waren Heikes Befürchtungen möglicherweise doch nicht unbegründet.

24

Herbst 1992

Knut

Die vergangenen Monate hatte Knut damit verbracht, sich auszumalen, wie er sich an der Familie des unbekannten Hoteliers rächen würde. Aber seine Überlegungen waren immer wieder ins Leere gelaufen.

Das Risiko, als Täter entdeckt zu werden, erschien ihm bei all seinen Plänen zu groß. Schließlich konnte man von einer Insel nicht so einfach fliehen. Oder die Strafe, die er sich für die Familie ausdachte, war zu gering, zu unbedeutend gegenüber dem, was sie seiner Mutter und ihm angetan hatten. Außerdem hatte er keine Ahnung, wer genau sein Vater war. Und wo er überhaupt gelebt hatte. So blieb es bei nächtlichen Planspielchen. Und seine Unzufriedenheit, keine Lösung zu finden, wuchs.

Ende September betrat Knut an seinem freien Freitagabend eine Kneipe im Dortmunder Norden. Der BVB hatte gerade sein Heimspiel gegen die Münchner Bayern mit 1:2 verloren. Entsprechend gedrückt war die Stimmung in der Pinte.

Knut stellte sich an die Theke und bestellte ein Bier. Neben ihm standen mehrere Männer, deren schwarzgelbe Schals ihre Vereinszugehörigkeit eindeutig belegten. Sie ereiferten sich über in ihren Augen fehlerhafte Schiedsrichterentscheidungen und die mangelhafte Arbeitsauffassung einiger Profis in den Reihen des BVB.

Schließlich sprach einer der Fans Knut an: »Und? Wat sachste zum Spiel?«, fragte er mit schwerer Zunge.

»Ich habe es nicht gesehen«, wich Knut aus.

»Wie, du hasset nich gesehn? Wat bisse denn für einen?«

Knut hielt sich an seinem Bierglas fest.

»Wohnze hier in Dortmund?«

Knut nickte.

»Und dann guckste kein Fußball?«

Die anderen Männer schüttelten ebenfalls verständnislos den Kopf.

»Wat bisse denn für'n Vogel?« Und dann wandte er sich an seine Kumpel. »Der is'n Dortmunder Jung und hat kein Bock auf Fußball.« Dann orderte sein Gesprächspartner   Nachschub. »Mach dem Vogel da ma'n Bier. Abba'n großet. Damit der nich so traurich auße Wäsche glotzt. Reicht ja, wenn wir Trübsal schieben, wat? Wollt ihr auch noch einen?«

Alle signalisierten Zustimmung. Der Wirt zapfte mehrere Bier und stellte sie auf die Theke. Eines davon schob der Mann, den seine Kumpel Uli nannten, Knut hinüber. »Für dich. Datte auf ander Gedanken kommst.« Er griff zum Glas. »Prost.«

Knut, dem die Situation immer unangenehmer wurde, hob widerstrebend den Halben. Konnten die Kerle ihn nicht einfach in Ruhe lassen? Mussten sie ihn so von der Seite anquatschen? Was hatte er getan, dass er sich das Gestammel dieser betrunkenen Fußballfans anhören musste?

»Sach ma, is dein Alter früher nie mit dir auf'm Platz gegangen?«, erkundigte sich Uli mit viel Mitgefühl in der Stimme.

Knut antwortete nicht.

»Nu sach doch ma. Oder wollte deine Mama dat nicht? Kann ja sein. Kannze ja nix für. Meine Mama hat auch immer gemeckert, wenn ich dreckich vom Bolzplatz kam. Abba mein Alter hat dann immer zu Mutter gesacht, sie soll dat Gekeife lassen. Hat die dann auch gemacht. War dat bei dir auch so?« Er legte eine Hand auf Knuts Schulter und beugte sich zu ihm herüber.

Knut kroch der Geruch von Rauch und Bier in die Nase.

»Musse dich nicht für schämen, für so wat. Dat kommt vor.« Er wandte sich wieder an seine Kumpel. »Dat kommt doch vor, oder?«

Ein alkoholgeschwängertes »Jau« war die Antwort.

»Siehsse. So ist dat manchmal. Erzähl doch ma. Wie war dat denn bei euch zu Hause?«

Knut spürte, wie sich sein Magen zusammenzog und die Nackenhaare aufrichteten. Der Kerl sollte den Mund halten. Sofort!

»Wat war denn deine Mutter für eine? So wat wie meine?«

»Lass meine Mutter aus dem Spiel«, zischte Knut.

Uli nahm die Hand von Knuts Schulter. »Getz isser aufgewacht. Hat irgendein Problem mit seine Mama.« Er nahm einen großen Schluck aus dem Glas. »Un wat is mit deine Mama los?«, fragte er interessiert, die Körpersprache seines Gegenübers völlig missdeutend.

»Das geht dich einen Scheißdreck an!«, schrie Knut. »Lass mich in Ruhe!«

»Hey. Getz abba ma langsam mit die jungen Pferde.« Uli schraubte sich vom Barhocker und baute sich neben Knut auf. »Ich hab nur gefragt. Musse dich nich gleich so aufregen. Wennze Probleme mit deine Mama ...«

Knut sah rot. Er griff zu seinem vollen Bierglas und knallte es Uli auf den Kopf. Glas splitterte, Bier spritzte. Uli sank auf die Knie und sah mit glasigen Augen zu Knut hoch. Ehe jemand eingreifen konnte, schnappte sich Knut den Barhocker, holte aus und zertrümmerte das Sitzmöbel auf Ulis Schädel. Der Mann verdrehte die Augen und kippte stöhnend nach vorn auf sein Gesicht. Dann blieb er regungslos liegen.

All das ereignete sich innerhalb weniger Sekunden. Am schnellsten reagierte der Wirt. »Festhalten«, brüllte er den anderen Gästen zu. »Ich rufe die Polizei und einen Krankenwagen.«

Nur seiner besonnenen Reaktion war es zu verdanken, dass sich die drei Borussenfans nicht auf Knut stürzten, um ihren Kumpel zu rächen.

Knut, der nach seinem Gewaltausbruch wieder völlig ruhig erschien, wurde von zwei kräftigen Männern gegriffen und auf einen Stuhl gedrückt. Dort hielten sie ihn in Schach, bis die Polizei eintraf.

Den Rest der Nacht verbrachte Knut in einer Zelle der Polizeiwache Nord.

Die Überprüfung seiner Personalien und der routinemäßige Blick ins Vorstrafenregister ergab, dass Knuts Bewährung erst am Ende des Monats ablaufen würde. Er wurde am nächsten Tag dem Haftrichter vorgeführt, der Untersuchungshaft wegen Fluchtgefahr, der Schwere des Delikts und der zu erwartenden Strafe anordnete. Bis zu seiner Gerichtsverhandlung einige Monate später blieb Knut im Knast.

Die Anklage lautete auf Totschlag, denn Uli war an den schweren Kopfverletzungen noch in der Nacht gestorben. Da Knut gegenüber den vernehmenden Polizeibeamten jede Aussage verweigert hatte und auch im Prozess entgegen dem Rat seines Pflichtverteidigers eisern über seine Motive schwieg, unterstellte das Gericht, dass er seine Tat nicht bereute.

Da er wegen eines ähnlichen Delikts bereits vorbestraft war, das Gericht keinerlei mildernde Umstände entdecken konnte und die Tat für das Opfer völlig überraschend gekommen war, verurteilte ihn die Strafkammer im Januar 1993 nach Erwachsenenstrafrecht wegen Totschlags in einem schweren Fall zu einer Strafe von zehn Jahren und drei Monaten. Die ausstehende Reststrafe wurde mit dem neuen Strafmaß verrechnet.

Knut zeigte auch während der Urteilsverkündung nicht die geringste Reaktion. Unmittelbar nach der Gerichtsverhandlung wurde er der Justizvollzugsanstalt Bochum-Krümmede überstellt.

25

Am späten Nachmittag klopfte es an der Tür seines Hotelzimmers. Rainer stemmte sich aus dem Sessel hoch und öffnete. Vor ihm stand eine junge, blonde Frau.

»Entschuldigen Sie, dass ich störe. Ich bin Heike Harms, die Schwester von Gerrit. Könnte ich Sie einen Moment sprechen?«

Rainer war überrascht. Harms hatte nie eine Schwester erwähnt, vor allem aber immer den Eindruck erweckt, dass nur er von Eschs Auftrag wusste.

»Ja, natürlich. Bitte kommen Sie herein.«

Rainer trat beiseite. Er schloss die Tür, räumte hastig das verschwitzte Hemd und die dreckigen Socken, die er vor Kurzem achtlos auf den Boden geworfen hatte, in den Kleiderschrank, schaltete das Fernsehgerät aus und bot Heike Harms den Sessel an.

Er selbst hockte sich auf die Bettkante.

»Was kann ich für Sie tun?«

»Mir die Wahrheit sagen. Warum sind Sie hier? Sie arbeiten doch für meinen Bruder, oder?«

Rainer wusste nicht, wie er reagieren sollte.

Heike Harms bemerkte sein Zögern. »Natürlich. Sie sind zur Verschwiegenheit verpflichtet. Das verstehe ich. Ich sollte Ihnen etwas erklären.« Die junge Frau berichtete, dass sich ihr Bruder in den letzten zwei Wochen immer mehr zurückgezogen und manchmal für Tage in seinem Büro eingeschlossen habe. Auch die gemeinsamen Mahlzeiten mit der Familie verliefen meistens schweigend. Gespräche mit seinen Angehörigen oder den Angestellten beschränkten sich auf das Nötigste. Kurz: Gerrit Harms schien irgendetwas zu belasten.

»Seit drei Tagen ist er nun verschwunden.«

»Verschwunden?«

»Ja. Ein Bekannter hat ihn am Flugplatz gesehen. Er wollte nach Norddeich. Das war am Sonntag. Seitdem fehlt jede Spur. Er hat sein Handy nicht dabei, ist nicht bei seinen Freunden in Norden. Gerrit hat das Hotel verlassen, ohne ein Wort zu sagen.«

Kein Wunder, dass Esch seinen Auftraggeber nicht erreichen konnte.

»Mir wurde zugetragen, dass er sich mit Ihnen getroffen hat. Da habe ich Erkundigungen über Sie eingezogen und erfahren, dass Sie Anwalt sind und angeblich für eine Versicherungsgesellschaft arbeiten. Aber Sie sind nicht auf Juist, um die Höhe der Zahlungen an die Brandgeschädigten festzustellen, nicht wahr?«

»Wie kommen Sie darauf?«, wich Rainer einer Antwort aus.

»Sie sprechen mit Juistern über die Brandstiftungen, den verhafteten Verdächtigen, den Streit um den Bau des *Atlantic*. Mein Bruder war vor anderthalb Wochen für einige Tage unterwegs, angeblich bei einem Lieferanten. Gestern habe ich diesen Mann in der Hoffnung angerufen, mein Bruder sei erneut zu ihm gefahren. Leider erfolglos. In diesem Gespräch hat mir der Händler versichert, dass er Gerrit schon seit mehr als einem Jahr nicht mehr gesehen hat. Zwei Tage nach ihrem angeblichen Treffen kehrte Gerrit zurück, kurz darauf kamen Sie nach Juist und wurden mit meinem Bruder zusammen gesehen. Alles Zufall?«

Rainer entschloss sich zur Wahrheit. »Nein. Sie liegen richtig mit Ihrer Vermutung. Ihr Bruder hat mich beauftragt. Am Montag letzter Woche war er in unserer Kanzlei.«

»Weswegen?«

»Es sind an ihn adressierte Briefe eingegangen, in denen mit Brandstiftung gedroht wird.«

Heike Harms atmete tief aus. »Erpressung?«

116

»Es sieht so aus. Allerdings stellt der Briefverfasser keine Forderungen, sondern droht nur in Form von Limericks.«

»Der Erpresser schreibt Gedichte?«

»Ich weiß, dass es sich seltsam anhört, aber es ist so. Allerdings würde ich die von ihm verzapften Fünfzeiler nicht Gedichte nennen.«

»Limericks sind eine Form des Gedichts.«

»Ich wollte damit sagen, dass der Verfasser nun nicht gerade ein Sprachgenie ist. Sehr ungewöhnlich.«

»Warum? Ich kann mir vorstellen, dass viele Erpresser schlechtes Deutsch schreiben.«

»Natürlich. Nur ist eine Erpressung ohne konkrete Forderung ziemlich unüblich. Darauf bezog sich meine Bemerkung.«

Sie nickte. »Bitte zeigen Sie mir die Briefe.«

Rainer schluckte. Bis jetzt hatte er nicht daran gedacht, Kopien der Schriftstücke anzufertigen. Aber er hatte sie entgegen Harms' Befürchtungen auch nicht wirklich für bedrohlich gehalten, vor allem, nachdem der Brandstifter festgenommen worden war. Esch hatte den Auftrag eigentlich nur wegen des fürstlichen Honorars angenommen. »Ich habe sie leider nicht. Aber ich nehme an, dass Ihr Bruder sie sicher aufbewahrt hat. Ich habe ihm jedenfalls dazu geraten.«

Sie zögerte einen Moment. Dann sagte sie: »Er hat die Briefe vermutlich im Safe eingeschlossen. Wollen sie mich begleiten?«

Zehn Minuten später nahm Heike Harms im Büro des *Sanddornhotels* ein Ölbild von der Wand, welches einen rot-weißen Leuchtturm vor blauem Himmel und stürmischem Meer zeigte. Dahinter befand sich ein Wandtresor von vielleicht dreißig Zentimetern Seitenlänge.

»Wirklich hervorragend getarnt, dieser Safe«, murmelte Rainer belustigt.

»Wie bitte?«

»Nichts. Ich habe nur laut gedacht. Es war nicht wichtig.«

Heike Harms betrachtete das Zahlenschloss des Safes. »Ich kenne den Code nicht«, meinte sie.

»Versuchen Sie es mit seinem Geburtstag«, schlug Rainer vor. »Nicht besonders originell, wird aber immer wieder gern genommen.«

Die junge Frau drehte mehrmals am Zahlenrad. »Klappt nicht.«

»Können Sie damit umgehen?«, erkundigte sich Rainer.

»Nein. Sie?«

»Bei den meisten dieser Schlösser funktioniert das folgendermaßen: Sie benutzen drei Zahlen von jeweils null bis neunundneunzig. Die erste Zahl müssen sie vier-, die zweite drei- und die dritte zweimal einstellen. Dann müsste sich das Schloss öffnen.«

»Woher wissen Sie das?«

Esch zeigte auf den Tresor. »Wir haben ein solches Schätzchen in unserem Büro. Zwar eine andere Marke, aber die Dinger funktionieren alle nach demselben Prinzip.«

Heike Harms drehte am Zahlenring, wie es Esch ihr erklärt hatte. »Nein.«

»Versuchen Sie den Geburtstag Ihrer Mutter. Oder Ihren.«

Kurz darauf klackte es hörbar und die Tresortür öffnete sich.

»Sie sollten den Code ändern, wenn ich gegangen bin«, riet Rainer.

Heike Harms antwortete nicht, sondern griff in das Innere des Safes und zog eine Hülle aus Kunststoff hervor. »Hier sind die Briefe«, meinte sie und begann zu lesen. Als sie geendet hatte, verschloss sie den Tresor und ging, die Briefe immer noch in der rechten Hand, an Esch vorbei zur Tür. Dort blieb sie stehen und meinte nur: »Kommen Sie. Wir gehen zu meiner Mutter.«

Maria Harms bewohnte eine Wohnung im obersten Stockwerk des Hotels.

Ihre Tochter führte Rainer vom Aufzug in einen Nebentrakt des Gebäudes, klopfte und wartete, bis eine heisere Stimme »Herein« antwortete.

Der Anwalt folgte Heike Harms ins Innere.

»Mutter, bist du im Wohnzimmer?«, rief sie. »Ich habe Besuch mitgebracht.«

»Wer ist es?«, krächzte es aus einem der Zimmer.

»Ein Anwalt. Er heißt Esch. Du kennst ihn nicht.« Sie gab Rainer zu verstehen, dass er ihr folgen solle.

Kurz darauf stellte er sich der Seniorchefin des Hotels vor. Maria Harms saß in einem mit Brokat bestickten Ohrensessel und beäugte ihr Gegenüber misstrauisch.

Ihrem zerfurchten Gesicht nach zu urteilen, war sie etwa siebzig Jahre alt und im Vergleich zu ihren Kindern auffällig klein.

»Was will ein Anwalt von uns?«, fragte sie.

»Gerrit hat ihn engagiert.«

»Wofür?«

»Das ist etwas kompliziert. Also, er ...«

»Red nicht um den heißen Brei herum«, befahl ihre Mutter barsch. »Warum brauchen wir einen Anwalt?«

Heike holte tief Luft. »Wir werden erpresst.«

Wenn Maria Harms überrascht war, hatte sie sich außergewöhnlich gut unter Kontrolle. Ihre Mimik blieb unverändert, als sie die Nachricht hörte.

»Und inwiefern soll uns ein Anwalt dabei helfen? Das ist Sache der Polizei.«

»Ihr Sohn meinte, dass wir die Polizei zunächst heraushalten sollten«, ergänzte der Anwalt.

Maria Harms warf ihrem Besucher einen vernichtenden Blick zu. »Ich kann mich nicht erinnern, Sie nach Ihrer Meinung gefragt zu haben«, giftete sie.

»Mutter!« Heike Harms griff wieder in das Gespräch ein. »Herr Esch wurde von Gerrit beauftragt. Es gibt keinen Grund, ihn so anzufahren.«

Maria Harms schien unbeeindruckt vom Tadel ihrer Tochter, die ihr die Erpresserbriefe aushändigte. »Kennst du diese Schreiben?«, fragte Heike sie.

Ihre Mutter legte die Briefe, ohne sie überhaupt angesehen zu haben, auf den Tisch vor sich. »Nein.«

»Warum ignorierst du sie dann?«

»Ich befasse mich nicht mit den Briefen von Kriminellen. Gib sie der Polizei. Soll die sich mit dem Schund beschäftigen.«

»Bitte lies sie. Vielleicht kannst du ja etwas damit anfangen.«

Widerstrebend nahm ihre Mutter die Schriftstücke zur Hand. Heike Harms drehte sich um und sah aus dem Fenster.

Als die ältere Frau den ersten der vier Limericks las, weiteten sich ihre Augen. Beim zweiten schlug sie erschreckt die Hand vor den Mund, ihre Gesichtsfarbe wurde fahl. Ihre Hände zitterten, als sie die Blätter zurücklegte. Ein paar Minuten später erst hatte sie sich wieder vollständig in der Gewalt.

»Schlechte Reime, würde ich sagen«, bemerkte sie trocken. »Gib sie der Polizei. Und jetzt möchte ich meine Ruhe haben. Sag Nicole, sie soll mir einen Tee bringen.« Maria Harms lehnte sich in ihrem Sessel zurück und schloss die Augen.

Heikes Stimme war die Enttäuschung anzuhören. »Ist das alles, was du dazu zu sagen hast?«

»Ja.«

»Wie du meinst«, Heike unterdrückte nur mühsam ihre Verärgerung. »Du bekommst deinen Tee. Bis nachher, Mutter.«

Den Gruß ihrer Tochter und Rainer Eschs erwiderte die alte Dame nicht.

Heike bat Rainer noch in ihr Büro. Dort fragte die junge Frau: »Sie glauben also, es wäre besser, die Polizei herauszuhalten, obwohl mein Bruder verschwunden ist?«

»Was ich glaube oder nicht, spielt keine Rolle. Ihr Bruder hat mir ein Mandat erteilt, in dessen Rahmen ich mich bewege. Die Information der Polizei gehört eindeutig nicht dazu.«

»Was raten Sie uns also?«

»Uns?«

»Na gut. Mir.«

»Ich halte es für möglich, dass der Erpresser unter Ihren Angestellten zu finden ist.«

»Ausgeschlossen.«

»Das hat Ihr Bruder auch gesagt.«

»Und er hat recht.«

»Kennen Sie Ihre Angestellten?«

»Selbstverständlich. Seit ich zurück im Betrieb meiner Eltern bin, habe ich …«

»Ich meine damit auch diejenigen, die früher in Ihrem Hotel beschäftigt waren«, unterbrach sie Rainer.

»Da muss ich passen. Aber bei uns haben immer nur Stammkräfte gearbeitet.«

»Sicher?«

Sie dachte nach. »Nein, sicher nicht. Ich bin ja erst nach meinem Studium vor zwei Jahren wieder nach Juist zurückgekehrt.«

»Sehen Sie.«

»Was schlagen Sie jetzt vor?«

»Besorgen Sie mir die Personalunterlagen.«

»Alle?«

»Wie weit reichen diese denn zurück?«

»Ich glaube mehr als dreißig Jahre.«

Rainer atmete tief durch. »Puh. Aber gut. Alle.«

»Das dürften etwa zehn Ordner sein. Ich lasse sie Ihnen später in Ihr Hotel bringen. Ich denke nicht, dass es meiner Mutter recht wäre, wenn ein Fremder, auch wenn er Anwalt ist, unsere Unterlagen sichtet. Und sie ihn dabei noch in meinem Büro ertappt.«

Zurück im Hotel, versuchte Rainer, Elke zu erreichen. Es meldete sich nur die Mailbox ihres Handys, die ihm mitteilte, dass seine Freundin vorübergehend nicht erreichbar sei. Esch wartete vergeblich auf den Piepston, der die Aufnahmebereitschaft der Mailbox signalisierte. Elke hatte die Mailbox anscheinend nicht aktiviert. Nun gut. Dann würde er es später erneut versuchen.

26

Dass ihre Mutter an diesem Donnerstagmorgen nicht zum Frühstück am Familientisch im Speisesaal des Hotels erschienen war, verwunderte Heike Harms nicht. Es kam in letzter Zeit öfter vor, dass Maria Harms die Mahlzeiten in ihrer Wohnung einnahm.

Da die junge Frau genug mit der Ab- und Anreise der Gäste nach den Pfingstfeiertagen zu tun hatte und ihr Bruder sie nicht wie üblich unterstützte, fiel ihr nicht auf, dass ihre Mutter auch tagsüber ihre Räume nicht verlassen hatte. Erst am Spätnachmittag vermisste Heike sie und sprach eine der Hausangestellten an. »Nicole, wann haben Sie meine Mutter zuletzt gesehen?«

»Gestern Abend. Sie wollte einen Tee.«

»Heute noch nicht?«

»Nein. Soll ich nachsehen?«

»Danke, aber das erledige ich selbst.«

Die Wohnungstür war verschlossen. Als ihre Mutter auf ihr Klopfen und Rufen nicht reagierte, griff Heike Harms zum Generalschlüssel und öffnete.

»Mutter?«, fragte sie und betrat beunruhigt die Wohnung. Die Schlafzimmertür war nur angelehnt. Heike Harms schob sie auf und warf einen Blick hinein. Das Bett war aufgeschlagen, aber unbenutzt, die Vorhänge zugezogen. Die Nachttischleuchte verbreitete ein schummeriges Licht.

»Mutter, bist du da?«, rief sie lauter.

Küche und Bad waren ebenfalls leer. Blieb nur das Wohnzimmer, das am Ende des Flurs lag.

Heike drückte die Klinke hinunter, die Tür schwang auf. Auch in diesem Raum waren die Fenster verdunkelt, eine Stehlampe beleuchtete den Ohrensessel, in dem Maria Harms mit geschlossenen Augen saß.

»Warum antwortest du denn nicht?«, meinte Heike vorwurfsvoll und trat näher. Ihre Mutter schwieg und regte sich immer noch nicht.

Erst jetzt bemerkte Heike, dass der Kopf der alten Damen leicht zur Seite gesunken war. Heike berührte vorsichtig die Wange der Sitzenden. Sie war eiskalt.

»Deine Mutter ist eines natürlichen Todes gestorben«, erklärte die Inselärztin wenig später, als sie ihre Untersuchung beendet hatte. »Herzversagen. Mein Beileid.« Doris Stabelow füllte den Totenschein aus. Dann warf sie einen prüfenden Blick auf ihre Freundin. Heike Harms und sie waren fast gleich alt, beide auf die Inselschule gegangen und nach Abitur und Studium wieder nach Juist zurückgekehrt – als Ärztin die eine, als Betriebswirtin die andere. »Brauchst du ein Beruhigungsmittel?«

Heike Harms schüttelte nur den Kopf. »Nein. Es geht schon«, sagte sie mit verweinten Augen.

»Soll ich für dich den Bestatter verständigen?«

»Das wäre nett.«

»Wo ist eigentlich dein Bruder?«, fragte Doris.

»Keine Ahnung«, antwortete ihre Freundin leise. »Er ist seit einigen Tagen nicht mehr hier.«

»Wo steckt er?«

»Ich weiß es doch nicht.« Sie schluchzte auf. »Verschwindet einfach ohne ein Wort. Dieser Mistkerl!« Dann stand sie auf. »Ich muss mich ums Hotel kümmern. Es muss ja weitergehen.« Sie ließ sich von Doris in die Arme nehmen und flüsterte: »Danke.«

»Für was?«

Spätabends kehrte Heike Harms in die Wohnung ihrer Mutter zurück. Die Leiche war mittlerweile fortgebracht worden und wurde in der Kapelle des Dünenfriedhofs bis zur Trauerfeier aufbewahrt.

Irgendwie kam es Heike vor, als würde sie etwas Verbotenes tun. Sie vermied es, den Sessel anzusehen, in dem sie ihre Mutter vor einigen Stunden gefunden hatte. Aber er schien ihren Blick magisch anzuziehen. Heike sah sie dort sitzen, mit diesem vorwurfsvollen Gesichtsausdruck, unter dem sie sich immer wieder in das kleine Mädchen verwandelt hatte, welches brav die Ermahnung der Mutter akzeptierte, auch wenn es anders fühlte. Über Jahre war das so gegangen. Sie war nur die ungeliebte, nachgekommene Tochter gewesen, bei deren Geburt die Mutter fast gestorben wäre. Und ihre Mutter hatte sie stets kleingehalten.

Erst lange nach dem Tod ihres Vaters war Heike Harms nach Juist zurückgekehrt. Aber es hatte sich nichts gegenüber ihrer Kindheit geändert. Sie hatte nicht die Kraft gehabt, sich von Mutter und Bruder loszusagen, die Insel endgültig zu verlassen. Sie dachte, irgendwann würde sie sich nicht mehr über die Launen ihrer Mutter ärgern. Ein Irrtum. Und jetzt war sie tot und jede Chance für eine Aussöhnung vertan.

Heike Harms ging in das Schlafzimmer, griff die Wolldecke, kehrte in den Wohnraum zurück und verhüllte damit den Ohrensessel. Danach fühlte sie sich besser.

Auf dem Sekretär vor dem Fenster lag ein Aktenordner, daneben die Erpresserbriefe.

Heike stutzte. Sie hatte die Schreiben, nachdem sie mit dem Anwalt bei ihrer Mutter gewesen war, zurück in den Tresor gelegt. Warum hatte ihre Mutter sie wieder hervorgeholt?

Heike Harms schlug den Ordner, den sie noch nie zuvor gesehen hatte, auf. Als erste Seite war ein Inhaltsverzeichnis eingeheftet. Ganz oben stand *Versicherungen*, darunter *Bank*, dann *Familienbuch*, *Privates*.

Sie blätterte zur dritten Lasche. Das in rotes Leinen gebundene Familienbuch lag geschützt in einer Kunststofftasche. Sie zog es heraus, schlug es auf. Die Lebens- beziehungsweise Sterbedaten ihrer Großeltern, die ihrer Eltern, ihres Bruders und ihre eigenen. Seltsam, was vom Leben eines Menschen bleibt, dachte sie. Ein rotes Buch. Einige Bilder. Grabsteine. Möglicherweise Besitz, Schmuck oder Häuser. Manchmal schöne Erinnerungen. Aber im Laufe der Jahre verblassen auch die. Die Häuser werden zu Ruinen, der Schmuck wird verkauft, die Grabsteine verwittern, das Familienbuch zerfällt. Nur die Lebensdaten bleiben. Bis auch sie niemand mehr speichert, überträgt, archiviert. Dann ist der Mensch wirklich im Mahlstrom der Geschichte untergegangen.

Sie legte das Familienbuch vorsichtig beiseite und blätterte weiter.

Unter *Privates* fand sich ein verschlossener, brauner Briefumschlag. Heike Harms nahm ihn zur Hand, zögerte dann doch. Es kam ihr wie ein Bruch der Privatsphäre ihrer Mutter vor, das dicke Kuvert zu öffnen. Privatsphäre, was für ein Quatsch, dachte sie schließlich. Hatte ihre Mutter sie jemals in ihre Entscheidungen einbezogen? Nein, sie hatte sich mit ihrem Vater, später mit Gerrit besprochen und ihr lediglich die so getroffenen Entschlüsse mitgeteilt. Und selbst die wirtschaftlichen Ergebnisse des Familienhotels hatte sie nur deshalb erfahren, weil sie ohne deren Kenntnis ja schlecht die

Buchhaltung übernehmen konnte. Nein, ihre Mutter war tot. Da hatte man keine Privatsphäre mehr.

Mit einem Ruck riss sie den Umschlag auf.

27

Sommer 2004

Knut

Der Dreißigjährige war wieder nach Dortmund gezogen. Mit Unterstützung seines Bewährungshelfers fand er sowohl ein möbliertes Zimmer in einem Vorort als auch eine Ausbildungsstelle als Koch in einem nahegelegenen Restaurant. Obwohl ihn die Arbeitszeiten bis spät in den Abend hinein störten, weil sie das Schließen von Bekanntschaften erschwerten, bemühte er sich, alle Aufgaben so gewissenhaft wie nur möglich auszuführen. Knut wollte diese zweite Chance nicht erneut aufs Spiel setzen.

Während der Arbeit gelang es ihm meistens, die dunklen Gedanken, die ihn quälten, zu unterdrücken. Nachts aber kehrten die bohrenden Fragen nach seinem Vater und dessen Familie zurück. Wer war er? Was hatte seine Frau wirklich gewusst? War vielleicht sogar sie es gewesen, die ihren Mann gedrängt hatte, die Beziehung zu Knuts Mutter so ungerührt zu beenden?

Knut spann seine Überlegungen weiter: Sein Vater konnte nicht von Grund auf schlecht gewesen sein, hatte er ihm doch regelmäßig Geld überwiesen. Seine Frau musste die Ursache dafür sein, dass sein Vater sich nicht zu ihm und seiner Mutter bekannt hatte. Sie war schuld. Sie und ihr ganzer verdammter Anhang!

Im Laufe der Monate wurde diese fixe Idee zu Gewissheit. Und sein Hass auf die unbekannte Familie, die seine Mutter vertrieben hatte und für sein Schicksal verantwortlich war, wuchs.

Er musste herausbekommen, wer sie waren und wo sie lebten.

Und dann, eines Tages, kam plötzlich die zündende Idee, wie er das anstellen konnte.

Knut nahm sich einige Tage frei und fuhr nach Norden. Dort unterhielt der Notar, der ihm geschrieben hatte, seine Kanzlei.

Knut vermutete aufgrund der Nähe, dass sein Vater auf einer der ostfriesischen Inseln gelebt hatte. Die nordfriesischen Inseln in Schleswig-Holstein erschienen ihm zu weit entfernt. Natürlich war nicht auszuschließen, dass sein Vater den Anwalt gut gekannt hatte, vielleicht sogar mit ihm befreundet gewesen war. Dann hätte er sicher auch einen weiteren Anreiseweg in Kauf genommen. Es bestand auch die Möglichkeit, dass sein Vater lediglich per Telefon oder Brief mit dem Notar in Kontakt getreten war. Aber daran glaubte er nicht.

In Norden fragte er sich zum Stadtarchiv durch und erkundigte sich dort, welches die meistgelesenen Tageszeitungen der Region seien, und bat darum, ihm die Ausgaben für den Oktober 1990 zur Einsicht vorzulegen. Sein Vater war nach den Angaben des Notars in diesem Monat verstorben. Knut hoffte, dass es nicht zu viele Menschen gab, die in diesem Zeitraum auf einer der Inseln das Zeitliche gesegnet hatten. Aber hatte es auch eine Anzeige gegeben?

Natürlich, beruhigte er sich. Der Tod eines Hotelbesitzers musste der Öffentlichkeit doch bekannt gegeben werden.

Wenig später lagen die voluminösen, in Pappe gebundenen Bände vor ihm auf dem Platz im Leseraum. Er schob seinen Stuhl näher an den Tisch heran, zog den ersten der vier Bände zu sich und begann, darin zu blättern.

Er brauchte nicht lange zu suchen. Schon in der Ausgabe des *Ostfriesischen Kuriers* vom 9. Oktober wurde er fündig.

Die Todesanzeige war nicht zu übersehen, da sie fast eine halbe Seite einnahm. Links oben trompetete ein nackter Engel, rechts prangte ein Kreuz. Malte Harms war, plötzlich und unerwartet, am 8. Oktober auf Juist verstorben. Seine Frau Maria und die Kinder Heike und Gerrit trauerten mit den restlichen Verwandten. Und darunter stand noch eine zweite Anzeige. Ebenso groß. Das gleiche Kreuz. Nur der Himmelsbote war durch einen stilisierten Baum vor einer diffusen Sonne ersetzt worden. Die Belegschaft des *Sanddornhotels* auf Juist bekundete ihr Mitgefühl.

Knut war wie elektrisiert. War Malte Harms sein Vater? Er notierte sich die Lebensdaten und die Anschrift des Trauerhauses auf Juist. Hastig schlug er in den restlichen Zeitungen des Monats nach. Fehlanzeige. Nur Malte Harms kam infrage.

Nun noch ein Anruf und wenn alles so lief, wie er es sich vorgestellt hatte, wusste er in wenigen Minuten, ob er seinen Vater gefunden hatte.

Er verließ das Archiv. In der Nähe befand sich eine Telefonzelle. Knut betrat sie, warf Kleingeld in den

Schlitz und wählte die Nummer des Notars, der ihm vor zwölf Jahren den Brief geschrieben hatte.

»Anwaltspraxis Doktor Niebüll«, meldete sich eine weibliche Stimme. »Was kann ich für Sie tun?«

»Gerrit Harms«, log Knut. »Ich rufe an in der Sache Tohmeier. Mein verstorbener Vater hat Zahlungen an Herrn Tohmeier durch Herrn Doktor Niebüll veranlasst. Ein Schlussbetrag musste im März 1994 auf Herrn Tohmeiers Konto überwiesen werden. Ich möchte wissen, ob diese Zahlung erfolgt ist.«

»Das ist mehr als zehn Jahre her.«

Der ungehaltene Ton der Anwaltsgehilfin bewog Knut, seinerseits etwas bestimmter aufzutreten. »Was Sie nichtsagen. Wäre Sie jetzt so freundlich, mir Auskunft zu erteilen?«

»Wie, sagten Sie, war Ihr Name?«

»Gerrit Harms.«

»Und der des Empfängers?«

»Knut Tohmeier.«

»Die Akte muss ich erst aus dem Keller holen. Das kann dauern.«

»Ich warte gern.«

»Einen Moment bitte.«

Er musste fast zehn Minuten warten. In dieser Zeit hörte er nur das Klappern von Tastaturen und gedämpftes Gemurmel.

Dann meldete sich die Stimme wieder. »Ich habe hier einen Vorgang. Allerdings bin ich nicht befugt, solche Auskünfte am Telefon ...«

»Das verstehe ich vollkommen«, unterbrach sie Knut. »Wissen Sie, ich kenne den Betrag, um den es geht. Mich interessiert lediglich, ob das Geld wie vereinbart geflossen ist.«

Die Angestellte zögerte. »Ich weiß nicht … Es sind mehrere Beträge gezahlt worden.«

»Es geht mir nur um die letzte Summe von 5.000 Mark. Die Märzzahlung. Ich muss doch für diese Kleinigkeit nicht extra von Juist nach Norden kommen, oder?«

»Nein, Herr Harms, sicher nicht. Ja, die Zahlung ist damals erfolgt. Wie vereinbart.«

Knut bedankte sich, legte auf und atmete tief durch. Jetzt hatte er die Bestätigung: Malte Harms war sein Vater.

Die Fähre nach Juist von Norddeich Mole legte, eine halbe Stunde nachdem er mit dem Bus angekommen war, ab. Es war früher Nachmittag. Die Sonne stand hoch am Himmel. Tief befriedigt suchte er sich einen Platz am Oberdeck. Er war noch nie auf einer der Nordseeinseln gewesen und freute sich auf die Überfahrt.

Neben ihm saß ein älteres Ehepaar, mit dem er ins Gespräch kam. So erfuhr er, dass die Fähre nicht – wie er angenommen hatte – noch am heutigen Tag zurückfuhr, sondern erst am nächsten Morgen. Auf seine Frage, wo er denn auf Juist übernachten könne, reagierten die Eheleute mit freundlichem Unverständnis. Ohne vorherige Buchung dürfte es mitten in der Ferienzeit schwer sein, ein Hotel oder eine Pension zu finden, noch dazu für lediglich eine Nacht. Aber vielleicht sei ja einer der gebuchten Gäste kurzfristig abgesprungen. Er müsse sich auf eine längere Suche gefasst machen.

Angesichts des guten Wetters machte sich Knut keine großen Sorgen und beschloss, notfalls am Strand zu nächtigen.

Bei einem der Gepäckträger, die am Juister Hafen auf Kunden warteten, brachte er in Erfahrung, dass sich das *Sanddornhotel* im Ostdorf befand. Es sei ganz leicht zu finden, erklärte ihm der Mann: an der evangelischen Kirche vorbei, dann an der katholischen. Immer geradeaus bis fast zum Ortsausgang. Dort liege das Hotel auf der rechten Seite.

Als Knut die Kirche an der Mittelstraße passierte, folgte er einer plötzlichen Eingebung und betrat den kleinen Friedhof. Suchend schritt er durch die Reihen, bis er schließlich vor einem Grabstein aus dunklem Marmor stehen blieb. Die Gruft der Familie Harms. *Malte Harms* war da goldunterlegt eingemeißelt. Darunter das Geburts- und Sterbedatum: 12. September 1933, 8. Oktober 1990. Knut starrte die Zahlen an und wurde sich bewusst, dass er außer ihnen fast nichts über seinen Vater wusste.

Das Läuten der Glocken schreckte ihn auf. Er sah auf die Uhr. Fast zwanzig Minuten hatte er in Gedanken versunken an der Grabstelle verbracht. Er überlegte kurz, ob er Blumen am Grab niederlegen sollte, entschied sich jedoch dagegen. Das würde möglicherweise unnötige Aufmerksamkeit bei der Familie Harms hervorrufen. Genau das wollte er um jeden Preis vermeiden.

Kurz darauf stand er vor dem Hotel. Ein dreigeschossiger, roter Klinkerbau. Wie so viele der Häuser auf Juist. Eine breite Treppe führte drei Stufen hoch zum Eingang. Knut blieb einen Moment stehen. Dafür also hatte Malte Harms ihn und seine Mutter verstoßen. Ein Hotel für zwei Leben. Und für die Gunst einer anderen Frau.

Innerlich aufgewühlt ging er zurück in den Ort, trank ein Bier an der Strandpromenade, aß eine Kleinigkeit. Auf die Suche nach einem Zimmer verzichtete er und sah sich später stattdessen jenseits des bewachten Strandabschnitts nach einer Stelle in den Dünen um, an der er die Nacht verbringen konnte.

Als er an seinem Schlafplatz lag und dem monotonen Rauschen der Wellen lauschte, hing er seinen trüben Gedanken nach. Nachdem es dunkel geworden war, suchte sein Blick im klaren Sternenhimmel die Sternzeichen, die ihm früher seine Mutter erklärt hatte: Großer und Kleiner Bär, Schlange und Zwilling.

Traurig schlief er ein. Aber ohne Tränen.

28

Heike zog die Papiere aus dem Kuvert und deponierte sie auf dem Schreibtisch. Ganz oben fand sich eine neuere Versicherungspolice für ihr Hotel. Die junge Frau legte sie beiseite. Die nächsten Papierbögen versprachen interessanter zu werden: Heike hatte das handschriftliche Testament ihrer Mutter vor sich.

Sie hatte es erst vor wenigen Tagen, nämlich am 12. Mai, unterschrieben. Einleitend las Heike, dass dieser letzte Wille alle vorherigen Verfügungen hinfällig machen sollte. Demnach erbte Gerrit das Hotel, Heike lediglich eine kleine Wohnung, die ihre Eltern vor Jahren in Norden gekauft hatten.

Sie war bestürzt. Damit hatte sie nicht gerechnet. In diesem Testament hatte ihre Mutter sie quasi enterbt und auf das Pflichtteil der Erbschaft reduziert.

Heike fühlte sich betrogen:

Um ihre Versuche, es ihrer Familie immer wieder recht zu machen.

Um die Zeit, in der sie für einen Hungerlohn im Hotel ihrer Eltern gearbeitet hatte.

Schließlich um das Stück Leben, das für alle Zeiten auf Juist bleiben würde.

Minutenlang saß sie reglos da, das Testament in der Hand. Dann kam ihr ein Gedanke.

Konnte Gerrit von der Verfügung wissen? Vielleicht hatte ihre Mutter ihm davon erzählt. Aber konnte er beweisen, dass es ein solches Schriftstück gegeben hatte? Nur wenn er selbst über eine Abschrift verfügte. So selbstgerecht, wie ihre Mutter in den letzten Wochen gewesen war, hätte sie einer solchen Kopie bestimmt nicht zugestimmt. Außerdem: Nur Originaldokumente hatten vor dem Nachlassgericht Bestand. Da war sie sich sicher. Keine Kopien. Wenn aber ein älteres Testament bei einem Notar hinterlegt war? Und wenn schon, sagte sie sich. Weniger als den Pflichtteil bekomme ich ohnehin nicht.

Ihr Entschluss stand damit fest. Sie erhob sich, ging zum Kamin und griff zum Feuerzeug. Sekunden später sah Heike zu, wie der letzte Wille ihrer Mutter zu Asche verbrannte.

Als die Flammen erloschen waren, vergewisserte sie sich, dass nicht ein Fitzelchen Papier übrig geblieben war. Sie holte den Staubsauger aus der Abstellkammer und reinigte den Kamin. Den Staubbeutel würde sie später entsorgen. Das Testament ihrer Mutter hatte es nie gegeben.

Nun blieb nur noch eines zu tun: Sie suchte im Sekretär nach einem identischen Briefumschlag. Später wollte sie die verbliebenen Papiere wieder dort hineintun, ihn verschließen und im Ordner platzieren, damit alles wie unberührt aussah.

Sie bemerkte, dass ihre Hände zitterten. Deshalb beruhigte Heike ihre Nerven mit einem großen Glas Kognak und rauchte zum ersten Mal in ihrem Leben eine Zigarette in den Privaträumen ihrer Mutter. Danach fühlte sie sich besser.

Die restlichen Unterlagen in dem Kuvert waren Briefe eines Anwalts aus Norden. Kanzlei Doktor Niebüll – Heike wusste, dass es sich bei dem Notar um einen alten Freund ihres Vaters handelte. Er war quasi der Familienanwalt der Harms'.

Der Notar hatte ihrem Vater regelmäßig Aufstellungen über von ihm geleistete Zahlungen auf ein Konto bei der Stadtsparkasse Dortmund geschickt und ihn gebeten, diese Zahlungen mit der jeweils angehängten Gebührenrechnung zu begleichen. Die Geldbeträge waren vom Januar 1981 bis einschließlich März 1992 geflossen. Kopfschüttelnd legte Heike die anwaltlichen Schreiben zur Seite.

Dann war da noch ein weiteres Schreiben des Anwalts. Sie überflog es. Darin war von einer Vereinbarung die Rede, die der Anwalt ausgearbeitet und ihrem Vater zur   Freigabe   übersandt hatte. Harms wurde darin gebeten, etwaige Änderungsvorschläge telefonisch mit dem Anwalt zu besprechen. Im Anhang des Briefs war dieser Entwurf beigefügt.

Heike nahm ihn zur Hand und las: *Sie erhalten die Kosten für den Abort in einer Klinik Ihrer Wahl erstattet. Sollten Sie nicht über die notwendigen Kontakte in die Niederlande verfügen, sind wir bei der Anbahnung des Geschäfts und beim Abschluss der entsprechenden Ver-*

einbarung gern behilflich. Im Anschluss an den Eingriff erstatten wir Ihnen die Aufwendungen für einen Erholungsaufenthalt, ebenfalls in einem Hotel Ihrer Wahl sowie ein angemessenes Taschengeld. Sollten Sie sich gegen den Eingriff entscheiden, bieten wir Ihnen alternativ eine monatliche Unterhaltszahlung für Sie und Ihr Kind in Höhe von ... Langsam dämmerte es Heike, was sie da gerade las. Ihr Vater hatte ein nichteheliches Kind gezeugt und versuchte mit diesem Brief, die Mutter zu einer Abtreibung zu bewegen. Anscheinend aber war diese nicht ohne Weiteres dazu bereit. Denn warum sonst der Alternativvorschlag? Heike nahm die Kostenaufstellung wieder zur Hand. *In Sachen Claudia Tohmeier* las sie oben auf dem Blatt. Und darunter den Namen des Sohnes: *Knut.*

Fassungslos starrte sie auf das Schreiben, bis es ihr aus den Fingern rutschte und zu Boden glitt. Sie ließ es liegen. Schwankend ging sie zum Tisch, auf dem immer noch die Kognakflasche stand. Sie goss das Glas halb voll und leerte es in einem Zug. Ein verzweifeltes Stöhnen kam aus ihrer Brust. Sie ließ sich auf den Stuhl fallen und stierte minutenlang die Wand an.

Mit aschfahlem Gesicht griff sie schließlich zum Handy.

»Ich muss dich unbedingt sehen«, antwortete sie, als sich ihr Gesprächspartner meldete. »Heute noch. – Ja, es ist wichtig. – Nein, nicht vor dem Hotel. – Können wir uns am Jachthafen treffen? – In einer Stunde?«

29

Rainers Tag begann entspannter.

Die Rezeptionistin des *Hotel Pabst* hatte etwas irritiert geschaut, als der Kollege eines Konkurrenzunternehmens am Donnerstagmittag eine Umzugskiste anschleppte und sich nach der Zimmernummer des Anwalts Esch erkundigte.

Kurz darauf hatte der riesige Karton vor Rainer gestanden. Der hatte einen schnellen Blick hineingeworfen und seufzend erkannt, welche Arbeit auf ihn zukam.

Draußen war der Frühsommer zurückgekehrt. Die Sonne schien, der Strand lockte. Das gute Wetter musste er ausnutzen. Da sein Auftraggeber weiter durch Abwesenheit glänzte, kam es auf einen Tag mehr oder weniger auch nicht an. Was trieb ihn? Die Ordner konnten warten.

Rainer mietete einen Strandkorb und verbrachte einen sehr erholsamen Tag mit Lesen, Schlafen und Wassertreten. Glücklich und mit einem Sonnenbrand saß er am Ende des Tages beim Abendessen.

Plötzlich fiel ihm siedend heiß ein, dass er den Tag über vergessen hatte, den versprochenen Anruf nachzuholen. Er griff zum Handy.

»Wolltest du nicht eher anrufen?«, meldete sich Elke.

»Das habe ich getan. Du warst nicht da«, rechtfertigte Rainer sich.

»Ich hatte gestern einen Termin. Aber nur bis sieben Uhr. Dann war ich wieder zu Hause.«

Sieben Uhr. Da hatte Rainer im Hafenrestaurant gegessen, war dann noch auf ein paar Bierchen in der *Spelunke* eingekehrt und hatte darüber den Anruf völlig vergessen. Aber Elke würde Oskar nie im Leben allein lassen. Misstrauen kroch in Rainer hoch. »Und was hast du mit Oskar gemacht?«

»Er hat den Abend bei meiner Freundin Maria verbracht.«

»Was war das denn für ein Termin?«

»Muss ich mich vor dir rechtfertigen? Du bist es doch, der ständig alles verbaselt. Da sollte wenigstens ich mich um unser Geschäft kümmern, meinst du nicht?«

Rainer spürte Erleichterung. »Dienstlich?«

»Was dachtest du denn?«

»Äh ...«

Elke lachte auf. »Eifersüchtig? Du hast auch allen Grund dazu. Ich habe mich mit einem attraktiven Mittsiebziger getroffen, der sich von seiner Frau scheiden lassen will.«

Rainer kam die nun folgende Pause sehr lange vor.

»Und bevor dir jetzt das Herz stehen bleibt: Ich soll ihn vertreten. Da er nicht in unsere Praxis kommen wollte, habe ich mich mit ihm in einem Café getroffen. Ein ausgesprochen lukratives Mandat. Das ist alles.«

Rainer atmete tief durch.

»Um dir zuvorzukommen: Nein, ich habe noch keine Schufa-Auskunft erhalten. Ruf morgen an. Vielleicht weiß ich dann mehr. Wann kommst du endlich zurück?«

»Ich weiß es noch nicht. Auf jeden Fall so schnell als möglich.«

»Der Kleine vermisst dich. Möchtest du mit ihm sprechen?«

Rainer wollte.

Am nächsten Morgen – die Wetterlage war stabil geblieben – orderte Rainer schweren Herzens nach dem Frühstück beim Zimmerservice eine Kanne Kaffee, öffnete seine Balkontür und begann, die Ordner chronologisch vor sich aufzubauen. Dann griff er zum ersten, setzte sich nach draußen und schlug ihn auf.

Schnell erkannte Rainer das Prinzip der Sortierung. Einhefter mit den Jahreszahlen gliederten den Inhalt. Innerhalb der verschiedenen Jahre waren die Namen alphabetisch geordnet. Die Unterlagen jedes der Angestellten wiederum folgten dem Aufbau: Deckblatt mit den persönlichen Daten, Arbeitsvertrag, Zeugniskopien, Briefwechsel. Jedes Blatt eines Ordners war durchnummeriert, womöglich, um ein Fehlen einzelner Seiten einfach feststellen zu können.

Esch suchte nach einer Auffälligkeit in den Personalakten der einzelnen Mitarbeiter; nach einer Auseinandersetzung möglicherweise, die aktenkundig geworden war. Irgendeinen Hinweis auf einen Vorfall, der vielleicht einen der Beschäftigten zum Erpresser hatte werden lassen.

Nach vier Stunden und einer zweiten Kanne Kaffee rauchte ihm der Kopf. Immer wieder die gleichen Deckblätter. Ein Arbeitsvertrag wie der andere. Dieselben stereotypen Formulierungen in den Zeugnissen: *Zu unserer vollsten Zufriedenheit, wünschen wir Frau Huppdidubbel auf ihrem weiteren Lebensweg. verlieren wir eine verdienstvolle …*

Er brauchte dringend eine Pause. Außerdem hatte er seit Stunden nicht geraucht.

Rainer suchte sich einen Platz draußen vor der Hotelbar und ließ sich von Ützelpü eine Apfelschorle bringen.

»Sie sollten sich besser in den Schatten setzen«, ermahnte ihn Ützelpü, als er das Getränk servierte. »Sie sehen, wenn ich das so sagen darf, im Gesicht aus wie ein Feuermelder. Zu viel Sonne schadet, glauben Sie mir.«

Esch folgte dem Rat. Er hatte schon am Morgen gespürt, dass sich seine Haut nicht nur auf dem Rücken, sondern auch auf Stirn und Nase bedenklich spannte. Außerdem scheuerte sein T-Shirt unangenehm auf seiner Schulter. Der Sonnenbrand, der ihn gestern noch wenig berührt hatte, hatte sich stark gerötet. Elke fehlte ihm. Und sei es auch nur deswegen, um seinen malträtierten Rücken mit lindernder Feuchtigkeitscreme einzureiben.

Dreißig Minuten später saß er wieder vor seiner Arbeit. Er kam sich vor wie Sisyphus. Ordner aufklappen, Klammer lösen, Seite für Seite durchblättern, Daten lesen, Klammer wieder befestigen, Ordner schließen. Welcher Teufel hatte ihn geritten, sich freiwillig auf einen solchen Mist einzulassen?

Doch in einem der ersten Ordner, den er sich nach der Pause vorgenommen hatte, stieß er auf Ungewöhnliches. Einer der Angestellten war 2004 von der Hotelleitung belobigt worden. Er hatte einen Kollegen, der als Saisonarbeiter tätig war, dabei ertappt, wie dieser einen weiblichen Gast mit Drogen betäuben wollte; vermutlich, um sich an ihr zu vergehen. Der Täter, dessen Daten Esch ebenfalls fand, war entlassen, angezeigt und verhaftet worden und hatte sich kurz darauf in der Untersuchungshaft das Leben genommen. So war es jedenfalls in einem Zeitungsartikel zu lesen, der sich ebenfalls im Ordner befand. Der Mann schied als Erpresser eindeutig aus.

Im Jahr 1990 gab es eine erneute Abweichung von der Monotonie des Hotelbetriebs. Eine Mitarbeiterin hatte mit einem Aufhebungsvertrag ihr Arbeitsverhältnis vorzeitig beendet. Ein Blatt dahinter verriet Esch auch, warum: Sie war schwanger geworden, wollte heiraten und Juist verlassen. Das Glückwunschschreiben der Hotelleitung an das junge Paar war beigefügt. Wieder Fehlanzeige. Seufzend blätterte Rainer zum nächsten Personalblatt.

Nach fünf weiteren Stunden war er im Jahr 1974 angelangt.

Gelangweilt nahm er den letzten Ordner zur Hand. Fast alle Namen, die dort standen, kannte er schon aus den Jahren danach. Stammbelegschaft. Eine der letzten Eintragungen betraf eine Claudia Tohmeier. Sie hatte am 1. Mai 1974 im *Sanddornhotel* als Aushilfe angefangen. Die letzte Gehaltsüberweisung an sie war auf den 15. Oktober datiert. Allerdings, so entnahm Rainer dem Personalbogen, hätte sie noch bis Ende Oktober arbeiten müssen.

Der Anwalt blätterte um. Eigentlich hätten an dieser Stelle der Aufhebungsvertrag und das Zeugnis abgeheftet sein müssen. Der Ordner enthielt aber nichts dergleichen. Die Seitennummerierung jedoch stimmte. Es war augenscheinlich nichts entfernt worden. Stattdessen fand sich eine Liste mit den Anschriften Claudia Tohmeiers. Vor jeder Adresse stand ein Datum. Anscheinend hatte derjenige, der die Liste angelegt hatte, jeden Umzug der Frau registriert.

Überraschend war auch, dass sieben Jahre nach dem Ausscheiden Claudia Tohmeiers aus den Diensten der Familie Harms nicht mehr ihr Name, sondern der eines Knut Tohmeier auftauchte. Und dieser Knut Tohmeier war, sofern die Liste stimmte, von Kinderheim zu Kinderheim, dann in den Jugendknast, später in den regulären Strafvollzug gewandert. Ab dem Frühjahr 2002 schließlich wohnte Knut Tohmeier im Dortmund. Selt-

141

sam. Warum waren diese Informationen in dem Personalordner enthalten? War Knut Tohmeier der Sohn Claudias?

Rainer notierte sich die Dortmunder Anschrift und griff zu seinem Handy, um Heike Harms anzurufen und sie nach diesem ungewöhnlichen Vorgang zu befragen.

»Frau Harms ist leider nicht im Hause«, versicherte die freundliche Stimme am Telefon, nachdem Esch nach Heike gefragt hatte.

»Wann ist sie denn erreichbar?«

»Das kann ich Ihnen leider nicht sagen.«

»Warum nicht?« Rainer war überrascht.

»Sie musste etwas auf dem Festland erledigen. Wegen des Todes ihrer Mutter.«

»Frau Harms senior ist tot?«

»Ja. Sie ist gestern ganz plötzlich verstorben. Das ist für uns alle ein Schock.«

»Dann möchte ich Herrn Harms sprechen»

»Das geht auch nicht, tut mir leid. Er ist ebenfalls abwesend.«

Rainer verabschiedete sich und legte auf. Das war nun wirklich eigenartig. Erst verschwindet Gerrit Harms, dann stirbt plötzlich seine Mutter und zu guter Letzt verlässt auch noch seine Schwester das *Sanddornhotel*.

Aber eigentlich war das nicht sein Problem. Er hatte endlich eine Spur. Zumindest etwas, was eine Spur sein könnte.

Und das galt es zu feiern.

30

Rainers Handy schrie: Anruf. Der Anwalt tastete nach links zum Nachttisch. Kein Telefon. Dann eben nicht. Der Anrufer würde sich, wenn es wichtig war, schon wieder melden. Er drehte sich nach rechts und zog das Kissen über den Kopf.

Das nervtötende Klingeln ging weiter, wollte einfach nicht enden. Verärgert krabbelte Esch aus dem Bett. Was hatte er gestern eigentlich getrunken, das einen solchen Schmerz in seinem Schädel verursachen konnte?

»Ja?«, meldete er sich, nachdem er das Telefon in seinem linken Schuh aufgespürt hatte. Wie konnte das Teil dahin gelangt sein?

»Elke. Wolltest du nicht gestern anrufen? Ich dachte, dich interessiert, wie es uns geht?«

Elkes Tonfall verstärkte Rainers Kopfschmerzen. Seine Freundin war sauer. Stinksauer sogar. Und er befürchtete zu Recht. »Ich wollte mich gleich bei dir melden«, entschuldigte er sich. »Duschen, schnell frühstücken und dann ...«

»Frühstücken? Es ist halb drei!«

Rainer tapste zum Fenster und schob die Vorhänge ein wenig beiseite. Strahlender Sonnenschein blendete ihn. Dunkel erinnerte er sich daran, dass er gestern Nacht noch das Schild: *Bitte nicht stören* mit einiger Mühe an seiner Zimmertür befestigt hatte. Wann war er ins Bett gekommen?

»Äh, es ist gestern später geworden.«

»Das nennst du also arbeiten.«

»Wie geht es Oskar?«, versuchte Rainer einen Themenwechsel.

»Schön, dass du dich nach ihm erkundigst. Es geht ihm gut. Und stell dir vor, manchmal fragt er sogar, wo sein Papa ist. Jedoch nicht so häufig in letzter Zeit. Er scheint sich allmählich an den Zustand zu gewöhnen, dass du nicht da bist. Was treibst du eigentlich?«

Im letzten Moment fiel ihm ein, dass die naheliegende Antwort, er würde arbeiten, der Situation nicht angemessen war.

»Ich bin gestern versackt«, gestand er.

»Wo?«

»In der *Spelunke*.«

»Alleine?«

»Nicht ganz.«

»Verstehe.«

»Quatsch. Keine Frau, das verspreche ich.«

Für einen Moment schwieg Elke.

Rainer nutzte die Gelegenheit, seine Bitte vorzutragen. »Ich habe die Adresse eines Mannes herausbekommen, der möglicherweise in die Brandstiftungen verwickelt ist. Kannst du heute dort kurz vorbeifahren und nachsehen, ob der Typ da noch wohnt und wenn ja, inwieweit er Kontakte nach Juist hat?«

»Sag mal, hast du sie noch alle?«, blaffte Elke los. »Ich soll für dich Detektiv spielen?«

»Ich kann ja schlecht von Juist aus ...«

»Schlag dir das aus dem Kopf. Wenn der Kerl, dessen Anschrift du hast, tatsächlich Dreck am Stecken hat, solltest du die Polizei von deinem Verdacht informieren. Und das schnell.«

»So sicher bin ich mir noch nicht«, räumte Rainer ein.

»Und dann erwartest du von mir, dass ich bei einem mir völlig Fremden an der Tür klingele und mit unschuldigem Gesicht frage, ob er zufällig auf Juist einige Brände gelegt hat? Du tickst doch nicht mehr richtig!«

So in etwa hatte sich Rainer das in der Tat vorgestellt.

»Wenn du mir nicht helfen willst, frage ich eben Cengiz.«

»Tu das«, fauchte Elke. »Wenn du lange genug auf ihn einredest, ist er vermutlich bescheuert genug, um sich an diesem Schwachsinn zu beteiligen.«

Rainer wurde klar, dass es besser war, dieses Thema nicht zu vertiefen. »Hast du schon etwas von der Schufa gehört?«

»Ja, habe ich. Im Vergleich zu deinem Auftraggeber ist unsere finanzielle Situation grundsolide. Mit anderen Worten: Harms scheint völlig pleite zu sein. Wobei wir beim Thema wären: Hat dir dein ominöser Auftraggeber eigentlich mittlerweile einen Vorschuss bezahlt?«

»Weißt du …«

»Red nicht um den heißen Brei herum. Hat er oder hat er nicht?«

»Ja. Sogar für zwei Wochen im Voraus. Dreitausend.«

»Heißt das, du willst noch so lange auf Juist bleiben?«

»Keine Ahnung.«

»Wie soll ich denn das schon wieder verstehen?«

»Ich kann Harms nicht fragen. Er ist verschwunden.«

»Und was machst du dann noch da?«, erkundigte sich Elke erstaunlich gefasst.

»Eigentlich Urlaub«, grinste er. »Das Hotel hat Harms auch im Voraus bezahlt.«

»Ich glaube es nicht. Mir wächst hier so langsam alles über den Kopf. Ich bearbeite deine Fälle zusätzlich, kümmere mich um das Kind, schmeiße den Haushalt und mein Lebensabschnittspartner lässt sich auf Juist die Sonne auf den Bauch scheinen. Dein Sohn wird dich wirklich eines Tages Onkel nennen.« Elke war kurz vorm Explodieren.

»Aber das Honorar«, versuchte er einen Einwand.

»Das ist auch das Einzige, was mich davon abhält, dich für unzurechnungsfähig erklären zu lassen. Also, wann kommst du wieder zurück?«

»Wenn Harms wieder aufgetaucht ist, werde ich mit ihm sprechen.«

»Und das wird wann sein?«

»Woher soll ich das denn …«

Es tutete. Elke hatte das Gespräch beendet.

Rainer schluckte und glotzte auf sein Telefon. Wie er seine Lebensgefährtin kannte, meinte sie jedes ihrer Worte ernst. Und er hatte ein Problem mehr.

Nachdem er geduscht, sich an der Rezeption von einer mitleidig schauenden Hotelangestellten eine Kopfschmerztablette besorgt, den Nachdurst mit zwei Flaschen Mineralwasser aus der Minibar bekämpft und eine weiter Stunde geschlafen hatte, ging es Esch immerhin etwas besser.

Dann rief er seinen besten Freund Cengiz Kaya an. Sie kannten sich seit Jahren. Cengiz, ursprünglich Bergmann auf einer der verbliebenen Zechen des Ruhrgebiets, hatte sich vor einigen Jahren mit einem Computerfachgeschäft selbstständig gemacht. Mittlerweile beschäftigte er mehrere Angestellte, arbeitete vorwiegend für Industrieunternehmen und verdiente in einer Woche mehr, als die Anwaltssozietät *Schlüter und Esch* in einem guten Monat abwarf. Noch bevor Rainer mit seinen Erklärungen beginnen konnte, legte Cengiz schon los.

»Was hast du Elke eigentlich an den Kopf geschmissen? Sie hat mich angerufen und war auf hundertachtzig.«

»Nichts. Was wollte Elke denn von dir?«

»Ich sollte dir ins Gewissen reden, damit du deine Zelte auf dieser Insel abbrichst und zurück ins Ruhrgebiet kommst.«

»Das geht nicht. Jedenfalls noch nicht. Außerdem fließt hier jede Menge Kohle.«

»Warum ist sie dann so angefressen?«

»Na ja, es läuft mit meinem Mandat hier auf Juist nicht ganz so, wie ich mir das vorgestellt habe.«

»Alles klar. Du hast Elke was-weiß-ich-was versprochen und stellst jetzt fest, dass alles nur heiße Luft war.«

»So ähnlich. Deshalb musst jetzt du mir helfen.«

»Wobei?«

»Es wäre toll, wenn du eine Adresse für mich überprüfen und einige Erkundigungen einziehen könntest.«

»Dass du damit kommen würdest, hat mir Elke auch erzählt. Schieß los.«

Rainer fasste in wenigen Worten den Stand seiner Ermittlungen zusammen.

»Nicht gerade viel, was du herausbekommen hast«, spottete Cengiz.

»Ich weiß. Deshalb brauche ich ja deine Hilfe. Super wäre auch ein Foto von dem Kerl.«

»Geht's auch eine Nummer kleiner?«

»Ich dachte ja nur.«

»Na gut. Wo hat der Mann zuletzt gewohnt?«

Rainer gab die Adresse durch.

»Das ist im Dortmunder Norden, nicht?«

»Ja. Hast du damit ein Problem?«

»Warum sollte ich?«

»Wegen der Nutten und ihrer Loddel.«

»Quatsch. Da leben Verwandte von mir. Anständige Leute. Die Presse übertreibt immens. Als ob es da von

147

kriminellen Südosteuropäern nur so wimmeln würde und sich kein normaler Bürger in die Nordstadt trauen könnte. Kein Problem. Ich checke das für dich.«

»Danke. Hast einen gut bei mir.«

Cengiz lachte. »Wenn ich mein Guthaben bei dir jemals einlösen würde, wärest du Wochen damit beschäftigt, meine Ansprüche zu befriedigen. Vermutlich brauchst du die Informationen sofort?«

»So schnell wie möglich.«

»Ich habe einen Kunden in Dortmund. Den wollte ich ohnehin besuchen. Ich fahre jetzt los. Im Anschluss schaue ich, was ich für dich in Erfahrung bringen kann.«

31

Die Adresse, unter der Knut Tohmeier wohnen sollte, befand sich einige Nebenstraßen vom Borsigplatz entfernt im Dortmunder Norden. Das Mehrfamilienhaus hatte auch schon bessere Jahre gesehen: in Ehren ergraut, etwas abgerissen, von jedem Baustil war ein bisschen eingeflossen. Eben eines jener Gebäude, die sich so häufig im Ruhrgebiet fanden. Für den Schalke-Fan Cengiz Kaya war diese Gegend, in der die Bewohner entweder Anhänger des BVB Dortmund waren oder sich nicht für Fußball interessierten, quasi feindliches Gebiet.

Als er aus seinem Wagen stieg, um sich umzuschauen, sorgte er sich etwas um seinen fast neuen Audi, schmückte doch dessen Heck das Emblem des Fußballrivalen aus Gelsenkirchen. Doch er schickte ein Stoßgebet an den Fußballgott und ging zum Haus, um die Namensschilder neben den Klingelknöpfen in Augenschein zu nehmen. Tatsächlich stand da der Name Tohmeier.

Cengiz schellte. Er war nicht überrascht, als keine Reaktion erfolgte. Wenn sein Kumpel Rainer mit seiner Vermutung recht hatte, würde Tohmeier alles andere tun, als in seiner Dortmunder Wohnung auf seine Festnahme zu warten.

Versuchsweise drückte er gegen die Haustür. Sie war offen. Cengiz betrat den Hausflur. Darin war es feucht, kühl und es roch etwas moderig.

Einige der Briefkästen an der Wand waren gewaltsam geöffnet worden, das verbeulte Blech hing schräg in den Scharnieren. Auf einem der Metallkästen gammelte eine Pappschale vor sich hin, aus der anscheinend einmal Currywurst verspeist worden war. Links neben dem Eingang lagen alte Anzeigenblättchen und Werbeprospekte, achtlos weggeworfen. Und weiter hinten im Flur warteten einige altersschwache Fahrräder auf ihre Besitzer.

Die ausgetretenen Holzstufen der Treppe knarrten unter Cengiz' Gewicht, als er in die oberen Etagen ging.

Tohmeiers Wohnung lag im dritten Stock. Cengiz schellte erneut, drückte dann sein Ohr an das Türblatt. Innen blieb alles ruhig.

Er hörte das Geräusch einer sich öffnenden Tür. Cengiz drehte sich um und sah sich einem vielleicht dreißigjährigen Mann gegenüber, der in seiner Wohnungstür stand und ihn neugierig musterte.

Cengiz warf einen Blick auf das Namensschild des Nachbarn. Ein türkischer Nachname.

Rainers Freund rief sich die Legende in Erinnerung, die er sich vorab ausgedacht hatte. Nur mit einem Türken als Gesprächspartner hatte er nicht gerechnet.

»İyi akşamlar«, grüßte er auf Türkisch. »Guten Abend. Ich möchte zu Knut Tohmeier. Aber er ...« Cengiz suchte nach den richtigen Worten in der ihm nicht so geläufigen Sprache. Dann fiel ihm die korrekte Formulierung ein. »Er scheint nicht anwesend zu sein.«

»Sprechen Sie ruhig Deutsch«, unterbrach ihn sein Gegenüber. »Ihr Türkisch ist ja noch holpriger als meins.«

»Ich bin in Deutschland geboren und spreche nur selten Türkisch. Eigentlich nur mit Verwandten«, erwiderte Cengiz und deutete eine Verbeugung an. »Cengiz Kaya.«

»Sie brauchen sich nicht zu entschuldigen. Deutsch ist auch meine Muttersprache.« Der Mann streckte Cengiz die Hand zum Gruß entgegen. »Mesut Demir. Knut Tohmeier ist nicht da. Ich habe ihn schon seit einigen Wochen nicht mehr gesehen.«

»Aber er wohnt doch noch hier, oder?«

»Ja, ich glaube schon. Einmal in der Woche kommt eine Frau, die seine Wohnung reinigt und den Hausflur putzt.«

Cengiz entschloss sich, sein zurechtgelegtes Programm zu modifizieren.

»Ich habe ein Problem, bei dem Sie mir vielleicht helfen können. Es geht um die Ehre meiner Familie. Knut Tohmeier kenne ich nur vom Hörensagen. Er hat«, Cengiz legte eine Kunstpause ein, um das Folgende dramatischer klingen zu lassen. »Also, er hat – wie soll ich sagen – meine Nichte zum Essen eingeladen.«

Mesut Demir hörte interessiert zu.

»Natürlich hat sie die Ehre unserer Familie nicht beschmutzt«, versicherte Cengiz weiter. »Daran gibt es nicht den geringsten Zweifel. Aber ihre Eltern haben ihr selbstverständlich jeden Kontakt zu Tohmeier verboten, solange nicht feststeht, ob er ehrenvolle Absichten hat. Und natürlich will sich mein Bruder selbst erst einen Eindruck von dem Mann machen.«

Mesut Demir nickte verstehend.

»Ich habe den Auftrag meiner Familie, Tohmeier ein wenig … in Deutschland sagt man dazu: auf den Zahn zu fühlen.«

»Ihre Familie handelt richtig«, versicherte Demir.

»Nun kennt meine Nichte seine Adresse nicht – glücklicherweise, wenn Sie verstehen, was ich meine.«

Demir verstand.

»Im Dortmunder Telefonbuch stehen zwei Knut Tohmeier. Und ich möchte natürlich nicht bei dem falschen Mann vorstellig werden.«

»Das wäre eine Kränkung«, bekräftigte Mesut Demir. »Für ihn und für Sie.«

»Eben. Deshalb muss ich sicher sein, dass ich es hier mit dem richtigen Tohmeier zu tun habe. Meine Nichte hat uns zwar in groben Zügen berichtet, wie er aussieht, aber da er nicht anwesend ist …« Cengiz zeigte auf die geschlossene Wohnungstür. »Können Sie mir Ihren Nachbarn beschreiben?«

Demir lächelte. »Ich kann noch viel mehr für Sie tun. Ich habe ein Foto von ihm. Es entstand auf einem Straßenfest hier in der Nähe. Wir haben uns dort zufällig getroffen. Warten Sie, ich hole es schnell.«

Cengiz musste innerlich grinsen. Obwohl Mesut Demir in Deutschland geboren war, schien er noch nicht wie ein Deutscher zu denken. Warum sollte er auch, nahm Cengiz sich selbst zurück. Auf jeden Fall war Demir, was die Rollenverteilung der Geschlechter anging, noch tief in den Moralvorstellungen seiner türkischen Sozialisation verwurzelt.

Kurz darauf erschien der Nachbar wieder im Hausflur und drückte Cengiz ein Bild in die Hand. »Hier. Das ist er. Der zweite von links.«

Das Foto zeigte einen unverschämt gut aussehenden vielleicht Dreißigjährigen, der mit einem Bierglas in der Hand inmitten einer Gruppe junger Männer und Frauen stand und in die Kamera lächelte.

»Das Bild ist erst wenige Tage alt. Mein Nachbar tauchte völlig überraschend hier mit einer Frau, die bestimmt keine Türkin war, in seiner Wohnung auf und war kurz darauf wieder verschwunden. Wenn Sie mir eine Bemerkung gestatten«, setzte Demir hinzu. »Nichts gegen Knut Tohmeier. Aber ob er der richtige Mann für Ihre Nichte ist ... Ich möchte mich natürlich nicht einmischen. Aber ein Ratschlag ...«

»Ist immer sehr willkommen«, vervollständigte Cengiz den Satz. »Welchen Eindruck haben Sie denn von Ihrem Nachbarn?«

»Eigentlich weiß ich nicht sehr viel über ihn. Er wohnte schon hier, als ich eingezogen bin. Er arbeitete zu der Zeit bei den Stadtwerken in der Kantine als Koch.«

»Arbeitete?«, fragte Cengiz nach.

»Ja. Tohmeier hat mir erzählt, dass er dort gekündigt hat. Er wollte für eine Saison auf einer Insel als Kellner arbeiten. Er ist noch nicht lange weg. Der Lohn sei zwar geringer als bei den Stadtwerken, meinte er, aber mit dem Trinkgeld der Gäste käme er prima über die Runden. Mir erschien dieses Vorhaben wenig durchdacht. Aber so ist er eben: ziemlich spontan in seinen Entscheidungen.«

»Das erklärt, warum er sich nicht mehr bei meiner Nichte gemeldet hat. Nicht, dass meiner Familie sein Abtauchen nicht recht wäre. Aber meine Nichte weint sich die Augen aus. Die Frauen ...« Cengiz verdrehte die Augen, so als ob er sich himmlischen Beistands versichern wollte.

Demir signalisierte Einvernehmen.

»Wissen Sie, auf welche Insel er wollte? Meiner Nichte hat er nämlich nichts davon erzählt.«

»Nein, leider.«

»Könnte es Juist gewesen sein?«

Mesut Demir hob entschuldigend die Schultern.

»Was sollte ich sonst noch über ihn wissen?«

»Freunde scheint er nicht viele zu haben. Aber ...« Demir zögerte.

»Sie können ganz offen mit mir sprechen«, beruhigte Cengiz sein Gegenüber.

»Sie sind sich ganz sicher, dass er Ihre Nichte nicht entehrt hat?«

»Völlig. Warum?«

»Andere Frauen. Der Damenbesuch, von dem ich eben sprach, war nicht der einzige.«

»Nein!« Cengiz heuchelte Entsetzen.

»Doch. Leider. Das ist auch der Grund, warum ich meine, dass Ihre Nichte ...«

»Ungeheuerlich«, stöhnte Cengiz. »Wenn sie das erfährt ... Eine Welt wird für sie zusammenbrechen. Aber vermutlich ist es besser so.«

»Das meine ich auch.«

Cengiz reichte Mesut Demir die Hand. »Ich stehe tief in Ihrer Schuld.«

»Keine Ursache.«

»Güle güle! Auf Wiedersehen.«

Zurück in seinem Büro bearbeitete Cengiz das Foto mit einer geeigneten Software, sodass Knut Tohmeiers Porträt deutlich erkennbar war.

Und kurz darauf erhielt Rainer Esch einen Anruf, dem eine E-Mail seines Freundes folgte. Er speicherte den Bildanhang auf seinem USB-Stick.

32

Gegen zehn Uhr traf Heike Harms in der Kanzlei Dr. Niebüll in Norden ein. Den Termin hatte sie telefonisch verabredet.

Doktor Niebüll kam ihr entgegen, als sie sein Büro betrat. »Frau Harms, mein herzliches Beileid. Frau Meier, unsere Angestellte, hat mir von dem Grund Ihres Besuchs berichtet. Der Tod Ihrer Frau Mutter ... Und so plötzlich ... Noch einmal mein Beileid.« Niebüll schüttelte Heikes Hand.

»Danke. Es gibt einige Themen, die ich mit Ihnen klären möchte.«

»Selbstverständlich.« Er zeigte auf die Sitzecke. »Bitte nehmen Sie doch Platz.«

Niebüll war weit jenseits der sechzig, praktizierte aber immer noch. Er war als Experte für Wirtschaftsrecht, der häufiger als Insolvenzverwalter eingesetzt wurde, zu Geld gekommen.

Viele seiner Mandanten lebten in Hamburg. Aus Heimatverbundenheit – und weil die Grundstückspreise in Norden billiger waren – blieb Niebüll in der Kleinstadt, sehr zur Freude des städtischen Kämmerers.

»Darf ich fragen, warum Ihr Bruder nicht an diesem Gespräch teilnimmt?«

Heike reagierte unwirsch. »Weil er nicht da ist. Aber spielt das eine Rolle?«

»Nein, selbstverständlich nicht«, beeilte sich der Notar zu versichern.

»Möchten Sie einen Kaffee?«

Heike lehnte ab.

»Also, was kann ich für Sie tun?«

»Zunächst eine einfache Frage. Hat meine Mutter ein Testament bei Ihnen hinterlegt?«

»Sie hatte. Es wurde vor einigen Tagen zurückgezogen.« Er nickte versonnen. »Fast so, als ob sie ihren Tod voraussah und ihre Erbschaft neu regeln wollte.«

Heike fiel ein Stein vom Herzen. »Es gilt also die gesetzliche Erbfolge?«

»Ja. Es sei denn, Ihre Mutter hat ein neues Testament gemacht.«

»Ich habe keins in ihren Unterlagen gefunden.«

»Dann gilt die gesetzliche Erbfolge. Sie und Ihr Bruder erben zu gleichen Teilen.«

»Was ist, wenn zum Beispiel einer von uns das Hotel verkaufen möchte?«

»Sie sind eine Erbengemeinschaft. Wenn der Erblasser, also Ihre Mutter, kein Testament hinterlassen hat und damit auch keine Teilungsverfügung, sollten Sie sich einigen und einen Erbteilungsvertrag abschließen. Da zum Erbe das Hotel gehört, muss dieser notariell beglaubigt werden. Ich bin Ihnen dabei gerne behilflich.«

Das glaube ich dir aufs Wort, dachte Heike gehässig.

»Jeder Erbe kann aber beim Nachlassgericht einen Antrag auf Vermittlung der Nachlassauseinandersetzung stellen. Kommt keine Einigung zustande, kann jeder Miterbe Teilungsklage erheben. Alles, was teilbar ist, wird geteilt. Alles andere, wie Häuser, Grundstücke,

Schmuck oder Ähnliches, wird verkauft und der Erlös geteilt.«

»Mein Bruder kann sich also nicht gegen eine solche Teilung wehren?«

»Nein. Es sei denn, er zahlt Sie aus.«

Heike holte tief Luft. »Wir haben Schulden. Was ist in diesem Fall?«

»Sie erben selbstverständlich auch Schulden.«

»Und dann?«

»Das hängt von der Höhe der Schulden ab. Sind die Verbindlichkeiten höher als der Gesamtwert des Erbes, empfiehlt es sich, das Erbe abzulehnen. Damit wäre der Erbe aus dem Schneider. Um das jedoch beurteilen zu können, benötige ich eine Aufstellung der Verbindlichkeiten, ein Wertgutachten des Hotels und ...«

Heike Harms stand auf. »Danke. Sie haben mir bereits geholfen. Schicken Sie Ihre Rechnung bitte ans Hotel.«

Der Notar erhob sich ebenfalls. »Frau Harms, ich bitte Sie. Ich stelle Ihnen doch für unsere Unterhaltung keine Kostennote aus. Ihr Vater und ich ...«

»Ich weiß«, entgegnete Heike. »Vielen Dank.«

Ihr nächster Weg führte Heike Harms zum Bestatter. Auf Juist gab es kein Beerdigungsunternehmen, sondern nur einen Beauftragten einer Firma, die in Norden und Umgebung die Toten unter die Erde brachte. Dieser hatte den Leichnam ihrer Mutter noch am Todestag abgeholt und in die Kapelle des Dünenfriedhofs am Ostrand des Dorfes gebracht, wo sie bis zur Trauerfeier verbleiben sollte.

Der Bestatter trat wie das personifizierte Mitgefühl auf. Fast konnte man den Eindruck haben, nicht Maria Harms, sondern seine eigene Mutter sei verstorben.

Heike traf die notwendigen Entscheidungen und verließ kurz darauf das Büro wieder. Trotz des zerrütteten Verhältnisses zu ihrer Mutter hatte ihr das professionelle Mitleid des Inhabers gut getan.

Jetzt war sie erleichtert und ein wenig stolz, diese Aufgabe ohne die Unterstützung ihres Bruders bewältigt zu haben. Ab heute, schwor sie sich, fängt mein neues Leben an. Das Hotel wird verkauft, so oder so. Entweder, um die Gläubiger zu befriedigen, oder aber, damit Gerrit mich auszahlen kann. Er jedenfalls wird nie mehr als der erfolgreiche Hotelbesitzer auf Juist herumstolzieren.

Dieser Gedanke erfüllte sie mit tiefer Genugtuung.

33

Rainers Wochenende war nicht ganz zufriedenstellend verlaufen. Da war zunächst das unerquickliche Telefonat mit seiner Lebensgefährtin Elke gewesen. Dann hatten die Münchner Bayern Stuttgart mit 3:1 abgefertigt und waren zu allem Übel Deutscher Meister geworden – sieben Punkte vor Eschs Verein Schalke. Und hinzugekommen war auch noch, dass er, die Warnungen Ützelpüs ignorierend, den Sonntag wieder am Strand verbracht hatte und sein Sonnenbrand deshalb immer mehr den Charakter einer schweren Brandverletzung annahm.

Im Internetcafé im *Haus des Kurgastes,* das am Wochenende zu seinem Ärger geschlossen war, hatte er sich am Montagmorgen für kleine Knete das Bild Knut Tohmeiers, das er auf seinem USB-Stick gespeichert hatte, in Postkartengröße ausdrucken lassen. Der Druck war auf normalem Kopier- und nicht auf Fotopapier erfolgt, trotzdem war der junge Mann auf dem Bild gut erkennbar.

Dann hatte er begonnen, die ihm bekannten Kneipen aufzusuchen, um sich nach Tohmeier zu erkundigen – ohne jeden Erfolg. Er dehnte seine Nachforschungen auf die Restaurants, Hotels und Pensionen aus. Die meisten der dort Beschäftigten, denen er das Bild vor die Nase hielt, sahen ihn mit einem Gesichtsausdruck an, der nichts anderes bedeutete als: Scher dich zum Teufel. Andere schüttelten nur entschuldigend den Kopf. Lediglich einer der Kellner der *Spelunke* meinte, Tohmeier schon einmal gesehen zu haben, war sich aber nicht sicher.

Viel Zeit verbrachte der Anwalt damit, sich die Limericks ins Gedächtnis zu rufen. Besonders das erste Gedicht und eine Zeile des zweiten schienen deutliche Hinweise zu enthalten. Es dauerte fast eine Stunde, bis er den Vierzeiler rekonstruieren konnte:

Einst kam ein Mädchen nach Töwerland
Sie war nur einem gut bekannt
Aber sie blieb nicht lange dort
Bald musste sie schon wieder fort.

War damit Claudia Tohmeier gemeint? Passen würde es. Sie war in der Tat nicht lange auf Juist geblieben und nach nur wenigen Monaten wieder gegangen. Anscheinend jedoch nicht freiwillig.

Und wem war sie gut bekannt? Gerrit Harms? Nein, unmöglich. Der war damals noch ein Kind gewesen. Maria Harms? Vielleicht. Was war mit Malte Harms?

Und schließlich noch diese Zeile: *Kein Vater, dann auch keine Mutter mehr.*

Rainer ließ ein Gedanke nicht mehr los. War Claudia Tohmeier gestorben und ihr Sohn Knut deshalb in den Kinderheimen gelandet? Und war Malte Harms vielleicht der Vater? Die Formulierung im zweiten Limerick legte die Vermutung nahe, dass der unbekannte Vater vor der Mutter das Zeitliche gesegnet hatte. Halt, unterbrach Rainer sich nach kurzem Nachdenken. Das stand dort nicht. Es war lediglich davon die Rede, dass kein Vater da war. Das konnte auch bedeuten ... War der unbekannte Limerickschreiber, den Rainer für Knut Tohmeier hielt, möglicherweise das Kind von Malte Harms? Und hatte dieser seine Mutter Claudia verstoßen? Er würde seinen Auftraggeber auf diese Möglichkeit ansprechen müssen.

An diesem Punkt seiner Überlegungen angekommen, setzte Rainer seine Recherchen in Sachen Tohmeier voller Elan fort. Zunächst wollte er ins *Hafenrestaurant.* Seine Nachforschungen konnte er gut mit einem kleinen Mittagessen verbinden.

Auf dem Weg dorthin begegnete ihm überraschend Heike Harms in der Nähe des Leuchtturms.

»Ein Spaziergang?«, begann er das Gespräch.

»Nein.« Die Juisterin hatte verquollene Augen. »Ich war mit dem Boot auf dem Festland, um etwas zu erledigen.«

»Sie haben ein Motorboot? Toll.«

»Ich segle. Aber jetzt entschuldigen Sie mich bitte, Herr Esch. Meine Mutter ist verstorben und ich muss mich um die Vorbereitung der Trauerfeier kümmern.«

Rainer kondolierte pflichtgemäß. »Das tut mir leid. Mein herzliches Beileid.« Er reichte ihr die Hand.

»Danke.«

»Frau Harms?«

»Ja?«

»Ich bin da bei meinen Nachforschungen auf eine Mitarbeiterin gestoßen. Sie war 1974 bei Ihnen, heißt Claudia Tohmeier und wurde anscheinend vorzeitig gekündigt. Sie hat einen Sohn namens Knut, der ...«

»Herr Esch, meine Mutter ist tot! Und Sie kommen mir mit irgendwelchen Geschichten von früher«, wies sie ihn zurecht. »Ich kenne keine Claudia Tohmeier oder diesen Knut.«

»Entschuldigung. Ich dachte nur ...«

»Außerdem glaube ich, dass Sie Ihre Aufgabe erfüllt haben.« Sie griff zum Taschentuch und schnäuzte hinein. »Wie ich gehört habe, wurde der Brandstifter verhaftet. Damit hat ja alles seine Ordnung.«

»Aber da gibt es einen Widerspruch, der mich schließen lässt, dass eben noch nicht alle Beteiligten hinter Gittern sitzen.«

»Welchen?«

Rainer erzählte ihr vom letzten Erpresserbrief.

Als er geendet hatte, erklärte Heike Harms lediglich: »Mein Bruder muss sich bezüglich des letzten Erpresserbriefs geirrt haben. Er muss früher als von ihm angenommen bei uns eingetroffen sein. Vielen Dank für Ihre Mühen, aber fahren Sie nach Hause. Und jetzt habe ich leider keine Zeit mehr für Sie.«

Heike Harms wandte sich ab und ließ den verblüfften Anwalt einfach stehen.

Rainers Elan war durch diese Unterhaltung zunächst gedämpft worden. Trotzdem zog er weiter Erkundigungen über Knut Tohmeier ein. Denn nicht Heike Harms, sondern ihr Bruder Gerrit war sein Mandant. Und nur er konnte ihn von seiner Aufgabe entbinden.

Nach zwei Tagen fragte sich Rainer, ob er nicht einem Phantom hinterherrannte. Niemand hatte den Gesuchten auf dem Foto erkannt oder konnte sich wenigstens an dessen Namen erinnern. Andererseits hatte Cengiz ihm mitgeteilt, dass Tohmeier sich, glaubte man den Auskünften des Nachbarn, tatsächlich auf einer Nordseeinsel als Aushilfskellner verdingt hatte. Nur musste das Juist sein?

Am Mittwochmorgen, Rainer saß gerade beim Frühstück, stand völlig unerwartet die massige Gestalt von Enno Altehuus vor seinem Tisch, setzte sich auf einen der Stühle zu ihm und fragte missmutig: »Sollten Sie mir nicht etwas erklären?«

Rainer spülte den letzten Bissen Käsebrötchen mit einem Schluck Kaffee hinunter. »Ich wüsste nicht, was.«

»Mir ist zu Ohren gekommen, dass Sie seit einigen Tagen Erkundigungen über eine männliche Person einholen. Wer ist das?«

Rainer hätte es wissen müssen. Die Buschtrommeln hatten Altehuus aufgeschreckt. Jetzt war es passiert.

Der Polizist sah nicht so aus, als ob er lediglich plaudern wollte. Deshalb schien es Rainer sinnvoll, keine Ausflüchte zu versuchen. »Knut Tohmeier.«

»Muss ich den kennen?«

»Keine Ahnung«, antwortete der Anwalt wahrheitsgemäß.

»Jetzt kommen Sie mir nicht so. Was interessiert Sie an diesem Mann?«

Esch entschied sich dazu, seine Karten auf den Tisch zu legen. »Gerrit Harms hat mich engagiert«, begann er. »Er hat eigenartige Erpresserbriefe bekommen.« Der Anwalt machte eine Pause. »Eigentlich fällt das unter die anwaltliche Schweigepflicht. Ich müsste zunächst ...«

Der Juister stieß zischend den Atem aus. »Wissen Sie, was Sie mit Ihrer Schweigepflicht machen können?« Altehuus sah sich um, so als ob er sichergehen wollte, keine Zuhörer zu haben.

Die anderen Gäste waren damit beschäftigt, das opulente Buffet zu plündern, und schenkten den beiden Männern am Tisch in der Ecke keinerlei Aufmerksamkeit. Trotzdem senkte der Polizist die Stimme noch weiter. »Sie können sie sich in den Arsch schieben. Ist das klar?«

»Völlig.« Rainer war überzeugt, dass Altehuus jeden Moment explodieren konnte. Und wenn das geschah, wollte er nicht unbedingt dabei, geschweige denn die Ursache der Eruption sein.

»Also los. Raus mit der Sprache.«

Rainer begann zu erzählen, beschränkte sich jedoch auf die Fakten. Er berichtete von den Limericks, seiner Durchsicht der Personalunterlagen und dem Ergebnis von Cengiz' Nachforschungen.

Altehuus zückte einen Notizblock. »Die Adresse dieses Tohmeier.«

Rainer nannte sie ihm.

»Und das Foto.« Er streckte besitzergreifend seine Hand aus.

»Ist auf meinem Zimmer. Aber ob ich es so schnell finde ...«

Der Juister erhob sich ein wenig und stützte sich mit beiden Händen auf der Tischplatte ab. Ein leises Klirren war zu vernehmen. Der auf der Untertasse abgelegte Löffel hatte sich verschoben und war gegen die Kaffeetasse gestoßen.

Altehuus beugte sich vor und raunte: »Wenn Sie Ihren Arsch nicht sofort in Marsch setzen und das Foto holen, nehme ich Sie noch hier im Frühstückssaal fest.«

»Weswegen?«

»Behinderung der Polizeiarbeit. Vertuschung einer Straftat. Mir fällt, wenn ich nur lange genug nachdenke, bestimmt noch etwas ein.«

»Das wagen Sie nicht.«

Altehuus zeigte eine nicht sehr freundlich aussehende Grimasse. »Wollen Sie es darauf ankommen lassen?«

Rainers Widerstand fiel im Bruchteil einer Sekunde zusammen. Nein, er wollte nicht. Altehuus war wirklich zuzutrauen, seine Warnung in die Tat umzusetzen. Und auf ein oder zwei Tage in der Zelle der Juister Polizeiwache verspürte er nicht die geringste Lust.

»Ich hole es.«

»Bringen Sie auch gleich diese Briefe mit.«

»Die hat Harms.«

»Ist das wieder eines Ihrer Spielchen?«

»Nein. Lassen Sie sich doch einen Kaffee bringen. Mir bitte auch noch einen. Nach meiner Rückkehr können wir ja unsere nette Unterhaltung ein wenig fortsetzen.«

Altehuus schien über Eschs lockeren Spruch nicht amüsiert.

Mit einem Schulterzucken verschwand Rainer. Wenig später war er das Foto los. Und musste bei Altehuus' Abschied die Erfahrung machen, dass der ansonsten recht gemütliche Juister Beamte über ein umfangreiches Repertoire an Drohungen verfügte.

Was soll's, dachte er sich. Lass ich das Bild eben ein zweites Mal ausdrucken. Zufrieden goss er Kaffee nach.

Auf seinem Zimmer fuhr er zunächst den Rechner hoch und sah im E-Mail-Postfach nach. Cengiz' Mail war nicht vorhanden. Rainer erinnerte sich, sie gelöscht zu haben, nachdem er das Bild auf dem USB-Stick gespeichert hatte. Um sein Postfach nicht mit dem riesigen Bildanhang zu überfrachten, hatte er besonders gewissenhaft auch den elektronischen Papierkorb entleert.

Dann eben der Stick. Doch der fand sich auch nicht. Als er seine Siebensachen zum dritten Mal auf den Kopf gestellt hatte, musste er sich eingestehen, dass der Stick tatsächlich nicht da war.

Und dann fiel es ihm wieder ein. Als er das Foto bezahlen wollte, hatte ihm der Betreiber des Internetcafés den Stick und das Blatt mit dem ausgedruckten Bild ausgehändigt. Rainer hatte beides neben sich auf den kleinen Tisch gelegt, um seine Geldbörse aus der Tasche ziehen zu können. Anschließend musste er es versäumt haben, das Teil wieder einzustecken.

Im Internetcafé war um diese Zeit kaum Betrieb. Auf sein Nachfragen erklärte ihm der Inhaber, den Stick nicht gefunden zu haben.

»Ein herrenloser USB-Stick? Sie sind vielleicht lustig. Hier treffen sich überwiegend Computerkids. Die haben in der Regel immer Verwendung für technisches Gerät. Was meinen Sie, wie lange so ein Teil liegen bleibt?«

Aber auch das stellte kein unüberwindliches Problem dar. Cengiz würde helfen. Er half immer. Entweder hatte er die Datei noch auf dem Rechner oder er würde das Foto, das ihm der Nachbar Tohmeiers ausgehändigt hatte, neu einscannen.

34

Das Ehepaar Bartholdy verbrachte seinen Urlaub schon seit Jahren auf Juist, hatte aber erstmalig vor drei Tagen eine Wanderung ins Watt gewagt – unter fachkundiger Anleitung des Wattführers Heino. Heute nun gedachten sie ihre dabei gewonnenen Erkenntnisse umzusetzen, ohne Heino allerdings.

Sie starteten ihren Ausflug kurz nach Sonnenaufgang am östlichen Rand des Ortes in der Nähe der Reitställe. Das Paar setzte sich dort auf die Deichkrone, zog die Wanderschuhe aus und verstaute sie im Rucksack. Dann betraten sie das Watt, entfernten sich aber auf ihrem Marsch nach Osten zunächst nicht weiter als hundert Schritte von der Insel.

Nach etwa einer Stunde wurden sie mutiger und folgten dem ablaufenden Wasser in Richtung Kalfamergat. Dabei drehte sich Anneliese Bartholdy, die hinter ihrem Mann Walter herstapfte, alle paar Meter um und registrierte mit zusammengekniffenen Lippen die wachsende Entfernung zum Ufer.

»Ist das nicht zu gefährlich, wenn wir so weit weg von der Insel sind?«, fragte sie besorgt ihren Gatten.

»Nein, Liebes, du musst dich nicht ängstigen. Die Flut kommt erst in einigen Stunden. Der Himmel ist blau, die Sonne scheint und die Wettervorhersage verspricht strahlendes Sommerwetter für heute.«

Die Zuversicht Walters beruhigte Anneliese nur wenig. Ihr erschienen die Menschen, die sie auf der Flugplatzstraße ausmachen konnte, wie Spielzeugfiguren. So weit entfernt.

An einem Priel, der noch Wasser führte, stoppte ihr Mann und wandte sich an Anneliese: »Der sieht etwas tief aus, oder?«

Anneliese, voller Hoffnung, dass die natürliche Barriere Walter zur Umkehr bewegen würde, stimmte sofort zu. »Das meine ich auch.«

Ihre Erwartung wurde jedoch jäh zerstört, als Walther erwiderte: »Dann gehen wir weiter Richtung Osten. Vielleicht sehen wir am Kalfamer ja Seehunde. Ich habe die Kamera im Rucksack. Das wären Motive«, schwärmte er und lief los.

Genervt folgte ihm Anneliese, war jedoch etwas weniger ängstlich, weil sie sich nicht weiter von der Insel weg bewegten, sondern parallel zum Ufer marschierten. Dumm nur, dass sie ein Schlickfeld passieren mussten. Sie versanken bis zu den Waden in der blauschwarzen Masse und konnten sich nur mit Mühe fortbewegen. Erst nach Minuten erreichten sie wieder festeren Grund unter ihren Füßen.

Die Aussichtsplattform des Otto-Leege-Pfads lag fast genau nördlich von ihnen, als Walter Bartholdy einige Hundert Meter entfernt eine auffällige Erhöhung im ansonsten flachen Watt ausmachte. »Was ist das denn? Ein Seehund?«, fragte er Anneliese.

Diese starrte angestrengt in die Richtung, in die Walter wies. »Ich kann nichts erkennen.«

»Warte.« Er nahm den Rucksack ab, öffnete ihn und suchte mit einer Hand darin. »Irgendwo muss doch das Fernglas ... Hast du das Glas nicht eingepackt?« Der Vorwurf in seiner Stimme war nicht zu überhören.

»Ich? Du hast doch die Sachen zurechtgelegt.«

»Aber ich hatte dich gebeten, den Feldstecher aus dem Koffer zu holen.«

Anneliese schwieg. Solche Auseinandersetzungen ge-
hörten zu den Ritualen ihrer Ehe, mit denen sie sich
nach nun fast dreißig Jahren abgefunden hatte. Wann
immer etwas schiefging, machte Walter nicht sich, sondern sie dafür verantwortlich.

»Jetzt brauche ich dieses verdammte Fernglas einmal
im Leben und du lässt es im Hotelzimmer liegen«,
schimpfte Walter und zog die Digitalkamera aus dem
Rucksack. Beim Versuch, sich den Trageriemen des Ap-
parates überzustreifen, rutschte ihm die Tasche aus der
Hand und fiel zu Boden. Dummerweise befand sich genau dort eine Vertiefung, in der sich Meerwasser gesammelt hatte. Der Rucksack stürzte um, und noch ehe
Walter reagieren konnte, waren das Teil und sein Inhalt
durchnässt.

»Verdammter Mist«, schimpfte er los. »Das auch noch.
Wenn du nur das Fernglas eingesteckt hättest, wäre das
alles nicht passiert.«

Anneliese tat das, was sich in solchen Situationen be-
währt hatte: Sie sagte kein Wort.

Nach einigen Minuten hatte sich ihr Liebster wieder
abgeregt. »Dann laufe ich eben da hin und sehe nach«,
meinte er trotzig und machte sich auf den Weg.

Anneliese, die immer weniger Lust hatte, sich durch
das Watt zu quälen, folgte ihm widerstrebend. Alleine in
dieser ihr mittlerweile feindlich vorkommenden Umwelt
zu   bleiben,
erschien ihr noch schlimmer, als die Launen ihres Gatten zu ertragen. »Warte«, rief sie. »Ich kann nicht so
schnell.«

Und tatsächlich blieb Walter stehen, was Anneliese
trotz seinem unmöglichen Verhalten vorhin dankbar registrierte. Manchmal ist der Mensch auch mit Kleinig-

keiten zufrieden, dachte sie und griff nach dem Arm ihres Mannes.

Der kleine Hügel, den Walter ausgemacht hatte, entpuppte sich zu seiner Enttäuschung aus der Nähe nicht als Seehund, sondern als Schlamm, der sich um einen größeren Gegenstand gesammelt hatte.

Das Ehepaar ging die letzten Schritte und blieb schließlich vor der Erhebung stehen. Jetzt konnten sie genauer erkennen, um was es sich handelte.

Anneliese Bartholdy fing hysterisch an zu schreien, als sie realisierte, dass da der Oberkörper eines Menschen lag, halb begraben unter Dreck und Schlick.

Als ihr Mann sich wieder gefasst hatte, griff er geistesgegenwärtig zur Kamera und lichtete die Stelle und die Umgebung ab. Vor allem achtete er darauf, die Insel von seinem Standort aus zu fotografieren. So hoffte er, den Fundort der Leiche zu dokumentieren und wiederzufinden.

»Nun beruhige dich endlich!«, brüllte er seine Frau an. »Wir müssen die Polizei verständigen. Hast du das Handy eingesteckt?«

Für einen Moment unterbrach Anneliese ihr Geschrei, sah ihren Gatten erstaunt an und jammerte: »Das wolltest du doch machen.« Der Gesichtsausdruck ihres Ehemannes trug entscheidend dazu bei, dass sie danach lauter schrie als vorher. Auch dann noch, als er sie durch die Salzwiesen Richtung Straße zerrte.

Enno Altehuus hatte Erfahrung in der Aufklärung juisttypischer Verbrechen: Da gab es aufgeregte Urlauberinnen, deren Handtasche angeblich am Strand gestohlen wurde und die sich wenig später in der Pension wiederfand, verloren gegangene Fahrräder, deren Besitzer sich nur nicht mehr erinnern konnten, wo sie die Drahtesel abgestellt hatten, oder vermisste Gepäckstücke, die nicht gestohlen, sondern nur in einem anderen Koffercontainer an der Mole in Norddeich aufgegeben worden waren.

Wattwanderer allerdings, die felsenfest behaupteten, im Watt eine halb eingegrabene und verweste Leiche entdeckt zu haben, kamen nicht alle Tage in die Polizeiwache an der Carl-Stegmann-Straße.

Der Polizist hatte dem Ehepaar, das da am späten Donnerstagvormittag aufgelöst und mit völlig durchnässten Schuhen vor ihm stand, zunächst einen Tee angeboten. So recht schlau wurde er nicht aus dem unzusammenhängenden Redeschwall der beiden und hoffte, das Heißgetränk würde etwas zur Beruhigung beitragen.

»Hier, schauen Sie«, brach es aus Walter Bartholdy erneut hervor. »Das ist die Leiche.« Er hielt Altehuus das Display seiner Kamera vor die Nase. Unglücklicherweise hatte Bartholdy, als er seinen Fund fotografisch dokumentierte, nicht darauf geachtet, dass die Strahlen der Sonne vom feuchten Watt reflektiert wurden. Auf dem hoffnungslos überbelichteten Foto war nicht mehr als ein dunkler Haufen vor hellem Hintergrund zu erkennen. Auch alle anderen Bilder waren nicht zu gebrauchen.

»Sie müssen uns glauben. Da draußen im Watt liegt tatsächlich eine Leiche.«

»Und wo soll das sein?«

»Wir sind im Watt dem Deich in östliche Richtung gefolgt, bis er nach Norden abknickt. Wissen Sie, wo das ist?«

Verärgert grunzte Altehuus Zustimmung.

»Von dort sind wir vielleicht vierhundert Meter weiter nach Osten gelaufen. Da lag sie dann.«

Je länger die beiden Eheleute auf Altehuus einredeten, desto eher war der Polizist geneigt, ihnen zu glauben. Schließlich wurden von Zeit zu Zeit tatsächlich Leichen an den Nordseeinseln angeschwemmt, in der Regel allerdings an der Strand- und nicht der Wattseite.

Aber es war natürlich nicht auszuschließen, dass das Ehepaar die Wahrheit sagte. Deshalb lud sich Altehuus die Bilder, die Bartholdy geknipst hatte, trotz ihrer miserablen Qualität auf seinen Rechner, nahm ein Protokoll und die Personalien des Paares auf und entließ die aufgeregten Urlauber mit der Zusage, sich um die Angelegenheit zu kümmern.

Natürlich hatte er sich sofort gefragt, ob der Leichenfund etwas mit Harms' Verschwinden zu tun haben könnte. Aber warum sollte der Hotelbesitzer sich erst in den Flieger setzen und dann heimlich zurückkehren, um im Watt vor Juist zu sterben? Außerdem war Harms ein geübter Schwimmer. Noch im letzten Sommer war Altehuus mit ihm um die Wette geschwommen. Sich im Watt zu ersäufen, dürfte für den Hotelier nicht so einfach sein, selbst wenn das Wasser tief genug war. Und das war normalerweise an der Stelle, die die Urlauber beschrieben hatten, nicht der Fall. Nein, Altehuus glaubte nicht, dass Harms der Tote war, den die Bartholdys gefunden hatten.

Der Inselpolizist sah auf die Uhr: kurz vor elf. Die Flut kam. Da dürfte außer Wasser nichts mehr an der vermeintlichen Fundstelle auszumachen sein. Sicherheitshalber radelte er trotzdem dorthin. Wie erwartet, war das Meer bis zu den Salzwiesen vorgedrungen. Hier gab es in den nächsten Stunden nichts zu ermitteln. Die

Ebbe erreichte den niedrigsten Stand um kurz vor neun Uhr am Abend. Dann würde er wiederkommen.

35

»Du hast *was* gemacht?«

»Ist ja gut. Ich weiß auch, dass es ein ärgerlicher Fehler war. Aber die Datei ist gelöscht und der Stick weg. Du musst mir die Datei noch einmal schicken.«

»Ich muss gar nichts.«

»Cengiz, bitte.«

Das Telefonat verlief nicht ganz so, wie es Rainer sich vorgestellt hatte.

Zunächst hatte ihn sein Freund zwei Mal abgewimmelt, weil er angeblich etwas Wichtiges zu erledigen hatte. Rainers Einwand, sein Anliegen sei ebenfalls von großer Bedeutung, hatte Cengiz durch Abbruch des Telefonats gekontert. Und nun sträubte sich sein eigentlich bester Freund, ihm diesen kleinen Gefallen zu tun.

»Woher nimmst du eigentlich die Dreistigkeit anzunehmen, alle deine Freunde zu jeder Tages- und Nachtzeit für dich einspannen zu können? Ganz ehrlich, ich habe noch etwas anderes zu tun, als deine Wünsche zu befriedigen.«

»Mensch, Cengiz, deine Computer rechnen doch auch ohne dich.«

»Ja. Aber sie verkaufen sich leider noch nicht ohne menschliches Zutun.« Cengiz seufzte. »Ich sehe nach, ob ich die Datei noch auf dem Rechner habe. Einen Moment.«

Eine Minute später war Cengiz wieder am Apparat. »Habe ich nicht. Gelöscht. Auch die E-Mail. Tut mir leid.«

»Wie kann man denn so eine wichtige Datei löschen?«

»Ich glaube, es hackt! Solltest du dir diese Frage nicht selber stellen?«

Rainer schwieg. Natürlich hatte sein Freund recht.

»Ich mache dir einen Vorschlag. Ich scanne dir eben das Foto ein. Aber bearbeiten kann ich es nicht mehr. Dafür habe ich einfach in den nächsten Tagen keine Zeit. Und selbst wenn ich sie hätte«, setzte er hinzu, »würde ich es nicht machen. Du musst endlich kapieren, dass wir nicht deine privaten Handlanger sind.«

»Wer ist wir?«

»Elke und ich. Ich war vorgestern Abend bei ihr. Sie leidet unter deinen Eskapaden. Außerdem wächst ihr so langsam alles über den Kopf. Arbeit, Oskar, die Wohnung.«

Das hatte Rainer so ähnlich schon von Elke selbst gehört. »Cengiz, ich arbeite hier auf der Insel.«

»Tatsächlich? Dann wünsche ich dir einen arbeitsreichen Tag. Die Mail geht in der nächsten halben Stunde raus.«

Er legte ohne Gruß auf.

Rainer verließ nachdenklich das *Haus des Kurgastes* und bummelte über die Dünen zurück zu seinem Hotel. War er wirklich so ein Mistkerl? Er würde mit Elke darüber sprechen und sein Verhalten ändern müssen. Denn er wollte sie unter keinen Umständen verlieren. Sie nicht und auch Oskar nicht.

In der Ferne gab eine in den Juister Hafen einlaufende Fähre Signal. Er beschloss, sich zunächst eine Tageszeitung zu besorgen, einen Kaffee zu trinken und sich mit beidem die Wartezeit bis zum Eintreffen von Cengiz' E-Mail zu verkürzen.

In einem der Lokale am Kurplatz fand er einen Platz im Freien, schlürfte seinen Kaffee, rauchte und blätterte in der Zeitung.

Kurz darauf zog die tägliche Karawane der ankommenden Urlauber an ihm vorüber. Manche schleppten Rucksäcke von beeindruckender Größe. Andere zogen Trolleys hinter sich her – das Laufgeräusch der Rollen auf dem Straßenpflaster gehörte zu Juist wie Ebbe und Flut.

Rainer sah kurz hoch, schenkte den Anreisenden aber keine Beachtung. Stattdessen widmete er sich dem Sportteil der Tageszeitung, der jetzt, in der Sommerpause der Bundesliga, nur mäßig interessant für ihn war.

»Papa!«

Irgendwie kam ihm die Stimme bekannt vor. Er senkte die Zeitung. Das war doch nicht möglich! Auf dem Bürgersteig vor ihm stand Oskar, daneben dessen Mutter Elke. Rainer sprang auf.

»Was macht ihr denn hier?«, rief er ihnen entgegen.

»Urlaub«, antwortete Elke. »Was du kannst, können wir schon lange. Nicht wahr, Oskar?«

Der Kleine strahlte seine Eltern an.

»Du scheinst dich ja nicht gerade zu freuen, uns zu sehen.«

»Doch ... Doch ... Es ist nur ... Ich bin völlig überrascht. Ich freue mich riesig.« Er nahm Elke in die Arme und küsste sie. Dann hob er seinen Sohn hoch. »Na, wie war es auf der Fähre?«

»Klasse. Ich hab mit Mama ganz oben gesessen. Und ich hab die Bäume gesehen, die aus dem Wasser wach-

173

sen, damit die Schiffe die Richtung finden. Mama hat mir erzählt, dass heute Nachmittag das Wasser wieder weg ist. Das ist wie in der Badewanne. Ein paar Stunden läuft das Wasser rein, dann wieder raus. Zieht hier auch jemand den Stöpsel, Papa?«

Sein Vater grinste. »Nee. Das ist Ebbe und Flut.«

»So weit waren wir schon auf der Fähre«, ergänzte Elke. »Jetzt kannst du dein Glück versuchen. Wer sich seit mehr als zwei Wochen auf Juist aufhält, wird doch die Fragen eines Fünfjährigen zur Tiede beantworten können, oder?«

Rainer dachte einen Moment nach und begann: »Also, der Mond zieht das Wasser ...«

Oskar sah ihn voller Vertrauen an.

»Also, die Anziehungskraft des Mondes bewirkt ... Ich glaube, hier gibt es ein Museum, in dem auch das mit den Gezeiten erklärt ist. Da gehen wir hin«, meinte Rainer entschlossen. »So lange bleibt es bei der Badewanne.«

Er griff Elkes Reisetasche. »Wie lange könnt ihr bleiben?«

»Ich bis Mittwoch. Die Gerichtstermine habe ich verlegen lassen. Es waren ohnehin nur zwei. Oskar bleibt, bis du wieder nach Hause fährst.«

Rainer schluckte, sagte aber kein Wort.

»Hast du ein Doppelzimmer?«

Rainer nickte.

»Prima. Ein Kinderbett werden die im Hotel doch sicher auftreiben können?«

»Bestimmt.«

Elke hakte sich unter. »Komm, Oskar. Dann wollen wir gucken, was dein Papa hier so arbeitet.«

Im *Hotel Pabst* gab es nicht nur ein Kinderbett, sondern auch ein größeres Zimmer. Stunden später – die Familie hatte einen ausgedehnten Spaziergang am Strand unternommen – fuhr Rainer in der Hotelbar den Rechner hoch. Elke würde mit dem Kleinen ein Nickerchen machen, bei dem Rainer sie nicht stören wollte. Anschließend planten sie, im *Rüdiger's* zu Abend zu essen.

Sein E-Mail-Programm meldete den Eingang einer Nachricht – Cengiz sei Dank.

Der Anwalt klickte auf den Anhang, um ihn zu öffnen und auf seinem Laptopbildschirm anzeigen zu lassen. Es dauerte nur wenigen Sekunden, bis er das Bild sehen konnte. Auf ihm waren mehrere Personen abgebildet, alle anscheinend bestens gelaunt. Einer der Männer war Knut Tohmeier. Im Arm hielt er eine junge, blonde Frau, die sich eng an ihn schmiegte. Rainer stockte der Atem. Das konnte doch nicht wahr sein!

36

Am Donnerstagabend stand Altehuus wieder am Deich. Er war mit dem Rad gekommen, in dessen Anhänger er eine Boje und seine Wathose transportierte. Er griff zum Feldstecher und suchte das Watt ab. Tatsächlich. Etwa dreihundert Meter südlich lag etwas, noch halb von Wasser bedeckt.

Altehuus schlüpfte in die Anglerhose, die ihm bis zur Brust reichte, zog die Hosenträger fest, versicherte sich, dass seine Digitalkamera und das übrige Equipment in der Tasche steckte, griff zur Boje und stapfte los, dem ablaufenden Wasser folgend.

Als er nur noch fünfundzwanzig Meter von der Erhebung entfernt war, wusste er, dass das Ehepaar Bartholdy nicht fantasiert hatte. Halb im Schlick vergraben lag eine Leiche.

Altehuus näherte sich vorsichtig dem Fundort und musterte den Toten genauer. So wie es aussah, schien der Mann gefesselt zu sein. Es handelte sich also nicht einfach um eine angeschwemmte Wasserleiche, die eines natürlichen Todes gestorben war, sondern um Mord.

Altehuus schnappte sich sein Handy, um seine vorgesetzte Dienststelle in Aurich zu informieren.

»Wann können Sie hier sein?«, fragte er, nachdem er seinen Fund gemeldet hatte.

»Der Hubschrauber ist momentan im Einsatz«, erwiderte der Beamte, der seine Nachricht entgegengenommen hatte. »Vielleicht in zwei, drei Stunden.«

»Da bleibt nicht mehr viel Zeit. Es wird bald dunkel. Geht es nicht etwas schneller?«

»Wir tun, was wir können. Sichern Sie den Fundort.«

Altehuus verkniff sich eine Bemerkung. Was meinte der Kollege, tat er hier gerade? Und sollte er etwa rotweißes Flatterband im Watt spannen? Der Juister Polizist markierte die GPS-Daten des Fundortes und griff sicherheitshalber zusätzlich auch noch zur Boje. Diese verankerte er einige Meter von der Leiche entfernt im Wattboden. Sollten sich die Auricher Kollegen verspäten, würde es später auch bei auflaufendem Wasser leicht möglich sein, die Stelle zu finden.

Eine halbe Stunde später war das Watt an seinem Standort völlig trockengefallen. Altehuus fotografierte die Wasserleiche und die Umgebung aus allen Himmelsrichtungen und überprüfte die Qualität jedes Bildes im Display seiner Kamera. Erst als er sicher war, gute Fotos gemacht zu haben, verließ er den Fundort und ging zurück zum Deich, um die Ankunft der Spurensicherung aus Aurich zu erwarten.

Tatsächlich traf der Hubschrauber doch etwas früher ein als angekündigt. Neben der Spurensicherung entstieg ihm ein Kollege, den Altehuus von früheren gemeinsamen Ermittlungen kannte: KHK Dieter Buhlen.

Der Juister Polizist begrüßte die Kollegen und wies sie ein. Dann schaute er mit Buhlen vom Deich aus zu, bis die Spurensicherung die Untersuchung des Tatortes beendet hatte. Die Beamten brauchten erwartungsgemäß nicht lange. Auch die Untersuchung der Salzwiesen in der Umgebung ging schnell vonstatten.

»Im Watt ist nichts mehr zu finden«, erklärte einer der Experten überflüssigerweise. »Ebbe und Flut haben ganze Arbeit geleistet. Auch in den Wiesen und am Deich haben wir nichts entdeckt. Keine Schleif- oder Reifenspuren, nicht einen Hinweis auf den oder die Täter. Wir können deshalb nicht sagen, wie der Tote ins Watt kam. Eins ist jedenfalls sicher«, versuchte der Beamte einen schlechten Scherz. »Selbstständig ist er nicht dorthin gelaufen.«

»Was ist mit der Leiche?«, wollte Buhlen wissen.

»Hände auf dem Rücken mit Kabelbinder gefesselt. Dazu die Oberarme und die Fußgelenke mit Paketklebeband fixiert. Der Mund mit demselben Zeug verklebt. Der arme Kerl konnte sich kaum rühren. Das ist alles, was wir im Moment sagen können. Sie gehört jetzt Ihnen.« Der Spurensicherer stapfte in seinem weißen Anzug davon.

Buhlen wandte sich an Altehuus. »Sie sollten die Feuerwehr kommen lassen und den Toten bergen. Mit der nächsten Fähre geht er in die Kriminalmedizin. Der Heli muss zu einem anderen Einsatz.«

Altehuus griff zum Handy und veranlasste das Notwendige. Dann wandte er sich wieder seinem Kollegen zu. »Was ist mit Ihnen?«

Buhlen grinste. »Was soll schon sein? Ich bleibe zunächst bei Ihnen.«

»Wie wollen Sie vorgehen?«

»Erst einmal müssen wir wissen, wer der Tote überhaupt ist. Danach heißt es Klinkenputzen. Das übliche Programm. Wer hat den Mann zuletzt gesehen? Welche Freunde hatte er? Mögliche Motive. Und, und, und.«

»Das wollen Sie alles alleine erledigen?« Altehuus schaute ungläubig.

»Nein. Sie werden mir dabei helfen. Wenn nötig, fordere ich weitere Unterstützung an. Sind Sie damit einverstanden?«

Altehuus nickte.

Von Westen her näherten sich ein Feuerwehr- und ein Rettungswagen. Wenig später steckte der Tote in einem schwarzen Kunststoffsack und wurde auf einer Trage ins Fahrzeug geschoben. Der Hubschrauber startete.

Altehuus sammelte seine Boje wieder ein und verstaute sie im Fahrradanhänger. Dann sagte er zu Buhlen: »Fahren Sie mit den Kollegen der Feuerwehr. Ich komme mit dem Fahrrad nach.«

Kurz darauf erinnerte nur noch der Bodenaushub im Watt daran, dass an dieser Stelle ein Mensch ermordet worden war.

37

Rainer starrte völlig perplex auf den Bildschirm. Die Frau auf dem Foto war ohne jeden Zweifel Heike Harms. Also hatte sie ihn angelogen. Sie kannte Knut Tohmeier!

Auf den Schreck orderte der Anwalt bei Ützelpü einen Espresso und einen Brandy.

Als der Barkeeper servierte, fiel sein Blick auf den Bildschirm des Laptops. »Ist das nicht Frau Harms vom *Sanddornhotel?*«, erkundigte er sich. »Geht mich ja nichts an, aber ...«

»Schon in Ordnung«, erwiderte Esch und zeigte auf Knut Tohmeier. »Kennen Sie den?«

»Kennen ist zu viel gesagt. Er war einmal gemeinsam mit Frau Harms in der *Spelunke.*«

Rainer hätte sich ohrfeigen können. Wenn er auch in seinem Domizil nachgefragt hätte, wäre er eher auf Tohmeier gestoßen und hätte sich viel Arbeit sparen können. Aber wie selbstverständlich war er davon ausgegangen, dass Tohmeier nicht dort beschäftigt gewesen war. Er schüttelte den Kopf über seinen gedanklichen Kurzschluss und fragte sicherheitshalber nach: »Wissen Sie seinen Namen?«

Ützelpü schüttelte den Kopf.

»Arbeitet er auf der Insel?«

»Soweit ich weiß, ja.«

»Und wo?«

»Keine Ahnung. Aber ein Kollege hat an dem Abend mit ihm einige Worte gewechselt. Warum interessiert Sie das?«

Rainer suchte fieberhaft nach einer plausiblen Erklärung. »Ein Freund von mir möchte mit ihm reden. Irgendeine Geldsache.« Seine Lügen wurden auch immer schlechter, gestand er sich ein. Vielleicht hatte Elke ja recht und er sollte sich auf seine Arbeit als Anwalt konzentrieren und die Detektivspielchen der Polizei überlassen.

»Verstehe.« Ützelpü grinste. »Ich frage nach.«

Der Anwalt beobachtete, wie der Barmann die Stufen zum Restaurant hinuntersprang und in der Küche verschwand. Kurz darauf tauchte er wieder an Rainers Tisch auf. »Mein Kumpel meint in der *Schaluppe* im Loog. Er hat ihn aber schon seit einigen Tagen nicht mehr gesehen und weiß deshalb nicht, ob er überhaupt noch auf der Insel ist.«

Das Loog also. Rainer kannte dort nur eine Kneipe: die *Domäne Loog*. Laut Eigenwerbung die vorletzte Tankstelle vor Borkum. Von der *Schaluppe* hatte er noch nie gehört. Bis dorthin war er bei seiner Fragerei noch nicht vorgestoßen.

»Was treibst du?« Elke war mit Oskar an seinen Tisch getreten.

Sie sah hinreißend aus. Sie trug das luftige dunkelblaue Kleid, das er so an ihr liebte. Dazu eine um die Schulter geschlagene weiße Stola. Und irgendwie wirkte ihr Haar anders als heute Morgen.

»Hast du dir die Haare gefärbt?«

»Etwas nachgetönt. Ich dachte nicht, dass dir das auffällt.«

»Du siehst toll aus, wirklich.«

Elke lächelte ihn an. »Danke.«

Mittlerweile hatte Oskar an den Nachbartischen die bunten Brettspiele entdeckt, die auf Kinder wie ihn warteten. »Spielen wir *Mensch ärger dich nicht?* Bitte«, quengelte er.

Rainer sah seine Partnerin an. Die nickte.

»Na gut«, meinte er. »Aber nur eine Runde. Dann wird gegessen. Und dann geht es ab ins Bett.«

Es wurden drei Spiele, bis sie im Restaurant saßen und Ützelpü ihnen die Speisekarte brachte.

»Billig ist was anderes«, flüsterte Elke, nachdem sie einen Blick hineingeworfen hatte.

»Stimmt«, bestätigte Rainer. »Aber mehr als sein Geld wert. Außerdem ist auf Juist nichts billig.« Er klopfte demonstrativ auf seine Gesäßtasche. »Wie du weißt, hat Harms mir ja einen Vorschuss gezahlt. Das Zimmer kostet uns ohnehin keinen Cent, also was soll's? Rot- oder Weißwein?«

»Ich will 'ne Cola«, forderte Oskar.

»Was hast du da eigentlich eben gemacht?«, wollte Elke wissen.

»Lass uns darüber sprechen, wenn Oskar im Bett ist.«

»Ich will nicht ins Bett«, krähte ihr Sohn.

»Musst du ja auch noch nicht«, bekräftigte seine Mutter.

»Und morgen erklärt mir Papa das mit der großen Badewanne.«

»Genau«, feixte Elke zu Rainer hinüber. »Was möchtest du essen?«

Später bestand Oskar darauf, von seinen Eltern ins Bett gebracht zu werden und abwechselnd die Gutenachtgeschichte vorgelesen zu bekommen. Sie erklärten ihm, dass er nach dem Einschlafen allein in seinem Zimmer sein würde. Es dauerte einige Zeit, bis er das akzeptierte. Nur sein Schmuseteddy und der Hinweis auf den morgigen Museumsbesuch besänftigten Oskars lautstarken Protest.

Gegen neun Uhr saßen Elke und Rainer endlich vor dem Hotel und genossen den lauen Maiabend.

»Erzählst du mir jetzt, was du eigentlich hier so tust?«, bat Elke.

Rainer griff zum Weinglas. »Das ist eine etwas verworrene Geschichte«, begann er.

38

Die evangelische Kirche war bis auf den letzten Platz besetzt. Das war kein Wunder, wurde doch an diesem Freitag ein Mitglied einer alteingesessenen Juister Familie beigesetzt.

Die Pastorin würdigte gerade die verstorbene Maria Harms mit bewegenden Worten, als sich die Kirchentür knarrend öffnete und unmittelbar darauf in den Reihen der Trauergäste vernehmbar getuschelt wurde.

Im schwarzen Anzug und unbeeindruckt von der Überraschung, die seine Ankunft auslöste, schritt Gerrit Harms durch den Mittelgang zur ersten Reihe, nickte der Pastorin höflich zu und setzte sich wortlos neben seine Schwester.

»Wo hast du dich rumgetrieben?«, zischte Heike ihrem Bruder zu. Doch der blieb stumm.

Am Familiengrab standen die Geschwister nebeneinander und quittierten die Beileidsbekundungen ihrer Verwandten, Bekannten und Freunde mit einem dankbaren Nicken. Miteinander wechselten sie kein Wort.

Ihre Sprachlosigkeit ging auch während des folgenden Kaffeetrinkens in den Räumen des *Sanddornhotels* weiter. Beide nahmen mal bei den einen, dann den anderen Gästen Platz, tauschten mit ihnen freundliche Belanglosigkeiten aus, aber würdigten sich gegenseitig keines Blickes.

Erst als alle gegangen waren, trafen sich Heike und Gerrit in der Wohnung ihrer Mutter.

»Also noch einmal: Wo hast du gesteckt?«, giftete Heike.

»Ich kann mich an eine kürzlich zwischen uns geführte Auseinandersetzung erinnern, in der du eine solche Frage als Einmischung in dein Privatleben zurückgewiesen hast«, blaffte Gerrit.

»Das war etwas anderes. Zum einen war ich nicht fast eine Woche weg und außerdem ist in der Zeit nicht unsere Mutter gestorben.«

»Ich weiß.« Gerrit Harms ging zum Barschrank, öffnete ihn und schenkte sich einen Kognak ein. »Willst du auch einen?«, fragte er.

»Nein. Ist das alles, was du dazu zu sagen hast?« Heike hatte die Hände auf ihre Hüften gestützt und funkelte ihren Bruder kampflustig an. In dieser Diskussion würde sie nicht klein beigeben, schwor sie sich.

Gerrit trank einen großen Schluck. »Ich habe mit verschiedenen Banken verhandelt.«

»Über was?«

»Was für eine Frage!« Harms lachte spöttisch auf. »Über Geld natürlich. Du machst doch unsere Buchhaltung. Also weißt du auch, wie es um den Laden hier steht. Ohne Finanzspritze sind wir pleite.«

»Hast du einen Kredit bekommen?«

Harms trank das Glas in einem Zug leer und schenkte nach. »Leider nicht.«

»Warum hast du auf meine Anrufe nicht reagiert?«

»Weil ich sie nicht erhalten habe.«

»Lüg mich nicht an. Ich habe dir auf die Mobilbox gesprochen.«

Harms wirkte müde. »Das Handy ist defekt. Ich habe erst gestern gemerkt, dass es nicht mehr funktioniert.«

»Und warum hast du nicht vom Hotel aus angerufen?«

»Hab ich. Bei Mutter.« Er zeigte auf den altertümlichen Wählapparat auf dem Sekretär. »Drei oder vier Mal.« Seine Augen füllten sich mit Tränen. »Kein Wunder, dass sie nie abgenommen hat.«

»Du hättest mit mir Kontakt aufnehmen können.«

»Ja. Hätte ich. Habe ich aber nicht.«

»Warum nicht?«

Gerrit Harms stellte den Kognakschwenker so heftig auf den Tisch, dass ein Teil des Branntweins auf die Platte schwappte. »Um mir deine Vorhaltungen anzuhören?«

Jetzt stieß Heike ein böses Lachen aus. »Das darf doch wohl nicht wahr sein! In welchem Film bin ich eigentlich? Du machst mir das Leben hier seit Monaten zur Hölle, verschwindest, ohne ein Wort zu sagen, und erklärst mir dann in aller Seelenruhe, es sei meine Schuld, dass du keinen Kontakt zu mir aufgenommen hast? Spinnst du?«

»Wir sollten nicht streiten. Das bringt uns nicht weiter«, lenkte er ein. »Es geht um die Zukunft des Hotels. Um unser beider Zukunft, wenn du es genau wissen willst.« Er ging zum Sekretär, nahm den Aktenordner zur Hand und öffnete ihn. Schnell blätterte er durch die Seiten, fand den braunen Umschlag, riss ihn auf und warf einen Blick auf die darin enthaltenen Papiere. Schließlich legte er die Unterlagen zurück.

»Mutter hat ein Testament gemacht«, sagte er eisig. »Es sollte in einem Kuvert in diesem Ordner sein, hat sie mir vor meiner Abreise versichert. Es ist aber nicht da.«

Heikes Herz schlug ihr bis zum Hals. Jetzt galt es. »Was habe ich damit zu tun? Mir hat Mutter nichts von einem Testament erzählt.«

»Das kann ich mir denken.«

Gerrit drehte sich um, öffnete den Sekretär und durchsuchte auch ihn. »Es ist nicht da«, erklärte er erneut. Er machte einen Schritt auf seine Schwester zu und musterte sie misstrauisch.

»Vielleicht hat sich Mutter geirrt.« Heike tat unbeteiligt. »Gibst du mir bitte auch einen Kognak? Ich könnte einen gebrauchen. Die Beerdigung ...«

»Hast du Mutters Unterlagen durchsucht?« Gerrits Blick war eiskalt.

Er kann es nicht wissen, dachte Heike. Ahnen vielleicht, aber ihm fehlt jeder Beweis. Wenn sie sich nicht selbst verraten würde. Heike zwang sich zur Ruhe. »Quatsch. Was ist nun mit dem Kognak?«

Abrupt drehte sich Gerrit zur Bar und schenkte ihr ein. Dann griff er das Glas und ging langsam auf seine Schwester zu, bis er nur noch eine halbe Armlänge entfernt war.

Heike blieb fast das Herz stehen. Ihre Nackenhaare richteten sich auf. Sie roch seinen alkoholgeschwängerten Atem und erschauderte unter der nur mühsam unterdrückten Wut in seinen Augen.

Halt stand, befahl sie sich. Es geht um deine Zukunft. Seine kann dir völlig egal sein. Es geht nur um dich.

Fordernd streckte sie ihre Hand aus, um den Schwenker zu greifen.

Gerrits Miene verzog sich zu einer Grimasse. Für einen Moment hatte sie den Eindruck, er würde das Glas in ihrem Gesicht zerschmettern.

Schnell hatte er sich wieder unter Kontrolle. Er reichte ihr den Kognak, zog aber seine Hand, als sie nach dem Glas fassen wollte, zurück.

Völlig ruhig flüsterte er: »Wenn du das Testament an dich genommen hast, bringe ich dich um.« Mit diesen Worten übergab er ihr den Kognakschwenker.

39

Im *Küstenmuseum* im Loog ließ sich das Badewannenproblem verhältnismäßig schnell lösen. Oskar war beeindruckt von den Exponaten über den Deichbau der Juister. Besonders die hölzerne Schubkarre hatte es ihm angetan. Es war ihm nur schwer begreiflich zu machen, dass er diese nicht mitnehmen und mit ihr am Strand einen Deich bauen durfte. Erst nach Rainers mehrmaligem Versprechen, ihm nach ihrer Rückkehr in den Ort unverzüglich eine andere Schubkarre zu kaufen, ließ er sich dazu bewegen, das Museum ohne Protest zu verlassen.

Elke und Rainer verabredeten, sich in etwa einer halben Stunde in der *Domäne Loog* zu treffen. Rainer wollte zunächst die *Schaluppe* aufsuchen, um sich dort nach Knut Tohmeier zu erkundigen.

Die Kneipe lag nur einige Häuser vom Museum entfernt. Rainer betrat den Gastraum. Nur wenige Tische waren besetzt. Er ging zur Theke, bestellte ein Mineralwasser und fragte, ob er den Chef sprechen könne.

»Das bin ich«, brummte der Mittfünfziger, der ihm das Getränk servierte.

Rainer stellte sich vor. »Ich suche Knut Tohmeier«, kam er sofort zur Sache. »Ich habe gehört, dass er bei Ihnen arbeitet.«

»Warum wollen Sie das wissen?«, bekam er zur Antwort.

Rainer blieb bei der Geschichte, die er schon Ützelpü aufgetischt hatte. »Ein Freund von mir möchte ihn sprechen.«

»Weswegen?«

Rainer seufzte theatralisch. »Irgendwas mit Geld.«

»Da wird Ihr Freund wenig Glück haben.« Der Kneipier widmete sich wieder dem Spülen seiner Gläser.

»Wie meinen Sie das?«

»Tohmeier ist nicht mehr bei mir. Der Mistkerl hat uns sitzenlassen. Einfach auf und davon. Ohne ein Wort.«

»Wann war das?«

»Genau vor einer Woche. Kriegt einen Anruf und weg war er.«

»Wer hat angerufen?«

Der Wirt zuckte mit den Schultern.

»Und er hat nicht gesagt, wohin er wollte?«

»Haben Sie Tomaten in den Ohren? Ich sagte: ohne ein Wort.«

Esch dachte einen Moment nach. »Aber er muss doch Gepäck gehabt haben. Hat er das stehen gelassen?«

»Zunächst ja. Später am Abend hat er seine Klamotten geholt. Sogar das Fahrrad hat er mir geklaut. Na ja«, lenkte er ein, »sagen wir: unerlaubt ausgeliehen. Mein Sohn hat es später am Hafen entdeckt.«

»Er ist also mit der Fähre gefahren?«

»Warum sonst radelt jemand mit seinem Gepäck dorthin?«

Zwei Männer, die an einem der hinteren Tische saßen, orderten lautstark zwei weitere Biere. Rainers Gesprächspartner griff zwei Gläser, die halb voll unter dem Zapfhahn standen, füllte sie auf und servierte sie seinen Gästen.

Als er wieder hinter dem Tresen stand, wandte er sich erneut an Rainer. »Selbst seinen ausstehenden Lohn hat er nicht gefordert. Er muss es ziemlich eilig gehabt haben.« Er beugte sich vor. »Ich sag Ihnen was. Wenn Ihr Freund mir einen Schuldschein oder so etwas in der Art präsentieren kann, zahle ich ihm das, was Tohmeier noch zusteht. Ist zwar nicht ganz legal, aber was soll's. Der Kerl kann mir gestohlen bleiben.«

Rainer wusste, dass er nicht mehr erfahren würde, zahlte deshalb und ging. Auf dem Weg zu seiner Familie fragte er sich, was Knut Tohmeier dazu bewegt haben mochte, die Insel so schnell zu verlassen.

Sie gingen über den Strand zum Ort zurück. Nach einigen Hundert Metern wollte Oskar nicht mehr weiterlaufen und begann, zu quengeln. »Ich will nicht mehr. Bin müde«, behauptete er und setzte sich demonstrativ in den Sand. »Nicht mehr laufen!«

»Du wirst ihn wohl tragen müssen«, meinte Elke und hob den Jungen auf die Schultern seines Vaters. Dort erwachte Oskar augenblicklich wieder zum Leben. Er fuhr seinem Vater durchs Haar, versuchte, ihn zu würgen, stieß mit den Füßen in seine Seite. »Los, schneller«, rief er. »Hopp, hopp!«

Widerstrebend trabte sein Vater los. Nach zweihundert Metern forderte der Zigarettenkonsum seinen Tribut. »Ich kann nicht mehr. Ich muss mich ausruhen«, keuchte er.

Sofort brüllte Oskar wieder los.

»Einverstanden«, lenkte Rainer ein. »Aber nur noch langsam gehen, okay?«

Sein Sohn stimmte zu.

Als sie endlich wieder an ihrem Hotel angekommen waren, bat Rainer Elke darum, Oskar den Schubkarren zu kaufen. Er selbst konnte keinen Schritt mehr verkraften.

40

Dieter Buhlen schob seinen massigen Körper durch Altehuus' Büro zum Faxgerät im Nebenraum und nahm die gerade eingegangene Post heraus.

»Ist das die Zusammenfassung des Obduktionsberichts?«, erkundigte sich Enno Altehuus bei seinem Kollegen, ehe der sich die Unterlagen ansehen konnte.

Ein Brummen signalisierte Zustimmung.

»Das ging aber mehr als schnell. Zwei Tage sind erst nach der Bergung der Leiche vergangen und schon liegt der Obduktionsbericht vor uns. Was steht drin?«

Buhlen war wieder in die Amtsstube zurückgekehrt und reichte dem Juister das Fax. »Dann lesen Sie doch selbst«, meinte er etwas ungehalten. »Sie können mir ja das Wesentliche berichten.« Danach ließ er sich auf einen Stuhl fallen, der unter seinem Gewicht bedenklich ächzte, und griff zur Teetasse.

Hauptkommissar Buhlen war zum zweiten Mal auf Juist im Einsatz. Ursprünglich von der Kripo Hamburg kommend, war er im Rahmen eines als Fortbildung bezeichneten Programms vor rund fünf Jahren nach Aurich abgeordnet worden – für einige Monate, wie es damals hieß. Aus Monaten waren Jahre geworden. Anfangs hatte er noch mit seinem Schicksal gehadert, mittlerweile jedoch fühlte er sich in der ostfriesischen Provinz zu Hause. Zu seiner Beförderung kurz nach der endgültigen Versetzung hatte auch die Aufklärung eines Mordes beigetragen, der 1999 auf Juist begangen worden war. Und jetzt hockte er wieder auf dieser Sandbank, obwohl er sich eigentlich einige Tage hatte freinehmen wollen. Wenigstens war Frühsommer und er musste nicht damit rechnen, wie damals wegen starker Eisbildung in Verbindung mit Nebel, auf dem Eiland festzusitzen. Die Fähre fuhr regelmäßig und der Flugverkehr lief nach Plan. Ein, zwei Tage noch und er konnte seinen Bauch für eine Woche der Sonne Mallorcas entgegenstrecken.

Der Rest des Tees war kalt geworden. Buhlen goss frischen nach und rührte geräuschvoll drei große Stück Kandis hinein. Dann lehnte er sich auf seinem Stuhl zurück und sah Enno Altehuus interessiert an. »Na?«, fragte er. »Was sagen Sie?«

»Es gibt ja nicht viel Neues. Die Experten bestätigen ihre Vermutung über die Liegedauer im Watt: etwa eine Woche. Das wussten wir schon, nachdem sie den Toten ausgebuddelt hatten. Na ja. Jetzt ist es jedenfalls sicher. Aufgrund der Waschhautbildung ist es nicht gelungen, einen halbwegs brauchbaren Fingerabdruck sicherzustellen. Die Haut ging ab wie bei einem Handschuh, den du abstreifst. Und das Foto ...« Altehuus hielt eines der Blätter hoch. »Nicht sehr appetitlich. Die Krabben und Möwen haben ganze Arbeit geleistet. Mit etwas Fantasie kann man noch erkennen, dass das einmal ein Gesicht gewesen ist. Als Fahndungsfoto nicht zu gebrauchen, würde ich sagen.«

Buhlen schaute auf das Bild und schüttelte den Kopf. »Bleibt also nur das Gebiss und seine DNA. Letzteres dauert.« Er nahm einen Schluck Tee. »Dürfte auch nicht so einfach sein, die Leiche anhand ihrer Zähne zu identifizieren, solange wir nicht wissen, aus welcher Gegend der Tote stammt.«

»Wollten Ihre Kollegen in Aurich nicht das Vermisstenregister abfragen?«

»Haben sie gemacht. Nur wurde in den letzten zwei, drei Wochen in Deutschland und dem angrenzenden Ausland kein Mann zwischen zwanzig und vierzig als vermisst gemeldet.«

»Schiet.«

»Da könnten Sie recht haben.«

»Hier steht, dass der Tote mindestens ein Meter achtzig groß und etwa achtzig Kilo schwer gewesen sein muss.«

»Vielleicht ein Anhaltspunkt. Wenn wir denn sonst nichts haben.«

»Nicht ganz. Das Opfer hat am Hinterkopf eine Wunde.«

»Post mortem?«

»Ließ sich nicht mehr feststellen, meinen die Mediziner. Könnte von einem Schlag mit einem stumpfen Gegenstand wie einem Kantholz stammen. Oder aber auch von einem Ruder oder dem Schwert eines Segelboots. Auf jeden Fall steht definitiv fest, dass der Mann noch gelebt hat, als er im Watt eingegraben wurde. Bei der Obduktion wurde Wasser in der Lunge gefunden. Er muss also beim Einlaufen des Wassers noch geatmet haben.«

»Scheißtod.«

»In seinem Körper wurden Spuren von, wie heißt das?«, Altehuus schaute wieder in den Bericht, »Benzodiazepinen gefunden. Irgendjemand hat dem armen Kerl K.-o.-Tropfen untergejubelt. Da kann man nur hoffen, dass er noch bewusstlos war, als das Wasser stieg.«

»Jemand hat ihn also betäubt, gefesselt und ins Watt geschafft«, sinnierte Buhlen. »Könnte er das vom Festland aus gemacht haben?«

»Nur, wenn er mit einem Boot gekommen ist und sich bei Ebbe hat trockenfallen lassen.«

»Das heißt, die Tat muss nicht zwangsläufig auf Juist begangen worden sein. Dann könnte er, was-weiß-ich-wo betäubt worden sein. Wissen Sie, wie lange die Wirkung von K.-o.-Tropfen anhält?«

Altehuus schüttelte den Kopf. »Ich schaue schnell im Internet nach.« Kurz darauf erklärte er: »Das hängt von der individuellen Konstitution des Opfers und natürlich der Dosis ab. Hier steht, dass der Zustand der Bewusstlosigkeit einige Stunden andauern kann und der Leidtragende unter einer totalen Amnesie leidet. Er erinnert sich an nichts, was seit der Einnahme der Droge geschehen ist. Manchmal noch nicht einmal an seinen Namen.«

Buhlen dachte laut nach. »Einige Stunden. Da könnte der Täter aus ganz Norddeutschland angereist sein.«

»Aber nicht mit dem Bewusstlosen im Kofferraum«, erklärte Altehuus.

Der Hauptkommissar sah ihn verwundert an.

»Niedrigwasser ist zweimal täglich. Unterstellen wir, der Täter ist mit einem Boot vom Festland gekommen. Dann muss er bei Flut, auf jeden Fall spätestens bei ablaufendem Wasser, auslaufen. Die Stelle, an der wir die Leiche gefunden haben, ist keine Sandbank. Das heißt, sie liegt nicht höher als das sie umgebende Watt. Um das Opfer einzugraben, muss also fast völlige Ebbe herrschen. Die Wirkungszeit der K.-o.-Tropfen beträgt nur einige Stunden. Der Täter hat also ...« Altehuus stockte.

»Was ist?«, erkundigte sich Buhlen. »Warum reden Sie nicht weiter?«

»Weil mir gerade mein Denkfehler aufgefallen ist. Ich bin davon ausgegangen, dass der Täter dem Opfer die K.-o.-Tropfen verabreicht, ihn dann ins Boot gepackt und im Watt eingegraben hat.«

»Und?«

»Er kann doch dem Opfer, während es hilflos ist, jederzeit erneut Tropfen einflößen.«

»Stimmt. Und damit verlängert sich der Zeitraum der Besinnungslosigkeit deutlich. Und natürlich auch der Radius, in dem wir nach Vermissten suchen müssen.«

»Eben. Die Frage ist nur: Hält das Opfer das aus? Oder stirbt es dem Täter unter der Hand weg?«

»Keine Ahnung.« Buhlen kratzte sich am Kopf. »Allerdings bringt mich das auf eine weitere Frage: Warum hat der Mörder sein Opfer nicht schon vorher getötet? Warum ist er das Risiko eingegangen, entdeckt zu werden? Oder gar, dass sich das Opfer befreien kann oder von Zeugen ausgemacht und befreit wird?«

»Der Entdeckungsgefahr kann er dadurch entgehen, indem er das nächtliche Niedrigwasser nutzt.« Altehuus tippte etwas auf der Rechnertastatur. »Hier haben wir es ja. Der Gezeitenkalender. Die Tage um den 18. Mai waren für den Täter ideal: Ebbe ist gegen Mitternacht und Flut sehr früh am Morgen. Und auch die Sonne geht erst nach dem Hochwasser auf. Eine mögliche Selbstbefreiung können wir nach meiner Meinung ausschließen. Ein dicker Kabelbinder um die Handgelenke des Opfers und dann die mit Paketband fixierten Oberarme. Nein, damit brauchte der Mörder nicht zu rechnen.«

»Überzeugt. Bleibt aber immer noch die Frage, warum er sein Opfer nicht sofort umgebracht hat.«

»Er wollte mit Sicherheit, dass es möglichst lange leidet.«

»Einverstanden. Und warum vor Juist? Warum nicht vor Norderney oder Greetsiel?«

»Darüber habe ich auch schon nachgedacht. Offensichtlich hat der Täter eine Beziehung zu dieser Insel.«

»Oder das Opfer.«

»Oder beide«, ergänzte Altehuus und griff zur Schnupftabakdose. »Was meinen Sie, warum das Opfer nackt war?«

»Vielleicht, um es zu demütigen?«

»Möglich.«

Die Männer hingen ihren Gedanken nach.

Natürlich war Altehuus den Hinweisen Rainer Eschs nachgegangen. Auf Juist war kein Knut Tohmeier gemeldet. Sicher, es wäre möglich, dass Tohmeier die Vorschriften einfach ignorierte und trotzdem auf der Insel wohnte. Ohne Wissen seines Vermieters wäre ein solches Vorgehen jedoch nicht möglich. Oder Tohmeier wollte nicht länger als zwei Monate auf Juist arbeiten. Für Kurzzeitbeschäftigte gab es keine Meldepflicht. Auch das erschien Altehuus sehr unwahrscheinlich, da Saisonkräfte in der Regel länger blieben, auf jeden Fall aber die gesamte Hauptreisezeit im Sommer. Jetzt im Mai war, von Pfingsten abgesehen, noch Vorsaison. Warum sollte also ein Arbeitgeber Tohmeier lediglich für einen Zeitraum einstellen, der kurz vor dem Hauptansturm der Gäste lag?

Die Erkundigungen, die er bisher eingeholt hatte, waren ebenfalls ergebnislos geblieben. Keiner, den er befragt hatte, kannte den Mann auf dem Foto. Allerdings gab es auf Juist so viele Kneipen, Restaurants, Hotels und Pensionen – es hatte ihm einfach die Zeit gefehlt, alle aufzusuchen.

Die Annahmen dieses Anwalts waren wahrscheinlich unbegründet. Der Brandstifter war verhaftet und damit vermutlich auch der Verfasser der Erpresserbriefe – wenn es diese denn tatsächlich gab.

Trotzdem blieben Zweifel. Der Brandstifter war Pyromane, kein Erpresser. Warum also sollte er die Briefe geschrieben haben? Und warum nur an Harms?

Nein, er musste die Familie Harms baldmöglichst dazu befragen, jetzt, wo beide Geschwister wieder aufgetaucht waren. Aber einige Tage wollte er ihnen Zeit geben, um den Tod ihrer Mutter zu verarbeiten. Anfang der Woche war es immer noch früh genug für diese Unterredung. Erst danach wollte er diesen Knut Tohmeier endgültig zu den Akten legen.

41

Heike Harms wusste, dass sie seit einigen Monaten von der Hand in den Mund lebten. Lieferantenrechnungen wurden nicht direkt bezahlt, sondern bis zur zweiten oder dritten Mahnung liegen gelassen. Nur Juister Firmen erhielten ihr Geld sofort. Der Ruf der Familie durfte nicht beeinträchtigt werden. Einige Unternehmen waren dazu übergegangen, nur noch auf Vorkasse zu liefern, andere hatten die Geschäftsbeziehungen gekündigt. Da Heike für die Buchhaltung zuständig war, kannte sie die prekären finanziellen Umstände, in denen sie steckten, sehr genau.

Neben den Konten bei den beiden Juister Banken gab es noch ein weiteres bei einem Geldinstitut in Emden. Immer dann, wenn die finanzielle Lage sich entspannte, beauftragte sie Gerrit damit, höhere Beträge von den Juister Konten dorthin zu transferieren. Und umgekehrt gingen in kritischen Situationen Zahlungen aus Emden ein. Da aber nur Gerrit und ihre Mutter unterschriftsberechtigt waren, wusste sie nicht, wie viel Geld auf diesem Bankkonto lag.

Seit Jahren war ihr Bruder Mitglied in der Trachtentanzgruppe des Juister Heimatvereins. Heute Abend probte diese im *Haus des Kurgastes* neue Tanzformationen. Die *Hupfdohlen*, wie die Trachtengruppe mit freundlichem Spott von den Juistern bezeichnet wurde, suchten nach ihrem Probeabend immer gemeinsam den Stammtisch in der *Spelunke* auf.

Natürlich hatte es Streit gegeben, als Heike erfuhr, dass ihr Bruder nur einen Tag nach der Beerdigung ihrer Mutter auf einen Tanzabend gehen wollte. Ihre Vorhaltungen quittierte Gerrit mit eisigem Schweigen.

Sie behielt ihren Bruder im Auge, bis er das Hotel verließ. Heike wusste, dass solche Abende häufig erst in den Morgenstunden endeten. Es blieb ihr also genug Zeit für ihr Vorhaben.

Eine gute halbe Stunde nachdem ihr Bruder aufgebrochen war, nahm sie den Generalschlüssel an sich, mit dem alle Türen des Hotels zu öffnen waren – also auch Gerrits Apartment.

Seine Wohnung lag in einem Anbau im westlichen Bereich des Hotels, direkt über dem neuen Speisesaal, und war über eine Außentreppe zu erreichen, die nur von den Dünen aus einsehbar war.

Sie vergewisserte sich, dass niemand sie beobachtete, und stieg die Treppe empor. Aufgeregt schob sie den Schlüssel in das Schloss. Was, wenn er es ausgetauscht hatte? Ihre Bedenken waren jedoch unbegründet. Zwei Umdrehungen und die Tür war offen.

Hastig schlüpfte sie ins Innere. Trotz der fortgeschrittenen Dämmerung fand sie sich im Apartment gut zurecht und wusste, wo sie suchen musste.

Ihr Bruder war ein Pedant. Seine Unterlagen waren systematisch in Ordnern abgelegt, die säuberlich beschriftet in einem kleinen Schrank aufbewahrt wurden, auf dem der Fernseher stand.

Bevor ihre Beziehung den Bach runtergegangen war, hatte Heike Gerrit mit seiner Ordnungsliebe immer aufgezogen. Sie hatte gemeint, auf eine einsame Insel brauche er keine Bücher, sondern nur einen sehr großen Stapel Papier, einen Locher und sehr viele Ordner mitzunehmen.

Die Kontoauszüge fand Heike ohne langes Suchen und unterzog die des laufenden und des vorherigen Jahres einer schnellen Überprüfung. Es war desillusionierend. Insgeheim hatte sie gehofft, Gerrit die Unterschlagung von größeren Geldbeträgen beweisen zu können. Stattdessen schrieb auch dieses Konto tiefrote Zahlen. Barabhebungen gab es keine. Und ausnahmslos alle Transaktionen fanden zwischen diesem und ihren Juister Konten statt. Nein, Gerrit verhielt sich augenscheinlich völlig korrekt. Nur warum er dieses Konto unterhielt, wurde ihr nicht klar. Aber spielte das eine Rolle?

Als sie den Ordner wieder zurück an seinen Platz stellte, fiel ihr ein dünner Schnellhefter auf, der nach hinten gerutscht oder absichtlich dort versteckt worden war. Heike räumte drei der Ordner beiseite und zog den Hefter hervor. Neugierig schlug sie ihn auf.

Auf dem ersten Blatt fanden sich Gedichtfragmente. Ach was, korrigierte sie sich sofort. Keine Gedichte. Limericks. Sie schlug die Seite um. Weitere Verse, neue Zeilen. Auch auf der dritten Seite. Und der vierten. Die Fortschritte waren unverkennbar. Gerrit hatte geübt, bis er die richtige Form und den passenden Text gefunden hatte. Bis er Limericks schrieb, wie der Erpresser. Was nur einen Schluss zuließ: Gerrit hatte die Briefe selbst geschrieben!

Und genau in diesem Moment fiel ihr auch die Versicherungspolice ein, die sie bei den Unterlagen ihrer Mutter gefunden und der sie keine Beachtung geschenkt hatte. Sie war neu ausgestellt gewesen, wenn sie sich richtig erinnerte. Eine Versicherung gegen Elementarschäden. Wie Feuer zum Beispiel. Und schlagartig wurde ihr klar, was ihr Bruder plante.

Sie hatte die Drohung Gerrits nicht vergessen. Und sie war sicher, dass er sie ernst gemeint hatte. Aber jetzt hatte sie auch etwas gegen ihn in der Hand.

Sie schnappte sich den Hefter und verließ eilig die Wohnung. In ihrem Büro kopierte sie jede Seite, lief dann zurück in das Apartment ihres Bruders und legte den Hefter sorgfältig zurück. Sie vergewisserte sich, dass nichts in den Räumlichkeiten ihr Eindringen verriet, und sperrte die Eingangstür hinter sich zu.

Zurück im Büro schob sie die kopierten Seiten in einen Umschlag, den sie sorgfältig mit Tesafilm verschloss.

Dann radelte sie ins Dorf.

Ihre Freundin Doris Stabelow war erstaunt, als Heike plötzlich vor ihrer Tür stand. »Es ist doch hoffentlich nichts passiert, wenn du mich um diese Zeit besuchst?«

»Dann hätte ich angerufen. Nein, ich möchte dich darum bitten, diesen Umschlag für mich aufzuheben.« Sie reichte ihr das Kuvert.

Doris wog den Umschlag in der Hand. »Wenn ich dich frage, was da drin ist, wirst du mir antworten?«

»Nein.«

»Dann frage ich dich auch nicht.«

»Sei mir bitte nicht böse, wenn alles vorbei ist, werde ich es dir erzählen. Hebst du das nun für mich auf?«

»Aber klar.«

42

Nach dem Frühstück sprach ihn Ützelpü an. »Haben Sie schon gehört? Es hat vorgestern bei der Beerdigung von Frau Harms einen kleinen Skandal gegeben. Erst glänzt Gerrit Harms durch Abwesenheit, dann marschiert er während der Trauerfeier in die Kirche und setzt sich neben seine Schwester. Schon seltsam. Kommt der Mann zur Beerdigung seiner Mutter zu spät.«

Rainer war überrascht. Gerrit Harms war wieder auf der Insel? »Danke für die Information.«

Ützelpü drehte ab und widmete sich wieder seiner Arbeit.

Der Anwalt griff zum Handy und wählte zum gefühlt hundertsten Mal Harms Mobilnummer. Als sich Harms wie schon seit Tagen nicht meldete, hinterließ Rainer auf der Mobilbox die Bitte um Rückruf.

Dann rief er im *Sanddornhotel* an und verlangte, Gerrit Harms zu sprechen. Auch da biss er auf Granit. Herr Harms sei nicht zu sprechen, erklärte ihm eine Angestellte resolut. Ob sie etwas ausrichten könne? Ihr Tonfall ließ ahnen, was sie mit einer solchen Nachricht zu tun gedachte: einfach vergessen.

Trotzdem äußert Rainer auch bei ihr seinen Wunsch nach einer Kontaktaufnahme durch Gerrit Harms. Er hatte es zumindest versucht, sagte er sich anschließend.

Am Sonntagmittag unternahmen Elke, Rainer und Oskar einen Spaziergang zum Hafen. Der Kleine wollte unbedingt auf das Seezeichen klettern und einen Blick auf die Jachten und das Wattenmeer werfen.

Rainer fragte sich auf dem Weg die ganze Zeit, warum Heike Harms ihn belogen hatte. Welche Beziehung bestand zwischen ihr und Tohmeier? Auf dem Foto schienen beide sehr vertraut miteinander. Fast wie ein Liebespaar. Nein, korrigierte er sich in Gedanken. Nicht wie ein Liebespaar. Denn wenn er mit seiner Vermutung richtig lag und Malte Harms Knut Tohmeier gezeugt hatte, war Heike dessen Halbschwester. Also eher wie Geschwister. Blieb die Frage nach der Lüge.

Vielleicht war Tohmeier tatsächlich der Verfasser der Erpresserschreiben und Heike wusste davon. Wäre es möglich, dass sie ihren Halbbruder decken wollte? Er hatte bei dem Besuch bei Maria Harms den Eindruck gehabt, dass es mit dem Verhältnis von Mutter und

Tochter nicht zum Besten stand. Hatten sich Tohmeier und Heike zusammengetan, um nicht Gerrit, sondern Maria Harms mit den Briefen unter Druck zu setzen? Aber warum?

»Einen Cent für deine Gedanken.« Elke stupste ihren Partner in die Seite. »Dein Sohn möchte etwas von dir wissen.«

»Doch hoffentlich nichts mit einer Badewanne?«

Elke lachte. »Frag ihn.«

Oskar stand vor dem Leuchtturm und guckte mit großen Augen nach oben. »Was ist das?«, wollte er von seinem Vater wissen, als dieser an seine Seite getreten war. »Eine Burg?«

»Nein, ein Leuchtturm.«

»Und was ist ein Leuchtturm?«

Rainer erklärte es ihm.

»Aber wenn der Turm aufs Meer leuchtet, warum steht er dann hier? Von hier kann man ja das richtige Meer nicht sehen. Da sind ja die Dünen dazwischen.«

Rainer meinte sich zu erinnern, dass der Leuchtturm erst 1992 erbaut worden war, um das ursprünglich auf der Vogelinsel Memmert eingesetzte Laternenhaus eines älteren Turms zu tragen. Das erzählte er seinem Sohn auch.

Aber so ganz befriedigt war Oskar nicht: »Das ist doof. Ein Leuchtturm, der nicht richtig leuchtet.« Der Junge drehte sich um und stapfte zu seiner Mutter. Ein Ding, welches nicht so funktionierte, wie es seiner Meinung nach sollte, blieb für ihn ohne jedes Interesse.

Einige Minuten später standen sie vor der Messingplatte, die auf den siebten Längengrad hinwies. Bevor Oskar die naheliegende Frage stellen konnte, was ein Längengrad sei, und Rainer erneut seine

Unwissenheit eingestehen musste, lockte er seinen Sohn mit dem Hinweis auf die tolle Aussicht weiter.

Auf der Aussichtsplattform zeigte Oskar auf ein Segelboot, das gerade den Jachthafen verließ und ins Watt steuerte.

»Guck mal«, krähte er, »der Kapitän ist eine Frau.«

Rainer warf einen Blick auf das Boot. *Dünenwind* stand in Großbuchstaben auf dem Bug. Und tatsächlich befand sich am Steuer eine blonde Frau. Beim genaueren Hinsehen erkannte er Heike Harms.

»Können wir nicht mit so einem Boot wieder zurückfahren?«, erkundigte sich Oskar und warf dem Schiff sehnsuchtsvolle Blicke hinterher.

»Nein, das geht nicht. Sollen wir gleich ein Eis essen?«, versuchte Elke, ihren Sohn auf andere Gedanken zu bringen.

Ohne Erfolg. »Warum nicht mit dem Boot?«, beharrte der Kleine auf seiner Idee.

Elke warf ihrem Partner einen hilfesuchenden Blick zu. Der schüttelte grinsend den Kopf. Nee, meine Liebe, sagte dieser Blick. Nach Badewanne, Leuchtturm und fast Längengrad bist jetzt du dran.

Heike ergab sich in ihr Schicksal. »Also, das ist so«, begann sie.

Esch durchzuckte es. Oskar hatte ihn auf einen Gedanken gebracht. Was, wenn Tohmeier nicht mit der Fähre gefahren, sondern immer noch auf der Insel war? Aber nicht in einer Wohnung, zum Beispiel der seiner Schwester, sondern sich auf ihrem Boot versteckte? Sofort wurde ihm sein Irrtum klar. Warum eigentlich sollte sich Tohmeier verbergen wollen? Oder vor wem? Gerrit Harms? Möglich. Das würde jedoch bedeuten, dass dieser von Tohmeier wusste. Aber warum hatte er ihn dann engagiert? Rainer drehte sich im Kreis. Allerdings ließ ihn der Gedanke, Tohmeier könnte sich auf dem Segelboot von Heike Harms befinden, nicht mehr los.

43

Später konnte Heike Harms nicht sagen, was sie in dieser Nacht geweckt hatte: ein ungewöhnliches Geräusch, ein schlechter Traum oder gar eine dunkle Ahnung? Auf jeden Fall schreckte sie gegen drei Uhr morgens hoch.

Sie stand auf, schlüpfte in ihren Jogginganzug, griff zu ihren Schlüsseln und öffnete die Wohnungstür. Der Hotelflur, der vor ihr lag, wirkte im Schein der blau schimmernden Notbeleuchtung seltsam kalt und unheimlich. Sie zog die Tür hinter sich zu, ging durchs Treppenhaus zwei Etagen tiefer in das Hotelfoyer.

Im gesamten Hotel war es ruhig. Sie prüfte die Eingangstür: fest verschlossen. Auch die Bürotüren waren verriegelt. Alles schien so, wie es sein sollte.

Erleichtert atmete Heike auf. Ein Albtraum, nicht mehr. Die Anstrengungen und Aufregungen der letzten Tage forderten anscheinend ihren Tribut.

Sie ging in ihr Büro, um eine Zigarette zu rauchen, ließ die Tür jedoch weit offen. Bis die Gäste, die ihnen nach Pfingsten noch geblieben waren, zum Frühstück kamen, war der Qualm längst verzogen, beruhigte sie sich.

Fünf Minuten später drückte sie die Kippe im Aschenbecher aus, stand auf und verließ das Zimmer. Sie verschloss den Raum, um zurück in ihre Wohnung zu gehen und den unterbrochenen Schlaf fortzusetzen.

Kurz vor der Treppe fiel ihr der Lichtstrahl auf, der durch einen Spalt unter der Kellertür schien. Jemand hatte die Beleuchtung nicht ausgeschaltet. Sie öffnete die Tür und legte den Zeigefinger der rechten Hand auf den Schalter, als sie etwas hörte. Sofort verharrte sie in der Bewegung und spitzte die Ohren. Ein Scharren, Kratzen? Ja, es hörte sich an, als ob im Keller etwas über den Boden geschleift wurde. Dann nahm sie den Brandgeruch wahr. Nur leicht, nicht intensiv. Deshalb vermutete sie einen Moment, der Rauch ihrer Zigarette würde immer noch in der Luft hängen. Aber das hier roch anders. Irgendwie chemisch.

Sie schlich die Treppe hinunter, blieb an deren Fuß stehen und lauschte erneut. Wieder das Schleifgeräusch, dieses Mal nur weiter entfernt.

Sie lugte um die Ecke. Nichts Auffälliges, außer dass die Tür zum Wäschelager am Ende des Gangs offen stand. Der Schatten eines Menschen tanzte für einen Moment im Flur, verschwand dann jedoch wieder.

Heike nahm ihren ganzen Mut zusammen und ging weiter, bemüht, kein Geräusch zu machen.

Bei dem Wäschelager handelte es sich nicht nur um einen Raum, sondern um mehrere, hinter- und nebeneinanderliegende, fensterlose Keller, verbunden durch einen Flur, der zweimal rechtwinklig abbog. In ihnen wurde sowohl die Schmutz- als auch die frisch gewaschene Wäsche in raumhohen Regalen aufbewahrt. Außerdem lagerte hier alles Mögliche: Weihnachts- und Silvesterdekoration, Kissen, Decken, Tischwäsche, Bademäntel und vieles mehr.

Im ersten Raum war niemand, der Brandgeruch wurde jedoch intensiver. Auch das Geraschel war deutlich zu hören. Heike nahm vorsichtig den kleinen Handfeuerlöscher von der Wand, der in jedem der Räume hing und schaute um die nächste Ecke: Leere Wäschesäcke lagen auf dem Boden. Neben einem der Regale war ein Berg aus Handtüchern und Bettbezügen aufgetürmt. Und ihr Bruder Gerrit kniete davor und bemühte sich, die Wäsche mit einem Grillanzünder in Brand zu stecken. Es schien ihm nicht zu gelingen, die Wäsche glimmte und qualmte lediglich. Doch es war nur eine Frage der Zeit, bis hier alles in Flammen stand.

»Bis du wahnsinnig?«, brüllte sie ihren Bruder an.

Der sprang auf, fuhr herum und sah sie aus weit aufgerissenen Augen an.

Heike erschrak. Gerrits Blick wirkte hektisch, fast irre.

»Es brennt nicht«, stammelte er und zeigte auf den qualmenden Wäscheberg. »Es fehlt Sauerstoff. Oder Benzin.« Seine Stimme klang verwaschen. »Haben wir Benzin im Haus, Heike?«

Sie war bestürzt – ihr Bruder war nicht mehr bei sich. »Mach das sofort aus!«, befahl sie und versuchte, so streng wie möglich zu klingen.

»Aber das geht nicht«, erwiderte Gerrit. »Es muss brennen. Nur so wird die Versicherung …«

»Lösch das Feuer, Gerrit. Es sind Gäste im Hotel. Du gefährdest sie.«

Er schüttelte heftig den Kopf. »Nein, nein. Das siehst du falsch. Wenn es hier richtig brennt, wecke ich alle auf und sie können das Hotel verlassen. Keiner kommt zu Schaden. Die Feuerwehr rufe ich später.« Er ging leicht schwankend auf seine Schwester zu, blieb dann stehen und stützte sich mit der rechten Hand an einem Regal ab. »Was willst du mit dem Feuerlöscher? Es muss brennen, hörst du nicht? Mutter hätte nicht gewollt, dass ich das Hotel aufgeben muss. Und du bist meine Schwester. Wenn du mir nicht hilfst, muss ich ...« Er kam näher.

Erst jetzt bemerkte Heike, dass sich Gerrit kaum auf den Beinen halten konnte. Er war völlig betrunken.

»Du musst mir helfen. Sonst ...« Er hob die Hände und ballte sie zu Fäusten. Dann machte er einen weiteren drohenden Schritt auf sie zu.

Heike sah an ihrem Bruder vorbei auf die qualmende Wäsche. An zwei, drei Stellen züngelten die ersten kleinen Flammen empor. Wenn sie nicht unverzüglich handelte, würde in Kürze alles lichterloh brennen. Aber Gerrit stand zwischen ihr und dem Brandherd. Wie es aussah, würde er sie freiwillig nicht löschen lassen.

Heike hob den Feuerlöscher, holte kurz aus und ließ die Flasche mit voller Wucht auf den Kopf ihres Bruders krachen. Der sah sie einen Moment verdutzt an, verdrehte dann die Augen und fiel unmittelbar darauf wie ein Stein zu Boden.

Hastig überflog Heike die auf dem Gerät aufgedruckte Bedienungsanleitung, drückte auf die Auslösevorrichtung und weißer Schaum schoss aus der Löschdüse. Es dauerte nur Sekunden, bis das Feuer gelöscht war. Dichter Qualm stand im Raum.

Hustend zog Heike ihren Bruder aus dem Kellerraum in den Hauptflur, ließ ihn dort liegen, verriegelte die Tür zum Wäschelager und nahm den Schlüssel an sich. Dann lief sie nach oben, um Feuerwehr und Polizei zu informieren.

Eine Stunde später rückte die Feuerwehr wieder ab. Von einer ausgiebigen Kontrolle der Brandstelle und dem Abtransport der verkohlten Wäsche abgesehen, musste sie nicht mehr einschreiten.

Gerrits Kopfwunde war vom Sanitäter behandelt worden, und nachdem ihm der Arzt ein Beruhigungsmittel gespritzt hatte, war er eingeschlafen. Er würde die Nacht in Polizeigewahrsam verbringen und am nächsten Tag auf dem Festland der Kripo übergeben werden.

Die überwiegende Zahl der Gäste des *Sanddornhotels* hatte von der ganzen Aufregung nichts mitbekommen und selig in ihren Betten geschlummert. Diejenigen, die der Lärm doch geweckt hatte, erhielten Kaffee, Saft oder, wenn sie es wünschten, auch ein Glas Sekt zur Beruhigung. Als sie sich wieder zur Ruhe legten, war die ganze Angelegenheit für sie nur noch eine spannende Urlaubsgeschichte, die sie zu Hause erzählen konnten.

Nur Heike fand in dieser Nacht keinen Schlaf mehr. Als sie endlich allein in ihrer Wohnung war, fragte sie sich, ob es nicht besser gewesen wäre, Gerrit in dem Qualm liegen und das Feuer brennen zu lassen. Auf jeden Fall hätte sie dann ein Problem weniger gehabt.

44

Nach der Verhaftung Gerrit Harms' machte sich Enno Altehuus keine Gedanken mehr über diesen Tohmeier, den Esch für den Schreiber der Erpresserbriefe hielt. Sie hatten in Harms' Wohnung genug belastendes Material für den von ihm geplanten Versicherungsbetrug gefunden.

Die Brandstiftungen hatten ihn auf die Idee mit den Erpresserbriefen gebracht. Dass der Täter auch auf dem Grundstück seiner Familie im Loog und im *Sanddornhotel* gezündelt hatte, war ein glücklicher Zufall gewesen. Nur den letzten Brand musste Harms selber legen. Und

wenn ihn seine Schwester dabei nicht überrascht hätte
...

Der Anwalt, das war eindeutig, sollte als der nützliche Idiot fingieren, der angeheuert worden war, um den Verdacht von Harms weg auf einen unbekannten Dritten zu lenken. Esch sollte Harms' Alibi werden. Nun denn.

Der Hotelier hockte mittlerweile in Untersuchungshaft, die Suche nach Knut Tohmeier konnte der Polizist aufgeben. Es erschien ihm immer unwahrscheinlicher, dass er sich je auf Juist befunden hatte. Dieses Kapitel war damit für Altehuus erledigt. Er musste sich weiter mit seinem Kollegen Buhlen um den Toten im Watt kümmern.

Bisher hatten sie nichts erreicht. Eine offizielle Vermisstenmeldung, die auf den Toten passen konnte, existierte nicht. Die Erkundigungen, die sein Kollege und er eingeholt hatten, waren ohne jedes greifbare Ergebnis geblieben. Niemand auf Juist, den sie befragt hatten, hatte von jemandem gehört, der angeblich verschwunden war. So blieb der Tote namenlos.

Auch der Tathergang stellte nach wie vor ein Rätsel dar. Es gab keine Zeugen, die etwas Auffälliges bemerkt hatten. Weder war bekannt, ob die Leiche auf Juist betäubt und dann ins Watt geschafft oder mit einem Boot vom Festland aus dorthin gebracht worden war. In langen Gesprächen hatten die Polizisten beide Möglichkeiten immer und immer wieder durchgespielt, bis sie sich einig waren: Am wahrscheinlichsten – da für den oder die Täter am risikoärmsten – war der Transport mit einem Boot. Sie hatten nur nicht die geringste Ahnung, wann dieser Transport erfolgt war.

Ihre Nachfragen bei den Hafenmeistern, sowohl in der Marina Juist als auch in den nahe liegenden Häfen an der Küste, hatten sie nicht weitergebracht. Zu viele Boote liefen bei Flut und dem guten Wetter, das seit einigen Tagen herrschte, täglich aus. Natürlich wurde jedes Schiff, welches in einer Marina anlegte, vom Hafenmeister registriert, allein schon, um die Liegegebühren zu erheben. Aber wie oft und vor allem wann die Skipper in See stachen – darüber führte niemand Buch. Auch kannten die Hafenmeister die Bootsnamen und die Registrierungsnummern der Schiffe, nicht aber den Namen der Bootsführer.

Kurz gesagt: Sie tappten völlig im Dunkeln.

Ihre Auricher Kollegen hatten mittlerweile damit begonnen, mit einem Gebissabdruck des Toten die Zahnärzte der Region zu kontaktieren – eine zeitraubende Arbeit. Sie konnte noch Tage, wenn nicht Wochen dauern.

Vielleicht brachte sie das Ergebnis der DNA-Analyse weiter, die beim LKA in Hannover durchgeführt wurde. Allerdings benötigten sie zur Identifizierung des Toten eine Vergleichsanalyse. Wenn diese nicht vorlag – Pech.

Es schellte. Altehuus erhob sich, um zu öffnen. Vor der Tür stand Hubert Dombrowski, einen tropfenden, verschlammten Koffer in der Hand.

O nein, dachte Altehuus, nicht schon wieder! Dieser Kerl war der Albtraum jedes Polizeibeamten. »Ja?«, brummte   er deshalb so unhöflich, wie es seine Dienstvorschriften zuließen.

Dombrowski zeigte auf sein Mitbringsel. »Ich habe etwas gefunden.«

Altehuus rekapitulierte, welche Strafe auf Totschlag im Affekt stand. Da es ihm nicht sofort einfiel, machte er ein uninteressiertes Gesicht. »Einen Koffer, wie ich sehe. Und was ist daran Besonderes?«

»Er ist voll.«

»Tatsächlich? Womit? Geldscheinen?«

Dombrowski lachte künstlich auf. »Nein. Kleidung.«

»Ich bin beeindruckt. Und was soll ich mit dem Teil anfangen?«

»Das ist doch nicht meine Sache«, empörte sich Dombrowski. »Sie sind der Polizist.«

Ja, wollte Altehuus erwidern. Leider.

»Ich habe gehört, Sie haben eine Leiche im Watt geborgen. Und als ich den Koffer fand, fragte ich mich, ob der nicht etwas damit zu tun haben könnte.«

Enno Altehuus' Gesichtsausdruck wechselte von genervt zu verblüfft. Verdammt noch mal, die Nervensäge könnte tatsächlich recht haben.

»Wo hat der Koffer gelegen?«

»Am Rande der Salzwiesen. Etwa auf der Hälfte der Strecke zwischen Wilhelmshöhe und Flugplatz.«

Das war zwar weit entfernt von der Stelle, an der die Leiche entdeckt worden war, aber trotzdem war ein Zusammenhang mit dem Mord natürlich nicht auszuschließen. »Haben Sie ihn geöffnet?«

»Selbstverständlich nicht! Schließlich handelt es sich ja um ein Beweisstück.«

Altehuus verdrehte die Augen, trat aber trotzdem beiseite. »Kommen Sie rein.«

Als Dombrowski in der Wache stand, fragte er: »Was ist eigentlich mit dem Knochen passiert, den ich gefunden habe?«

»Er wird zurzeit untersucht.«

»War an der Leiche, die im Watt lag ... Also, ich weiß nicht, wie ich das formulieren soll ...«

Dann lass es einfach sein, bat Altehuus still.

»Hatte der Tote noch seine Beine?«, platzte es endlich aus Dombrowski heraus.

Der Polizist musste, ohne es zu wollen, schmunzeln. »Ja, hatte er«, erwiderte er freundlicher als beabsichtigt. »Beide Funde haben nichts miteinander zu tun.«

»Dann gibt es also zwei Leichen?«, erwiderte Dombrowski freudig erregt.

»Über Knochenfunde haben wir doch schon gesprochen. Und jetzt erzählen Sie mir bitte die Geschichte mit dem Koffer.«

Nachdem Dombrowski das Protokoll unterschrieben und die Wache wieder verlassen hatte, nahm Altehuus den Koffer genauer in Augenschein. Es handelte sich um ein billig aussehendes Exemplar, das vom Meerwasser stark angegriffen war. Der Koffer hatte mit Sicherheit mehr als nur ein oder zwei Tage im Wasser gelegen. Etwas länger und er wäre zerfallen. Er war mittelgroß, schwarz und auf dem Deckel prangte unübersehbar der Aufkleber eines schwedischen Möbelhauses.

Altehuus streifte Einweghandschuhe über. Obwohl es unwahrscheinlich war, dass sich nach so langer Liegezeit im Salzwasser noch Fingerabdrücke finden würden, wollte er auf Nummer sicher gehen.

Vorsichtig betätigte der Polizist den Öffnungsmechanismus des linken Schlosses. Es sprang problemlos auf. Auch das rechte war nicht verriegelt. Dann hob Altehuus den Deckel an und begann, den Inhalt auf seinem Tisch auszubreiten.

Der Koffer enthielt fast nur völlig durchnässte Kleidung. Sorgfältig gefaltete Hemden und Hosen. Socken. Unterwäsche. Einen Pullover. Ein paar Schuhe. Ein kleines, gedrucktes Heft, aus dem Wasser tropfte: *Wälsungenblut* von Thomas Mann. Altehuus hatte zwar die *Buddenbrooks* gelesen, doch diese Novelle war ihm fremd.

Dieter Buhlen betrat das Büro, eine Papiertüte in der Hand. »Also, dieser Nougatbruch ist einfach zu köstlich. Über die Kalorien, die man in sich reinschaufelt, darf man allerdings nicht nachdenken.« Er klopfte auf seinen stattlichen Wanst. »Was soll's. Ist sowieso Hopfen und Malz verloren.« Er hielt Altehuus die Tüte hin. »Auch ein Stück?«

Der lehnte ab.

Buhlen zeigte auf den nassen Koffer. »Für die Altkleidersammlung?«, fragte er grinsend.

Altehuus ignorierte die Frage. »Er wurde in der Nähe des Leichenfundorts entdeckt. Wir sollten ihn zur kriminaltechnischen Untersuchung geben. Vielleicht gehörte der Koffer ja dem Toten.«

Buhlen parkte die Schokoladentüte auf Altehuus Schreibtisch. »Was ist drin?«

»Nasse Klamotten, Schuhe und ein Buch.« Er hielt den Titel hoch.

»Kenne ich nicht«, meinte Buhlen und unterzog das Gepäckstück einer erneuten Untersuchung. Schließlich drehte er den Koffer um. »Hier ist ein Außenfach. Haben Sie sich das schon angesehen?«

»Nein. Sie haben mich unterbrochen.«

»Na, dann schau'n wir mal.« Buhlen zog den Reißverschluss auf und schob seine Hand in das Fach. »Was haben wir denn da?« Mit einem triumphierenden Gesichtsausdruck zog er ein tropfnasses Blatt hervor, faltete es vorsichtig auseinander und legte es kurz darauf enttäuscht auf den Tisch. »Nur Reklame.«

Altehuus streckte die Hand aus. »Darf ich mal schauen?« Der Juister warf einen Blick auf den Zettel. »Werbung, stimmt. Von einem Restaurant im Loog. *Schaluppe* heißt der Laden.« Er dachte einen Moment nach. »Ich werde mich dort nach dem Inhaber des Koffers erkundigen.«

Buhlen nickte und schob sich ein weiteres Stück Nougat in den Mund.

45

Elke hatte ihre Spiegelreflexkamera und ein Zoom-Teleobjektiv mit nach Juist genommen. Rainer schnappte sich am späten Montagmorgen den Fotoapparat. Elke erklärte er, er wolle am Hafen einige Bilder machen. Und verschwieg, dass er sich nach der *Dünenwind*, dem Boot, auf dem er Heike Harms gesehen hatte, umsehen wollte. Möglicherweise hielt sich Tohmeier an Bord auf.

»Nimm bitte dein Handy mit, damit ich dich erreichen kann, wenn Oskar und ich etwas unternehmen wollen.«

Er schlug auf seine Jackentasche. »Alles am Mann.« Mit diesen Worten verließ er das Hotelzimmer.

Rainer marschierte zum Seezeichen, stieg auf die obere Plattform und sah durch den Kamerasucher. Er nahm sich die im Jachthafen liegenden Boote vor, eines nach dem anderen. Am südlichsten Steg entdeckte er die *Dünenwind*, neben einer Motorjacht, die den sinnigen Namen *Titanic* trug. *Dünenwind* schaukelte ruhig im Wind.

Keine Menschenseele war zu sehen und auch sonst deutete nichts darauf hin, dass sich Knut Tohmeier an Bord befand.

Er zoomte das Boot formatfüllend heran und suchte Meter für Meter das Deck ab. Alles, was er ausmachen konnte, gehörte augenscheinlich zur unverzichtbaren Ausrüstung eines Segelboots.

Nach zehn Minuten tat Rainer der rechte Arm weh. Das schwere Objektiv war für eine längere Observation völlig ungeeignet. Frustriert hängte er sich die Kamera über die Schulter. Dieser Beobachtungsversuch hatte sich nicht als besonders gute Idee herausgestellt.

Erneut fragte er sich, warum sich Knut Tohmeier eigentlich verstecken sollte. Er wurde ja nicht gesucht. Allerdings hatte Esch Heike Harms gegenüber zu verstehen gegeben, dass er Tohmeier für den Verfasser der Erpresserschreiben hielt. Und sie kannte Tohmeier, so viel stand fest. Hatten die beiden Angst, dass Rainer auch Gerrit Harms informierte? Oder die Polizei? Alles ziemlich viel Spekulation und noch mehr heiße Luft, dachte Rainer.

Vielleicht sollte er auf Elke hören, Altehuus einweihen und seine Nachforschungen einstellen. Dann könnte er, einige Tausend Euro reicher, am Mittwoch mit Elke und ihrem gemeinsamen Sohn zurück nach Herne fahren und bis dahin die Tage auf Juist genießen. Elke würde sich freuen. Und Oskar natürlich auch.

Außerdem hatte ihn Heike Harms von seinen Aufgaben entbunden. Und ihr Bruder war auch noch immer nicht zu erreichen, obwohl er wieder auf der Insel weilte. Je länger Esch darüber nachdachte, desto mehr festigte sich die Überzeugung, den Fall aufzugeben.

Zurück in ihrem Hotelzimmer fand er einen Zettel mit einer Nachricht Elkes, in der sie sich erstens darüber beschwerte, dass sie ihn telefonisch nicht hatte erreichen können, und zweitens mitteilte, mit Oskar Strandburgen bauen zu wollen.

Sie hatte ihn angerufen? Sein Mobiltelefon hatte nicht geklingelt. Der Akku konnte definitiv nicht leer sein, immerhin hatte er es gestern Abend ans Ladegerät ... Rainer lief ins Badezimmer. Sein Handy lag neben den Zahnputzbechern auf der Waschtischablage und hing noch an der Steckdose. Verdammt! Das hatte er völlig vergessen. Hastig hörte er die Nachricht ab, die Elke hinterlassen hatte. Sie teilte ihm das mit, was sie später aufgeschrieben hatte. Dumm gelaufen. Wieder einen Punkt mehr auf Elkes Negativliste gesammelt.

Rainer verspürte keine sehr große Lust, mit seinem Sohn am Strand endlos Sand in kleine Eimer zu schaufeln und dann wieder auszukippen. Zum Sisyphus eignete er sich nicht besonders, fand er. Außerdem hatte Elke kein Wort darüber verloren, dass er nachkommen sollte. Also konnte er auch im Hotel warten. In der Sonne sitzen, lesen, etwas trinken, Zigaretten rauchen. So stellte er sich Urlaub vor. Und ab jetzt, sagte er sich, hatte er Urlaub.

Zehn Minuten später servierte ihm Ützelpü ein eiskaltes Weizenbier. »Haben Sie schon gehört, dass im Watt eine Leiche gefunden wurde?«

»Nein. Wann?«

»Schon vor einigen Tagen.«

»Weiß man, wer es ist?«

Ützelpü zuckte mit den Schultern. »Keine Ahnung. Es soll sich um einen Mann handeln.«

»Ertrunken?«

»Sieht so aus. Ach, und dann gibt es noch ein Gerücht.« Er beugte sich vor. »Herr Harms soll festgenommen worden sein.«

Jetzt war Rainer wirklich verblüfft. »Weshalb?«

»Es ist, wie gesagt, nur so ein Gerede. Angeblich geht es um Brandstiftung. Es wird erzählt, er habe versucht, sein eigenes Hotel anzuzünden.«

Rainers Gedanken rasten. Harms verhaftet? Ein Toter im Watt?

»Normalerweise gebe ich nichts auf Klatsch. Ich erzähle Ihnen das auch nur deswegen, weil Sie ja im Auftrag von Herrn Harms tätig sind.«

Mein Gott, dachte Rainer. Blieb auf dieser Insel nichts vertraulich? Er griff zum Glas und nahm einen großen Schluck.

»Danke für die Info«, meinte er knapp. Das musste er erst einmal verdauen.

Ein weiteres Weizenbier half ihm dabei. Als er sich das dritte bestellte, hatte er sich bereits eine weitere Theorie zurechtgebastelt: Harms befand sich in Geldnot. Die Erpresserbriefe Tohmeiers brachten ihn auf die Idee, mit einem Versicherungsbetrug seine finanzielle Lage zu verbessern. Er, Rainer, sollte später bezeugen können, dass Harms erpresst wurde, um den Verdacht auf Tohmeier zu lenken. Tohmeier aber war der Halbbruder Gerrits. Das muss diesem irgendwann klar geworden sein. Möglicherweise hatte er es von seiner Schwester erfahren, die Tohmeier kannte. Wusste sie von dem Plan ihres Bruders und hatte Knut darüber in Kenntnis gesetzt? Und hatte Harms seinen Halbbruder deshalb später als Mitwisser umgebracht?

Rainer wischte sich den Schaum vom Mund. Das passte alles nicht zusammen. Es gab keinen Grund für

Gerrit Harms, Knut Tohmeier um die Ecke zu bringen. Oder aber er müsste seine Schwester ebenfalls ermorden. Denn schließlich kannte sie ja auch sein Geheimnis. Aber Heike Harms erfreute sich bester Gesundheit.

»Möchten Sie noch ein Bier?« Ützelpü war an seinen Tisch getreten.

»Nein, danke. Sagen Sie, so eine Leiche im Watt, kommt das öfter vor?«

»Nein, eigentlich nicht. Natürlich werden dann und wann an den Nordseeinseln Leichen angeschwemmt. Und manchmal geraten unvorsichtige Wanderer im Watt in Seenot. Aber das passiert wirklich nicht so oft. Und Letztere werden fast immer rechtzeitig gerettet.«

Möglicherweise war die Wattleiche doch ein gewöhnliches Unfallopfer und nicht Knut Tohmeier.

Damit befand sich Rainer wieder am Anfang seiner Überlegungen. Warum war Tohmeier so übereilt verschwunden? Und wo war er?

»Hallo Papa«, krähte Oskar von der Straße her und lief auf seinen Vater zu, einen Eimer in der rechten Hand. »Guck mal, was ich gefunden habe.«

In dem Behältnis kroch eine Krabbe im Kreis und suchte einen Ausweg. »Die nehme ich mit nach Hause«, verkündete Oskar stolz.

»Erkläre du bitte deinem Sohn, warum das nicht geht und dass er das Tier zurück an den Strand bringen muss«, forderte Elke. »Ich bin mit dem Nerven am Ende. Zeitweise habe ich sogar die massive Anwendung von Gewalt erwogen.« Mit diesen Worten setzte sie sich auf den Sessel neben Rainer, schnappte sich dessen Bier und trank es aus.

Dann zeigte sie auf Oskar und den Eimer. »Ab jetzt dein Problem«, meinte sie nur, lehnte sich zurück und schloss die Augen.

46

Enno Altehuus kannte den Inhaber der *Schaluppe.* Sie trafen sich im Winter regelmäßig zum Bosseln. Deshalb kam er auch sofort zur Sache, nachdem er die Kneipe betreten hatte.

»Paul, wir haben einen Koffer gefunden. Darin war einer deiner Reklameflyer. War bei dir ein Gast, der einen Koffer vermisst?«

Der Wirt sah den Polizisten mit großen Augen an. »Woher soll ich das denn wissen?«, erwiderte er.

»Hätte ja sein können.«

»Was ist das denn für ein Koffer?«

»So'n Pappding. Nicht sehr groß. Schwarz. Ach ja, auf dem Deckel war ein Werbeaufkleber.«

»Von dem Möbelhaus mit dem Elch?«

»Genau.«

Paul hielt seine beiden Hände etwa einen halben Meter auseinander. »So groß?«

»Sagte ich doch schon, oder?« Altehuus erkannte, wie es in dem Wirt arbeitete.

»Weißt du was darüber?«

»Könnte sein«, murmelte dieser nur.

»Nun lass dir nicht jedes Wort aus der Nase ziehen.«

»Ich hatte einen Mitarbeiter. Der ist von jetzt auf gleich verschwunden.«

»Verschwunden? Das musst du mir genauer erklären.«

»Na ja, nicht richtig verschwunden. Er hat seinen Koffer mitgenommen und ist abgehauen. So einen, wie du ihn beschrieben hast. Ich weiß das deshalb so genau, weil ich ihn wegen des Emblems aufgezogen habe. Wie man halt so rumflachst. Ein paar Scherze über Elchtests und so. Na ja. Auf jeden Fall war er auf einmal weg. Ohne ein Wort. Sogar auf seinen ausstehenden Lohn hat der Kerl verzichtet.« Paul zündete sich eine Zigarette an.

»Rauchverbot«, mahnte Altehuus.

»Ist doch kein Mensch hier.«

»Okay, von mir aus.« Trotzdem wedelte Altehuus demonstrativ den Rauch mit einem Bierdeckel beiseite.

»Mach bloß nicht so ein Theater wegen dem bisschen Qualm«, grinste der Wirt. »Zieht sich selbst eine Prise nach der anderen rein und macht einen auf Gesundheitsapostel. Ein Bier?«

Altehuus bejahte. Kurz darauf prosteten sich die Männer zu. »Was war nun mit diesem Mitarbeiter?«

»Nichts war mehr. Weg war er.« Er verzog das Gesicht. »Reimt sich sogar.«

»Wie heißt denn dieser Abtrünnige?«

»Tohmeier.«

Der Polizist verschluckte sich am Bierschaum. »Knut Tohmeier?«

»Genau. Warum fragst du, wenn du es ohnehin weißt?«

»Nur eine Vermutung. Einen Moment.« Altehuus kramte in seiner Jacke, bis er das Foto fand, welches ihm Rainer Esch ausgehändigt hatte. »Ist er das?«

Paul nickte zur Bestätigung. »Ach übrigens, du bist nicht der Erste, der nach Tohmeier fragt.«

»Lass mich raten«, erwiderte Altehuus. »Ein Anwalt aus Herne hat sich nach ihm erkundigt?«

»Genau. Und er hatte auch eine Aufnahme.«

Der Polizist schluckte seinen aufkommenden Ärger hinunter. Dieser verdammte Mistkerl! Erst ermittelt er auf eigene Faust, dann will er seine Informationen nicht weitergeben und hat am Ende noch einen weiteren Trumpf in der Hand.

»Und wann hat Tohmeier bei dir die Brocken hingeworfen?«

»Da muss ich überlegen. Das war am Freitag, nee, Donnerstag vor einer Woche war das.« Er rechnete nach. »Am 19. Mai.«

»Uhrzeit?«

»Es war schon spät. Kurz vor Feierabend. Vielleicht elf oder zwölf.«

Altehuus überlegte. Dann fragte er: »Hast du einen Gezeitenplan?«

»Klar.« Der Wirt tauchte hinter seinem Tresen ab und kam dann mit dem Faltblatt wieder hoch, das er Altehuus reichte. »Hier.«

»Danke.« Nach kurzem Suchen wusste der Polizist Bescheid. »Hab ich mich doch nicht geirrt. Da war fast Ebbe. Eine Fähre geht um diese Zeit nicht. Auch kein Flieger. Mit einem Boot wäre er auch nicht weit gekommen. Er konnte die Insel also frühestens am nächsten Morgen verlassen. Warum also haut der Kerl bei dir mitten in der Nacht ab?« Er musterte sein Gegenüber prüfend. »Gab es Streit?«

Paul trank sein Bier aus und zapfte zwei neue an. »Quatsch. Erst als er mir seinen plötzlichen Abgang verkündete, bin ich laut geworden.«

»Kann ich mir vorstellen. Hast du seine Adresse?«

220

»Natürlich.« Der Wirt drehte sich um und verschwand im Hinterzimmer.

Altehuus kratzte sich am Kinn. Das passte alles zusammen. Der vermutliche Todeszeitpunkt der Wattleiche. Das überraschende Verschwinden Tohmeiers. Dann der angeschwemmte Koffer. Altehuus verwettete seine Schnupftabakdose darauf, dass Tohmeier der Tote war.

»Er wohnt in Dortmund.« Paul war zurückgekehrt und präsentierte Altehuus einen Zettel mit der Anschrift. Der zückte sein Notizbuch und blätterte. Tatsächlich. Die Adresse war identisch mit der, die ihm dieser Anwalt genannt hatte.

»Eine Frage habe ich noch. Warum ist Tohmeier seiner Meldepflicht nicht nachgekommen?«

Paul trat verlegen von einem Fuß auf den anderen. »Noch'n Bier?«, erkundigte er sich.

»Vielleicht später. Beantworte erst meine Frage.«

»Er hat es vergessen. Außerdem war er auch noch keine zwei Monate bei uns«, setzte er sofort hinzu.

Altehuus drückte sein Kreuz durch. »Diese Frist gilt nur, wenn der Saisoneinsatz von vornherein nicht länger als zwei Monate geplant ist. Aber wie du ja gerade selbst zugegeben hast, sollte Tohmeier ja wohl bis Saisonende bei dir arbeiten, oder?«

»So lautete der Vertrag, ja.« Paul machte ein zerknirschtes Gesicht.

»Du hättest auf der Anmeldung bestehen müssen.«

Der Wirt schien hinter seiner Theke immer kleiner zu werden. »Ich weiß es ja. Aber …«

»Nichts aber. Ich sollte eigentlich ein Ordnungsgeld veranlassen.« Er dachte an die vergeblichen Erkundigungen, die er eingeholt hatte, nachdem ihm die Gemeinde eine negative Meldeauskunft erteilt hatte. »Weißt du eigentlich, wie viel Arbeit du mir hättest ersparen können?« Jetzt war er wirklich sauer.

Paul schüttelte erwartungsgemäß den Kopf.

Altehuus trank sein Bier aus, stellte es auf den Tresen und ging. Im Türrahmen drehte er sich noch einmal um. »Und du befolgst zukünftig nicht nur die Meldeauflagen, sondern auch das Rauchverbot.« Diese kleine Rache tat gut und ließ ihn beim Hinausgehen schmunzeln.

Als Altehuus bei seinem Fahrrad war, rief er Buhlen an, um ihn über die neueste Entwicklung zu unterrichten. »Wir sollten versuchen, die DNA-Analyse so schnell wie möglich zu bekommen«, riet er dann.

Buhlen versicherte ihm, dass er alle Hebel in Bewegung setzen werde. Aber bis morgen müssten sie sich mit Sicherheit gedulden. »Außerdem ist mir ein kleiner Lapsus passiert«, gestand er. »Ich habe versäumt, dieses Buch von Thomas Mann zurück in den Koffer zu packen, bevor ich ihn zum Flieger gebracht habe. Das Teil liegt immer noch in Ihrem Büro.«

»Wir schicken es morgen nach«, entschied Altehuus. »Wird sicher nicht kriegsentscheidend sein.«

Auf dem Rückweg zur Wache stellte sich der Polizist die Frage, ob er nicht ein wenig voreilig gehandelt hatte. Dieser Knut Tohmeier war kein Hirngespinst des Anwalts gewesen. Und er hatte diese Spur zu schnell verworfen. Ohne Dombrowski und dessen Kofferfund wären sie kein Stück weitergekommen. Er nahm sich vor, dem Mann zukünftig etwas freundlicher zu begegnen. Denn dass Dombrowski über kurz oder lang wieder in seiner Dienstelle auftauchen und irgendein Fundstück vom Strand präsentieren würde, stand für ihn unwiderruflich fest.

47

Gutes Zureden half nicht, sondern führte nur zu lautstarkem Protest. Die verklausulierte Androhung väterlicher Disziplinarmaßnahmen verstärkte das Geschrei lediglich. Selbst der ansonsten recht probate Appell an das kindliche Mitgefühl: »Die Krabbe hat doch auch Mama und Papa und die sind traurig, wenn ihr Kind ...«, blieb ebenfalls ohne jeden Erfolg. Zu faszinierend war das Krabbeltier. Also griff Rainer zum Äußersten: Bestechung.

Erst nach einer großen Portion Eis und dem halbstündigen Spiel ›Seepferdchen-Galopp‹, das Oskar kurz zuvor erfunden hatte und bei dem Rainer selbstverständlich das Pferd und sein Sohn den Reiter mimte, war der Kleine dazu zu bewegen, die Krabbe in die Freiheit zu entlassen.

Danach war er wie sein Vater völlig geschafft. Ersterer vom Kommandieren und Fersen-in-die-Seite-treten, Letzterer vom Galoppieren. Nur musste Rainer seinen Sohn noch von der etwa drei Kilometer entfernten Wilhelmshöhe zurück zum Hotel tragen, da Oskar sich zunächst weigerte, auch nur noch einen Schritt zu gehen, kurz darauf noch dazu tief und fest eingeschlafen war und wie ein Sack auf Rainers Rücken hing.

Kinder sind manchmal kleine Tyrannen, resümierte Rainer, als er sich endlich schwitzend und nach Luft japsend den Dünenaufgang zum Kurhaus hochquälte.

Nachdem er Oskar seiner ebenfalls schlafenden Mutter in den Arm gelegt hatte, fiel Rainer wie ein Stein neben den beiden ins Bett und versank in einen tiefen Nachmittagsschlaf.

Elke war alles andere als begeistert, als ihr Rainer nach dem Abendessen mitteilte, er wolle kurz nachsehen, ob sich Tohmeier auf der *Dünenwind* aufhielte. In einer halben Stunde sei er zurück. Versprochen.

Der Jachthafen wurde von der untergehenden Sonne in malerische Farben getaucht. Die Boote schaukelten im Wind. Vereinzelte Spaziergänger waren unterwegs, um den Anblick vom Seezeichen aus zu genießen.

Rainer war der Sonnenuntergang völlig egal. Er hatte einen Plan. Und dieser war, wie alle seine Pläne, von bestechender Schlichtheit. Er wollte über die Schwimmstege zum Boot gehen, einen Blick hineinwerfen und dann wieder verschwinden. Was er täte, wenn sich Tohmeier tatsächlich an Bord befinden sollte, wusste er nicht. Aber ihm würde bestimmt etwas einfallen. Hoffte er zumindest.

Erst als er am Jachthafen angekommen war, bemerkte er, dass der Zugang zu den Schiffen durch ein Stahltor gesichert war. Selbst wenn das Tor nicht verschlossen war, konnte es nicht verborgen bleiben, wenn sich ein Unbefugter auf den Stegen herumtrieb. Der Hafenmeister saß in seinem Büro nur wenige Schritte entfernt und Esch hatte keine Lust, bohrende Fragen nach seinen Absichten zu beantworten.

Der Vorteil einfacher Pläne ist, dass sie schnell modifizierbar sind, dachte Rainer. Also setzte er sich auf eine der Bänke und wartete. Glücklicherweise dauerte es nicht lange, bis sich eine Gruppe näherte, die Rainer für Segler hielt. Und tatsächlich steuerten sie das Tor an.

Rainer sprang auf, grüßte freundlich und durchquerte kurz hinter den zwei Paaren den Eingang. Für einen nicht allzu aufmerksamen Beobachter sah es so aus, als

224

ob er zu der Gruppe gehörte und lediglich den Anschluss verloren hatte.

Nach wenigen Metern bogen die vier Segler vor ihm auf dem ersten Steg nach Osten ab. Rainer schlenderte so unbefangen wie möglich weiter und betrat dann den Anlegesteg, an dem die *Dünenwind* festgemacht hatte. Es war kurz vor neun Uhr.

Auf dem Deck befand sich keine Menschenseele. Rainer sah sich um. Niemand schien sich für seine Anwesenheit zu interessieren, also zögerte er nicht lange und sprang auf das Boot. Der Kahn schaukelte bedrohlich, und Rainer musste sich am Mast festhalten, um nicht zu stürzen.

Als er sein Gleichgewicht wiedergefunden hatte, machte er zwei vorsichtige Schritte zu der kleinen Treppe, die unter Deck führte.

»Herr Tohmeier?«, rief er hinunter. »Könnte ich Sie einen Moment sprechen?«

Er bekam keine Antwort. Versuchsweise drückte Rainer auf die Klinke der Tür zur Kajüte. Sie war nicht abgeschlossen und schwang auf. Rainer überlegte. Bis jetzt hatte er sich – eine etwas eigenwillige Interpretation der einschlägigen Gesetze vorausgesetzt – noch nichts zuschulden kommen lassen. Betrat er jedoch die Kajüte, verstieß er ohne jeden Zweifel gegen den Paragrafen 123 des Strafgesetzbuches: Hausfriedensbruch.

Ach was, dachte er sich dann. Wo kein Kläger, da kein Richter. Und ging die wenigen Stufen hinunter.

Unter Deck war es schummrig. Nur wenig Licht fiel durch die Bullaugen, deren Vorhänge zugezogen waren. Von Tohmeier keine Spur. Die beiden Kojen, die den Großteil des zur Verfügung stehenden Raumes ausfüllten, waren unbenutzt.

Rainer widerstand der Versuchung, eine der zahlreichen Klappen zu öffnen, um in die dahinterliegenden Staufächer zu schauen. Allerdings war deutlich erkennbar, dass sich vor Kurzem noch jemand an Bord aufgehalten hatte: Ungespültes Geschirr stapelte sich in einer Plastikschüssel, Kleidungsstücke lagen achtlos hingeworfen in einer der Kojen, eine Tageszeitung lag auf dem Boden.

Rainer hob sie auf, um nach dem Datum zu schauen. 23. Mai. Das war genau vor einer Woche. Als er das Blatt wieder auf dem Boden deponieren wollte, entdeckte er einen Brief, der unter der Zeitung gelegen haben musste. Neugierig griff Rainer danach. Es war von einem Nordener Notar.

Sehr geehrter Herr Tohmeier,
hiermit zeige ich an, dass ich die Interessen eines im Oktober 1990 verstorbenen Mandanten vertrete. Dieser Mandant, dessen Namen ich Ihnen nicht bekannt geben darf, hat mich beauftragt, den Kontakt zu Ihnen auch über seinen Tod hinaus aufrechtzuerhalten. Sicher werden Sie sich wundern, warum sich mein Mandant für Sie und Ihr Leben interessiert. Um sein Verhalten zu erklären, muss ich etwas weiter ausholen.
Mein Mandant lebte und arbeitete auf einer Nordseeinsel

Der Herner las mit wachsender Spannung. Also war seine Theorie doch richtig. Knut Tohmeier war der Halbbruder der Geschwister Harms und wahrscheinlich auf dem Boot gewesen. Denn wie sonst hätte der Brief hierhingelangen können? Nein, Blödsinn, dachte er sofort. Tohmeier hätte das Schreiben Heike Harms geben können, die es auf die *Dünenwind* gebracht hatte. Aber war das wahrscheinlich?

Er senkte den Brief, auf den ein letzter Lichtstrahl fiel. Durch das dünne Papier erschienen die Konturen handschriftlicher Notizen auf der Rückseite. Rainer drehte es um.

Ich hasse euch alle!, las der Anwalt. Das Gekrakel wirkte unausgereift, fast kindlich. *Ihr habt mich zerstört!*, lautete der nächste Satz. Und dann noch: *Wo lebte dieses Schwein?*

Darunter, in einer anderen Handschrift, mit Sicherheit von einer anderen Person: *Du bist Abschaum.* Gefolgt von drei Ausrufezeichen. Was hatte das zu bedeuten?

Er legte das Anwaltsschreiben und die Zeitung wieder an ihren Platz und verließ die Kajüte. Dann schloss er die Tür hinter sich.

Mittlerweile war die Sonne fast hinter den Dünen verschwunden. Rainer hielt sich mehr schlecht als recht an einer der Leinen fest, mit denen die *Dünenwind* angebunden war, und krabbelte zurück auf den Steg.

Knut Tohmeier hatte er zwar nicht gefunden, dafür den Beweis, dass die Geschwister Harms und Tohmeier miteinander verwandt waren. Unterstellt, die kindliche Handschrift stammte von Letzterem, schien er nicht besonders gut auf die Familie Harms zu sprechen zu sein. Hatte er deshalb die Erpresserbriefe geschrieben? Andererseits erweckte das Foto, das ihm Cengiz geschickt hatte, den Eindruck, dass Tohmeier sich gut mit Heike Harms verstand. Und war der andere Satz von ihr?

Der Anwalt schüttelte verständnislos den Kopf. Das passte nicht zusammen. Immer noch zu viele Widersprüche und Ungereimtheiten.

Esch hatte den halben Weg zum Tor zurückgelegt, als er Heike Harms entdeckte, die ihm auf dem Steg entgegenkam. Über ihrer Schulter hing eine augenscheinlich volle Tasche.

Mist! Verstecken war nicht möglich, weglaufen auch nicht. Sie hatte ihn schon längst ausgemacht. Er wappnete sich für das Unausweichliche.

»Hallo, Frau Harms«, grüßte er so unbeschwert, wie es ihm möglich war. »Schöner Abend, nicht?«

»Was machen Sie hier?«, erwiderte sie eisig.

»Spazieren gehen«, antwortete Rainer fröhlich.

Sie blieb misstrauisch. »Das Betreten der Hafenanlagen ist nur Bootseignern und deren Gästen gestattet. Das Schild am Tor ist nicht zu übersehen. Was also tun Sie auf diesem Steg?« Es war ihr anzusehen, dass sie seinen Worten keinen Glauben schenkte.

Rainer entschloss sich zur Wahrheit. »Ich suche Knut Tohmeier.«

Ihre Mimik wechselte von Ärger zu Verblüffung. »Wieso ... Wie kommen Sie auf Tohmeier? Ich habe Ihnen doch gesagt, keine Person dieses Namens zu kennen.«

»Ja, das haben Sie. Aber es stimmt nicht.« Er zog das Foto aus der Tasche und zeigte es ihr.

Sie wurde kreidebleich. »Woher haben Sie das Bild?«

»Spielt das eine Rolle? Warum haben Sie mich belogen?«

Ihre Lippen wurden zu einem Strich. »Verschwinden Sie!«, fauchte Heike Harms. »Ihr Mandat ist beendet. Ich verbiete Ihnen, weiter in den Angelegenheiten meiner

Familie herumzuschnüffeln.« Mit diesen Worten ließ sie ihn stehen, lief zum Boot und verschwand unter Deck.

Im Restaurant *Kompass* wurde gegrillt. Entsprechend voll war der Biergarten. Als Rainer daran vorbei in Richtung seines Hotels marschierte, hörte er jemanden rufen. »Hallo, Sie!«

Er drehte sich um und sah Hinnerik, der ihm von seinen Beobachtungen im Loog und dem Unbekannten mit der Mütze erzählt hatte. Der Juister stand heftig winkend   an einem Tisch und forderte den Anwalt auf, näher zu kommen.

»Moin«, meinte er zu Begrüßung. »Erinnern Sie sich an mich?«

»Natürlich«, antwortete Esch.

»Was ich Ihnen noch sagen wollte … Also, der Mann, den ich in der Nähe von Harms' Grundstück gesehen habe«, er deutete auf eine Person, die neben ihm saß, »war der hier.« Er lachte. »Mein Nachbar. Ich habe ihn an dem Abend nur nicht erkannt. Als ich mich mit ihm vor einigen Tagen unterhalten und Ihre Fragen erwähnt habe, stellte sich heraus, dass er dort unterwegs gewesen war. Wissen Sie, er hört etwas schlecht und hat mir deshalb an dem Abend nicht geantwortet. Ach ja, und eine Prinz-Heinrich-Mütze hat er auch. Jetzt brauchen Sie ja nicht weiter zu suchen, nicht wahr? Mit der Brandstiftung hat er selbstverständlich nicht das Geringste zu tun.«

Rainer musste grinsen. »Schon klar. Schönen Tag noch.«

Vom *Kompass* waren es nur wenige Schritte bis zur Polizeiwache. Rainer Esch blieb stehen und überlegte. Eigentlich sollte er Altehuus von dem unterrichten, was er wusste. Sonst würde es mit Sicherheit Ärger geben. Und den wollte er auf jeden Fall vermeiden. Nicht, dass er sich vor Altehuus fürchtete. Sein Problem hieß Elke. Sie würde ihm die Hölle heißmachen, wenn er nicht endlich mit der Polizei zusammenarbeitete.

Na gut, entschloss er sich. Dann eben Kooperation. Und bog in die Carl-Stegmann-Straße ein.

Altehuus öffnete noch kauend die Tür. »Sie haben wirklich ein Talent, sich die unmöglichsten Zeiten für Ihre Auftritte auszusuchen, Herr Esch. Wissen Sie, wie spät es ist? Zehn! Wir essen gerade eine Kleinigkeit.«

»Dann komme ich morgen wieder«, erwiderte Rainer und machte Anstalten zu gehen.

Der Polizist griff ihn am Arm und zog ihn in das Gebäude. »Kommt nicht infrage. Erst will ich wissen, warum Sie hier sind.«

»Das dauert möglicherweise länger. Ihr Abendessen könnte kalt werden.«

»Sind ohnehin nur Schnittchen. Die können warten.«

Kurz darauf saß Esch den beiden Polizisten gegenüber.

»Nun, legen Sie los«, forderte Altehuus den Anwalt auf. »Was haben Sie uns zu sagen?«

Rainer atmete tief ein und legte alle seine Karten auf den Tisch.

»Geben Sie mir das Foto«, forderte Buhlen.

Rainer reichte es ihm.

Der Hauptkommissar schaute es sich an und gab es dann an seinen Kollegen weiter.

»Sieht wirklich nicht so aus, als ob die beiden sich abgrundtief hassen«, bemerkte der Juister.

»Sag ich ja«, bekräftigte Esch. Und setzte etwas verlegen hinzu: »Ich würde gerne einem menschlichen Bedürfnis ...«

»Durch die Tür und dann rechts.«

Wenig später stand Rainer wieder im Wachzimmer. Sein Blick fiel auf den Tresen. »Thomas Manns *Wälsungenblut*. Interessante Lektüre.«

»Wieso?«, erkundigte sich Buhlen interessiert.

»Na ja, die Novelle nimmt Wagner auf die Schippe. Es geht um das Göttergeschlecht der Wälse, das Wotan in Wagners *Ring der Nibelungen* zeugt. Und natürlich auch u   m inzestuöse Beziehungen zwischen Bruder und Schwester.   Die heißen in der Novelle sinnigerweise Siegmund und Sieglind.«

Altehuus war wie erstarrt. Er warf Buhlen einen vieldeutigen Blick zu.

Der sprang auf. »Was sagen Sie da?«

»*Wälsungenblut* ist eine Wagnerparodie«, antwortete Rainer irritiert.

»Nein, das danach.«

»Inzest?«

Buhlen kam zum Tresen und beugte sich zu Rainer hin. »Sind Sie sich sicher, was den Inhalt dieses Buches angeht?«

»Ich verstehe zwar nicht ganz, was die ganze Aufregung soll, aber das weiß ich genau. Thomas Mann war Gegenstand meiner mündlichen Abiturprüfung in Deutsch. Ich hatte im Leistungskurs ...«

»Dieses Buch haben wir in Knut Tohmeiers Koffer gefunden«, platzte es aus Altehuus heraus. »Das kann kein Zufall sein!«

Es dauerte einen Moment, bis Rainer die Tragweite dieser Nachricht begriff. »Sie meinen, Heike Harms und Tohmeier ...?«

Altehuus nickte. »Die Umarmung auf Ihrem Foto ist nicht die zwischen Schwester und Bruder. Sondern die eines Liebespaares.«

»Paar würde ich jetzt nicht gerade sagen«, erwiderte Buhlen.

»Das könnte bedeuten«, spekulierte Rainer, dem es eiskalt den Rücken hinunterlief, »die Rache Knut Tohmeiers bestand nicht in einer Erpressung, sondern hieß ...«

»Inzest!«, ergänzte Buhlen.

»Wann haben Sie Heike Harms am Jachthafen getroffen?«, wollte Altehuus wissen.

»Etwa vor einer halben Stunde, vielleicht etwas mehr.«

Buhlen war bereits auf dem Weg zur Tür. »Los!«, rief er seinem Kollegen zu. »Sie nehmen das Rad. Ich komme zu Fuß nach.«

Beide verschwanden aus dem Dienstraum. Und Rainer folgte ihnen kurzentschlossen.

Da Dieter Buhlen etwas kurzatmig war, hatte Rainer ihn nach wenigen Schritten eingeholt.

»Das ist eine Polizeiaktion«, maulte der Kommissar. »Dabei haben Sie nichts verloren.«

»Ich weiß«, antwortete Rainer. »Ich gehe ja auch nur zufällig in dieselbe Richtung wie Sie.«

Buhlen schnaubte etwas Unverständliches, ließ seinen Begleiter aber gewähren.

Als sie den Platz am Hafen passierten, an dem die Juister ihre Wippen parkten, kam ihnen Altehuus schon wieder entgegen.

»Ausgeflogen«, rief er schon aus einigen Metern Entfernung. »Sie ist mit ihrem Boot ausgelaufen. Aber sie wird das Festland nicht erreichen. Es ist Ebbe. Da kommt sie nicht weit. Spätestens an der ersten Sandbank sitzt sie fest.«

Buhlen sah in den Nachthimmel. »Ich werde einen Hubschrauber anfordern. Ob der aber bei der Dunkelheit etwas findet ...« Er griff zum Handy. »Wann genau kommt die Flut?«

»In etwa drei Stunden. Aber vor Sonnenaufgang wird ihr Boot nicht wieder flott sein.«

Der Hauptkommissar wählte und drückte sein Handy ans Ohr. »Wir schnappen sie uns, wenn es wieder hell ist.«

48

Enno Altehuus hatte nur wenig geschlafen, als noch in der Morgendämmerung Dieter Buhlen wieder an seiner Tür schellte.

»Kaffee oder Tee?«, fragte der Juister seinen Kollegen, nachdem er ihn begrüßt und ins Haus gelassen hatte. »Sie dürften um diese Zeit kein Frühstück im Hotel bekommen haben, oder?«

»Leider wahr. Aber ich konnte nicht mehr schlafen. Kaffee, bitte.«

Drei Tassen später ließ Buhlens Handy die Anfangstakte der *Tatort*-Filmmusik hören. Der Beamte warf einen schnellen Blick auf das Display. »Aurich«, kommentierte er und drückte die Annahmetaste.

Von einigen »Ja« und »Tatsächlich« abgesehen, sagte Buhlen kein Wort, sondern hörte nur zu. Dann war das Gespräch beendet.

»Sie haben sie.« Er nippte am Kaffee. »Wie von Ihnen prophezeit, ist sie mit ihrem Boot auf eine Sandbank aufgelaufen. Sie muss dann versucht haben, ihre Flucht zu Fuß durch das Watt fortzusetzen, ist aber von der auflaufenden Flut überrascht worden. Mit letzter Kraft konnte sie sich auf eine Boje retten. Dort wurde sie von der Hubschrauberbesatzung ausgemacht. Zu ihrem Glück, denn sie war stark unterkühlt. Sie liegt noch zur Beobachtung im Krankenhaus, wird aber voraussichtlich im Laufe des Vormittags entlassen und dem Haftrichter vorgeführt. Die *Dünenwind* wird derzeit geborgen und nach Norddeich geschleppt. Dort wartet bereits die Spurensicherung.«

Er stand auf und reichte Altehuus die Hand. »Wie es aussieht, war es das, Herr Kollege. War nett, mit Ihnen zusammengearbeitet zu haben.« Er lächelte. »Auch wenn von Arbeit nur in Ansätzen die Rede sein kann. Irgendwie ist auch Arbeit auf Juist wie Urlaub.«

Buhlen erhob sich. »Der Hubschrauber holt mich in einer Stunde am Hafen ab. Ich soll das erste Verhör mit Heike Harms führen. Reine Routine. Übermorgen liege ich auf Malle am Strand, da ist es wenigstens billiger als hier. Ich packe jetzt meine Klamotten zusammen und bin dann weg. Lassen Sie es ruhig angehen. Ich hoffe für Sie, dass es ab jetzt bei einzelnen Knochenfunden und Taschendiebstählen auf der Insel bleibt.« Mit diesen Worten verließ er die Polizeiwache.

Enno Altehuus lehnte sich in seinem Stuhl zurück und verschränkte die Arme hinter dem Kopf. Für ihn war der Fall abgeschlossen.

Das Verhör, das Buhlen für Routine hielt, entwickelte sich jedoch nicht so, wie der Kommissar sich das vorgestellt hatte.

Heike Harms schwieg beharrlich. Buhlen setzte sein ganzes Repertoire ein: Er drohte mit hohen Strafen wegen ihrer unzureichenden Kooperation, versprach Entgegenkommen beim Strafmaß, wenn sie denn kooperierte, er schrie und schmeichelte, versuchte, die Beschuldigte mit Kaffee zu bestechen – erfolglos. Heike Harms blieb stumm.

Erst als er ihr eine Zigarette anbot, zeigte sie eine Reaktion. »Ich werde nicht mit Ihnen sprechen. Holen Sie Enno«, erklärte sie. Es sollten ihre einzigen Sätze zu Buhlen bleiben.

Am Nachmittag gab der Hauptkommissar auf und bat seinen Vorgesetzten darum, den Juister Inselpolizisten zur Vernehmung hinzuzuziehen. Nach einigem Hin und Her erfolgte dessen Zustimmung. Altehuus wurde angewiesen, unverzüglich nach Norddeich zu fliegen, wo ihn ein Polizeiwagen erwarten würde, um ihn ins Präsidium nach Aurich zu bringen.

Um Punkt fünf Uhr wurde Heike Harms wieder in das Verhörzimmer geführt, in dem Enno Altehuus und Dieter Buhlen bereits warteten, ein Aufzeichnungsgerät nebst Mikrofon vor sich auf dem Tisch.

Heike Harms wurde zu einem Stuhl geführt. Der uniformierte Beamte, der sie begleitet hatte, blieb an der Tür stehen.

»So, Herr Altehuus ist nun anwesend. Sind Sie jetzt bereit, meine Fragen zu beantworten?«

Heike Harms sah sich demonstrativ zu dem Uniformierten um. »Er muss den Raum verlassen.«

Buhlen nickte seinem Kollegen zu.

»Und Sie auch. Ich rede nur mit Enno.«

»Aber ...«

»Kein aber. Wenn Sie eine Aussage wollen, müssen Sie mich mit Enno alleine sprechen lassen.«

»Einen Moment.« Buhlen erhob sich, um diese weitere Forderung mit seinem Vorgesetzten zu beraten.

Nach fünf Minuten betrat er das Verhörzimmer wieder, blieb in der geöffneten Tür stehen und nickte: »Einverstanden. Sollte das aber auch nur ein Mätzchen sein, lasse ich Sie so lange in Ihrer Zelle schmoren, bis Sie auspacken. Das verspreche ich.«

Dann schloss er die Tür hinter sich und die beiden Juister waren allein.

Altehuus stand auf, ging um den Tisch herum und legte eine Hand auf Heike Harms' Schulter. »Mädchen, was machst du nur für Sachen?«, fragte er leise.

»Ach, Enno.« Ihre Augen füllten sich mit Tränen. »Das ist so schrecklich«, schluchzte sie. »Ich bin so wütend und verletzt. Dieses Schwein!« Minutenlang wurde sie von einem Weinkrampf geschüttelt. Enno Altehuus stand lediglich still da, hielt die vor ihm Sitzende fest und wartete. Als sie sich wieder gefangen hatte, fragte er: »Können wir dann?«

Heike Harms nickte.

Der Inselpolizist reichte ihr ein Taschentuch, umrundete den Tisch, setzte sich und drückte die Aufnahmetaste. »Das Gerät läuft«, bestätigte er und eröffnete das offizielle Verhör mit Formalien: »Dienstag, 31. Mai 2005, 17.20 Uhr. Anwesend Kommissar ...«

Heike Harms hörte dem monotonen Gemurmel ohne sichtliche Regung zu. Als Altehuus geendet hatte, fragte sie ihn nach einer Zigarette. Er schob das Päckchen und das Feuerzeug zu ihr hin.

Dann begann er das Verhör: »Hast du Knut Tohmeier umgebracht?«, fragte er direkt und sah ihr in die Augen.

Sie senkte den Blick. »Ja«, flüsterte sie.

»Warum?«

Heike Harms schaute auf. »Er hat es verdient. Er war ein Schwein.«

»Kein Mensch hat es verdient, ermordet zu werden.«

»Knut schon.«

»Das musst du mir erklären.«

Heike Harms sog den Rauch ein und inhalierte tief. Leise fragte sie: »Wusstest du, dass Knut mein Halbbruder war?«

»Wir haben es vermutet.«

»Er hat ...« Auf ihrem Gesicht spiegelte sich Verzweiflung. Wieder wurde sie von einem Weinkrampf geschüttelt. Die Zigarette fiel ihr aus der Hand auf den Boden. Sie beachtete sie nicht, sodass Altehuus aufstand, die Kippe aufhob und im Aschenbecher ausdrückte. Heike Harms schien das nicht zu mitzubekommen. »Er hat sich unter einem falschen Namen an mich herangemacht. Tommy nannte er sich. Tohmeier. Tommy. Was für eine Farce! Das war vor fast drei Wochen. Er war charmant, lieb, vor allem verständnisvoll.«

Mit zitternden Fingern klaubte sie eine neue Zigarette aus der Packung und steckte sie an. »Ich fühlte mich geborgen, beschützt. Bei ihm konnte ich den Ärger vergessen, den ich zu Hause hatte. Den ständigen Streit mit Gerrit. Die kleinen Giftpfeile meiner Mutter. Wir träumten davon, zu heiraten. Kannst du dir das vorstellen?«

Sie schrie die nächsten Worte hinaus. »Dieses Schwein hat mit mir geschlafen! Mit seiner eigenen Schwester! Und ich ...« Ihr Blick wurde starr. Sie sah durch Altehuus hindurch, als ob er nicht da wäre. Dann sprach sie weiter. »Eigentlich hätte ich schon bei meinem Besuch in seiner Wohnung misstrauisch werden sollen. Die Bude sah nicht so aus, als ob ein Student darin wohnte. Aber er hat mich überzeugt. Und ich wollte ihm doch so gerne glauben.«

Enno Altehuus zeigte ihr das Foto, auf dem sie mit Knut Tohmeier abgebildet war. »Und das ist bei dieser Gelegenheit entstanden.«

»Ja. Ein Nachbar von Knut hat es während eines Stadtteilfestes aufgenommen.« Sie nahm das Bild zur Hand, schaute lange darauf. »Der Tag war wunderschön.« Dann verzerrte sich ihr Gesicht. Voller Wut zerknüllte sie den Ausdruck und warf ihn an die Wand. »Dreckskerl. Er hat mich nur benutzt.«

»Wie bist du an die K.-o.-Tropfen gekommen?«

»Du erinnerst dich an unseren Angestellten, der einen Gast betäubt hat?«

»Ja.«

»Die Kripo hat damals sein Zimmer durchsucht und auch eine Ampulle gefunden. Er hatte aber noch eine zweite in seinem Spind im Keller versteckt. Die müssen deine Kollegen übersehen haben. Beim Saubermachen haben wir sie einige Tage später gefunden. Ich wollte sie immer bei dir vorbeibringen, habe es dann vergessen.« Sie seufzte tief. »Erst als ich die Unterlagen nach dem Tod meiner Mutterlas ...«

»Welche Unterlagen?«

»Anwaltsbriefe. Mein Vater hat Knut finanziell unterstützt. So bin ich ihm auf die Schliche gekommen.«

»In eurer Familie wurde nicht darüber gesprochen, dass dein Vater einen weiteren Sohn gezeugt hat?«

Heike Harms lachte auf. »Undenkbar. Für meine Mutter wäre das eine Katastrophe gewesen. Was hätten denn die Leute getuschelt? Das war schon immer ihre einzige Sorge gewesen. Nein, dieser Vorfall«, sie spuckte das Wort förmlich aus, »musste mit allen Mitteln totgeschwiegen werden.«

»Du hast also den Namen Knut Tohmeier früher niemals gehört?«

»Nein. Erst als wir in Dortmund in seiner Wohnung waren, wusste ich, wie er mit vollem Namen hieß.«

»Ich habe dich unterbrochen. Du hast dich also an die K.-o.-Tropfen erinnert.«

»Ja.« Erneut der Griff zu einer Zigarette. »Du musst dir meine Situation vor Augen führen. Als ich den Beweis in Händen hielt, mit meinem Halbbruder ins Bett gegangen zu sein ...« Sie machte eine Pause, fasste sich dann aber schnell wieder. »Ich habe ihn unter dem Vorwand, mit ihm einige Tage zu segeln, auf mein Boot gelockt. Dort habe ich ihn mit meinem Wissen konfrontiert und von meiner Enttäuschung und vor allem Scham gesprochen. Er hat mich nur ausgelacht, kannst du dir das vorstellen? Da habe ich die Tropfen in sein Bier gemischt.«

»Du hast also ganz spontan aus deiner Erregung heraus gehandelt?«

Heike Harms blickte erst auf den Polizisten, dann zeigten ihre Augen auf den Rekorder. Altehuus verstand und unterbrach die Aufnahme.

»Das ist lieb von dir, Enno«, sagte sie traurig. »Aber du musst nicht versuchen, mir zu helfen. Deinen Vorgesetzten dürfte nicht gefallen, dass du mir die richtigen Worte in den Mund legen willst. So, und nun schalte das Gerät wieder ein.«

Als die LED signalisierte, dass die Aufnahme wieder lief, setzte Heike Harms ihre Aussage fort. »Nein, ich wollte ihn umbringen. Ich wollte nur noch wissen, warum er so gehandelt hat. Obwohl ich es eigentlich schon ahnte. Es war Rache. Er gab mir und meiner Familie die Schuld an seinem persönlichen Unglück.«

»Und weiter?«

»Der Rest ist schnell erzählt. Als er bewusstlos wurde, habe ich ihn ausgezogen und gefesselt. Dann bin ich ausgelaufen. Im Watt schließlich habe ich mich in der Nacht trockenfallen lassen und Knut im Schlick eingegraben. Er sollte langsam sterben. Und in seinem Todeskampf Juist sehen.« Sie zögerte. »Da ist noch etwas.«

»Ja?«

»Du kennst doch die Erpresserbriefe, die Gerrit geschrieben hat.«

»Ja.«

»Er muss von Tohmeier gewusst haben.«

»Warum?«

»Diese Limericks sind voller Anspielungen auf Knut. So sollte der Verdacht auf ihn gelenkt werden. Gerrit beabsichtigte, ihm die Schuld an dem Brand, den er ja selbst legen wollte, in die Schuhe zu schieben. Aber das hat nicht funktioniert.« Sie lachte bitter. »Er muss die Schreiben von Vaters Notar gekannt haben. Stell dir das vor: Meine Mutter wusste davon, mein Bruder auch. Nur ich nicht. Hätten sie mich eingeweiht, wäre vieles nicht passiert. Aber das macht nur noch einmal deutlich, dass ich eigentlich nie richtig zur Familie gehörte.«

Mit einer energischen Bewegung drückte sie die Zigarette aus. »Enno, ich bereue nichts. Er hatte seine Rache, ich meine. Ich weiß nur nicht, wer von uns beiden das bessere Los gezogen hat. Und damit meine ich nicht, dass ich Angst vor der Strafe hätte. Ich meine die Scham, mit der ich ewig leben muss. Inzest! Würdest du mich jetzt bitte wieder in meine Zelle bringen lassen? Mehr werde ich nicht erzählen, es gibt auch nichts mehr dazu zu sagen.« Sie stand auf, ihre Augen waren feucht. »Darf ich dich ein letztes Mal in den Arm nehmen?«

Mit einem Kloß im Hals konnte der Polizist nur nicken.

49

Elke Schlüter verlängerte ihren Kurztrip nach Juist um zwei weitere Tage, bis sie gemeinsam das Töwerland verließen.

Als die Fähre ablegte und die Abschiedsmusik auf den Passagierdecks gespielt wurde, lehnte sich Elke an Rainers Schulter. »Was meinst du«, fragte sie, »sollen wir noch einmal Urlaub auf Juist machen?«

»Klar«, antwortete ihr Lebenspartner. »Spätestens dann, wenn am Strand wieder eine Wasserleiche liegt.«

»Papa«, krähte der Fünfjährige. »Was ist eine Leiche?«

Elke stieß Rainer in die Seite. »Untersteh dich«, drohte sie und verdrehte die Augen.

Danksagung

Ich danke Polizeikommissar Detlef Eichmann, Polizei Juist, und Peter Veckenstedt, Kommissar a. D., für ihre Hinweise.

Thomas Koch, Buchhändler auf Juist, hat mir ebenfalls mit Tipps weitergeholfen.

Für alle sachlichen Fehler bin selbstverständlich nur ich verantwortlich.